W0218234

Ta vie est belle

Du même auteur
aux Éditions J'ai lu

DÈS LE PREMIER SOIR
N° 8956

TOUS À MES PIEDS
N° 9071

JE N'IRAI PAS CHEZ LE PSY POUR CE CON
N° 9273

COMME DANS UN FILM NOIR
N° 10377

Isabelle

ALEXIS

Ta vie est belle

On n'a jamais conscience de son bonheur

ROMAN

© Flammarion, 2013

1

Qui a dit ?

Être privé de quoi que ce soit. Quel supplice !
Être privé de tout. Quel débarras !

Il était une fois un joli village breton dans lequel vivait une gentille fille qui travaillait à la médiathèque, dans la partie bibliothèque, mais qui pourtant ne connaissait pas les grandes expressions à la mode telles que « restructuration de budget » ou « les subventions du conseil général ont été divisées par deux ». Expressions qu'elle n'allait pas tarder à découvrir un froid matin du mois d'avril. Et ce n'était pas le premier. Il était 9 h 47.

— Renvoyée ! répéta Aurélie, paniquée.

— Oui, on ne peut pas vous garder, l'informa la bibliothécaire formatrice.

— Vous venez d'engager un stagiaire archiviste !

— Justement, on ne le paye pas !

— Vous venez d'engager un responsable du développement des services numériques !

— Justement, on le paye trop !

« Allons, allons, ma petite vous êtes jeune, vous allez vous relever ! » Mme Dumouron se lança dans un monologue sur l'incompétence du conseil municipal, général et régional. On croit que les oreilles d'un être humain ne peuvent pas se fermer. Elles le peuvent. Aurélie n'entendait plus. Quand votre avenir prend la forme d'une porte blindée que vous venez de prendre dans le nez, votre imaginaire se met à travailler. Il vous envoie des images de votre silhouette en train d'enjamber un pont au-dessus d'une voie ferrée. Il rajoute peut-être un coucher de soleil au loin, pour faire joli.

Mme Dumouron s'éloigna en lui recommandant de passer à l'administration pour « voir avec M. Daniel les démarches à suivre pour le Pôle emploi ». L'imaginaire d'Aurélie lui envoya sa silhouette disloquée sur les rails. Au loin, devant le coucher de soleil, un TER arrive. Elle observa Mme Dumouron occuper l'espace telle la princesse Eugénie trônant au château de Compiègne. Elle était chez elle, celle-là, au milieu de SES livres. Aurélie partit de l'autre côté, aussi humiliée qu'une domestique obligée de rendre le rond de serviette en argent dissimulé sous son tablier.

Une heure plus tard, sur son scooter, la désormais sans-emploi se remémorait tous les bons moments passés dans cette médiathèque. Quatre ans de sa vie. Sur les violons de la quatrième symphonie de Brahms, sa mémoire lui envoyait tous les petits instants de… quiétude, on ne va pas déranger le mot bonheur non plus : les amitiés qu'elle avait développées, et, en mai dernier, lorsqu'elle avait animé les dernières journées professionnelles… lorsqu'elle devait s'occuper des réunions thématiques, et…

La tristesse la submergea. Son imaginaire lui envoya les sirènes du TER qui arrivait à toute allure. Elle gara son scooter et jeta un regard au ciel, comme s'il allait s'excuser. Pour cesser de penser, Aurélie acheta le journal et s'installa au café du coin. Une vie de chômeur, ça s'organise. C'est même épuisant. En ouvrant le journal, Aurélie apprit que la Société Générale venait de supprimer huit cent quatre-vingts emplois et commanda deux croissants avec son double express. En relevant la tête, la jeune femme tressaillit. Marc traversait la rue.

C'est vrai, il était de repos aujourd'hui. Elle eut envie de se précipiter dans ses bras. Quand votre homme est pompier, on se sent toujours en sécurité. Il allait la sauver une fois de plus, c'était certain. Elle n'avait plus que lui maintenant, mais un sentiment malsain l'empêcha de bouger : la honte. Personne ne se précipite dans les bras de son amoureux pour lui annoncer son licenciement. Aurélie s'imagina : « Chéri, les rumeurs étaient vraies, je suis bel et bien virée ! Je cours m'acheter des chips et de la bière pour aller regarder la télé. Les chaînes Info, en boucle toute la journée. À partir de maintenant, je compte vivre sur notre canapé ! J'espère que je te fais toujours rêver avec ma grande culture littéraire ! »

Marc se rapprochait, un sourire s'esquissa sur son visage d'ange, alors même qu'Aurélie admirait, comme elle le faisait toujours sans même y penser, sa belle démarche sportive. Pourtant, il ne regardait pas en direction de la véranda du café où se trouvait sa fiancée. Non, il observait la boutique d'ameublement à côté : *Intérieur en Fête*. Aurélie lui avait demandé de racheter des taies d'oreiller, ça le mettait peut-être en joie d'y aller. Devant la boutique, Marc adressa un petit signe de la main comme s'il disait bonjour à la table basse en vitrine. Subitement, la jeune vendeuse, Cristal – un prénom assorti à ses verres et ses vases –, fit irruption sur le trottoir et plaqua sa bouche contre celle de Marc. Il posa son bras de sauveur sur ses épaules et ils se dirigèrent vers le café où se trouvait Aurélie, nouvellement chômeuse et trompée sur la voie publique. Il était 11 h 24. Les deux infâmes entrèrent dans le café sans prêter la moindre attention aux clients. Sur le journal d'Aurélie, une goutte rouge s'élargit comme sur un buvard, puis une deuxième. Elle saignait du nez. Oh, non ! Pas maintenant. Elle ne pouvait pas se diriger vers les toilettes sans passer devant eux. Impossible. Plus tôt dans la matinée, elle avait joué à la fille qui n'entendait plus rien, maintenant elle était la fille qui ne voyait rien. Et qui ne pouvait plus bouger non plus. Combien de sens allait-elle perdre avant la fin de journée ? Aurélie retourna le journal et se mit en quête d'un mouchoir au fond de son sac pour éponger ce *bloody* trop-plein émotionnel, quand elle découvrit un livre de la bibliothèque qu'elle avait omis de rendre. Bien fait pour eux ! Un mouchoir collé à ses narines, elle jeta un œil sur le couple adultère et sur les offres d'emploi de la région. C'était aussi réjouissant d'un côté que de l'autre. Un concessionnaire moto recherchait un mécanicien. Marc venait de lui prendre la main. On recherchait des artisans couvreurs. Marc lui bécotait le petit bout des doigts. On recherchait une auxiliaire de vie. Marc se penchait à son oreille. On recherchait une hôtesse pour un salon d'UV avec bac +2 et lettre de motivation car, comme chacun, sait les hôtesses de salon de bronzage sont bachelières et motivées. Marc gloussait comme un début d'histoire d'amour. Pleine de promesses, Cristal longeait de son doigt la veine de l'avant-bras de Marc. Aurélie plia le journal et s'imagina dans un endroit de paix, d'harmonie, d'absence de souffrance, genre un tiroir à la morgue.

Elle déchira un bout du mouchoir resté immaculé et se l'enfonça dans la narine. Comment stopper l'hémorragie de sa vie ?

« Qu'est-ce que je vais faire professionnellement ? Qu'est-ce que je dois faire sentimentalement, là maintenant ? Une scène terrible ? Me lever et aller hurler avec du papier mouchoir dans le nez ? Je n'arrive pas à m'indigner. Si j'avais écrit un best-seller, il s'intitulerait : *Résignez-vous ! C'est ce qu'il y a de mieux à faire !* Non, je n'ai rien vu. Si ça se trouve, ce n'est même pas lui... Bon d'accord, c'est bien lui... »

Aurélie sortit le livre dérobé à la bibliothèque et se plongea dans sa lecture, telle une autruche à la plage. C'était la biographie (sous forme de conversation) d'une femme politique, écrite avec la collaboration d'une journaliste qui s'était bien démenée sur deux cent soixante pages pour tenter de la rendre humaine. Pas très concentrée, Aurélie ne parvenait pas à détacher ses yeux du faux couple. Elle observait son fiancé jouer au galant. C'est un des rares moments où l'humain accepte la torture. Le besoin de voir et de savoir est plus fort que les nœuds marins qui s'emparent de votre estomac. S'octroyer encore quelques minutes de souffrance, oui, mais pour en faire quoi ?

Pardonner, partir ou se venger ?

Elle n'avait rien vu venir. Hier soir, il était normal. Chelsea-Barça : 2-0. Ils s'étaient couchés sans se poser de questions. Absolument aucune. D'accord, ils ne parlaient plus beaucoup, mais c'était parce qu'ils se levaient très tôt. À deux, on vit forcément dans une bulle, mais pas forcément de champagne. Quoi qu'il en soit, si bulle il y avait Marc venait de la faire exploser pour en sortir. La rupture allait être pour Aurélie la fin d'un monde, pour Marc le commencement d'un autre. 1-0. De son recoin, Aurélie l'étudia en train d'effacer du pouce la petite moustache de cappuccino du rebord de la lèvre de sa nouvelle amie. Cristal avait eu droit à quatre manifestations de tendresse en moins de dix minutes. Pour Aurélie, à quand remontait le dernier geste amoureux ? Noël ? Dans la zone émotionnelle de son cerveau, la jalousie s'étalait comme une lave de volcan, rouge, dévorante. Elle jeta un billet de dix euros sur la table pour son petit déj, bientôt plus un sou c'était le moment d'être généreuse, et se leva pour sortir le plus discrètement possible de ce lupanar. Dehors, elle rasa les murs, remonta son col et accéléra le pas comme si elle venait de s'enfuir avec la caisse. Comme toujours, c'était elle qui se sentait nulle, indésirable, jamais à sa place. Sans se retourner, elle attrapa son casque, pendu au guidon, l'enfila et démarra vite. Sur son scooter, le nez bouché de papier, elle ouvrit grand la bouche pour aérer ses neurones et avaler quelques moucherons. Personne n'allait comprendre son départ. On ne quitte pas un héros et il était considéré comme tel dans le village. Il y a deux ans, il avait sauvé un petit garçon d'une inondation, quand, après une tempête mémorable, les eaux du fleuve en cru, le Blavet, s'étaient propagées dans les premières maisons aux alentours. Un garçonnet, seul chez lui, s'était réfugié sur le toit... Devant les caméras locales, Marc avait été le chercher à grand renfort de treuils et de poulies. Point intéressant de l'histoire, le jeune garçon s'appelait Moïse. Et Marc était devenu un demi-dieu en une demi-journée. Il continuait à voir Moïse et ses parents une fois par mois. Il était devenu accro aux exploits, records, et à tout ce qui était spectaculaire. Aurélie ne l'était plus assez, probablement. Elle imagina sa lettre. Une lettre est déjà l'antithèse du spectaculaire, mais celle-là...

*Cher Marc, je t'ai vu au café aujourd'hui avec la petite vendeuse d'*Intérieur en Fête*, c'est tout dire, et devant tes sourires radieux et tes petits gestes amoureux, je n'ai pas osé te déranger. Alors j'ai pensé à une séparation, tout ce qu'il y a de plus banal, à notre image. Je prévois une petite valise et pas d'esclandre. Je passerai prendre le reste de mes affaires quand je serai sortie de dépression nerveuse, si j'en fais une. Si je n'en fais pas, c'est encore pire.*

A.

P.-S. : J'ai été licenciée économiquement ce matin juste avant de découvrir ta trahison. Normalement, cet après-midi, je devrais allumer une cigarette sans sentir la fuite de gaz...

Concision. Précision. *No* drame. *No* larmes. Aurélie gara son scooter, ôta son casque, observa sa résidence, se demanda si elle y avait été heureuse, son nez et ses yeux se remirent à couler, elle chercha des mouchoirs, monta les escaliers la tête en arrière, entra et tomba sur Gisèle, la mère de Marc. Oh non.

— Hé Tristoune ! Heu bonjour, Aurélie, je voulais dire. Figurez-vous que j'étais chez le coiffeur, il m'a fait attendre beaucoup trop longtemps. Du coup, je suis partie furibarde, la serviette encore dans les cheveux. Vous avez un séchoir ? Je me suis dit que pour me remonter le moral, j'allais faire une surprise à mon grand fiston chéri...

— Bonjour, madame, répondit Aurélie, en fixant l'absence de brushing au-dessus de la tête de son ex-presque-belle-mère. Votre fils n'est pas là. Je doute qu'il vienne déjeuner aujourd'hui.

— Ah bon ?

Elle n'avait guère envie d'en dire plus. « Tristoune », c'était ça son petit surnom ? Son fils était-il au courant ? Elle n'avait plus aucune envie de se battre. La présence de la mère du traître renforçait son sentiment de noyade. Finalement, ce n'était pas si désagréable quand on cessait de lutter.

— Qu'est-ce que vous avez dans le nez ? reprit Gisèle.

— La vie, l'amour, la mort, le travail, votre fils, votre coiffure...

Elle ôta ses bouts de Kleenex sanguinolents et les jeta dans la poubelle de la cuisine. Dans les yeux de Gisèle, se lisait l'incompréhension.

— Vous comptez faire à déjeuner ?

— Non.

— Une petite salade ?

— Non.

— Je peux la faire si vous voulez ?

— Non plus.

— Mais qu'est-ce qu'il vous arrive, Aurélie ? Vous êtes enceinte ?

Lueur d'espoir dans les yeux de sa belle-mère. Un autre petit demi-dieu dans la famille ?

— N'y comptez pas ! avoua Aurélie.

— Parce que je pourrais m'en occuper, vous savez...

— Pourquoi ? Moi je ne pourrais pas ?

— C'est-à-dire que les femmes dépressives peuvent être dangereuses avec un bébé...

— Vous pensez que je suis dépressive ?

— Pourquoi vous ne l'êtes pas ?

— Si !

— C'est bien ce que je me disais.

L'étroitesse de la cuisine et de cette conversation lui comprima la poitrine. Aurélie cherchait de l'oxygène. Les murs se rapprochaient, non ? Tant pis pour la valise, tant pis pour la lettre, elle devait s'échapper tout de suite. Elle agrippa son sac, marmonna un : « Je dois y aller » sous les « M'enfin qu'est-ce qu'il se passe ? » de Gisèle et ouvrit la porte. Elle dévala, dévastée, les escaliers, une main sur son cœur oppressé, comme pour le contenir. Elle allait s'enfuir et s'inventer un bonheur ailleurs. Oui, ailleurs. Direction le cimetière. Sur son scooter, elle tenta de reprendre une respiration normale, et l'air breton, mêlé à un vague sentiment de liberté, l'enivra un peu... Il était 12 h 55. Une fois arrivée, elle gara son scooter devant le cimetière, ôta son casque et se précipita dans les allées. Devant la tombe qu'elle cherchait, elle s'agenouilla et la nettoya de son bras, chassant les feuilles mortes et autres impuretés.

— Maman, j'ai décidé de partir d'ici. Je vais aller voir Fred à Paris. Je sais que ça s'est mal terminé vous deux, mais il est temps de se pardonner maintenant. Autrefois, il était ton petit garçon tellement drôle et raffiné mais quand t'as découvert qu'il était gay, t'as décidé que ta chimiothérapie ne te servait plus à rien. Fred a dit que t'avais fait de l'« *over reacting* » sur son cas, que tu n'avais jamais rien vu dans ton patelin ! Il t'a dit qu'il était temps d'évoluer et de te réveiller et c'est ce jour-là que tu es décédée. Il ne l'a pas très bien pris... Tu sais, je crois qu'il se débrouille pas trop mal à Paris. Il est vendeur chez GAP. C'est une grande boutique de vêtements. De temps en temps, je reçois les pubs par mail : « Deux tee-shirts achetés, le troisième gratuit ! » Je pense qu'il mène la grande vie… J'aurais dû faire comme lui bien plus tôt, mais j'ai toujours eu tellement peur du regard des autres. Je ne veux pas te faire de reproches, Maman, mais je crois que tu m'as trop bien élevée… Être trop polie, après une matinée comme celle-là, n'est pas très productif au final…

La tombe resta de marbre.

— Depuis que je me suis réveillée ce matin, tout le monde, je dis bien tout le monde s'est évertué à me confondre avec un paillasson. J'ai vécu l'apogée de l'humiliation. À la médiathèque, Mme Dumouron n'a plus les moyens de me payer, elle n'a pas pris de gants pour me le dire. Marc est amoureux de quelqu'un d'autre et je n'ai même pas osé le dire à sa mère. J'ai aussi découvert que la mégère me surnommait « Tristoune ». D'accord, je suis timide, réservée… contemplative et poète, hein ? Comme tu disais, mais tu vois le résultat ?

Toujours de marbre.

— Il faut que je tente autre chose, Maman, je ne sais pas quoi encore mais il va bien falloir oser quelque chose avant de mourir… Je vais aller chez Fred, je ne sais pas encore ce que je vais faire, ni devenir, mais ici plus rien ne me retient à part les Assedic qui attendent de mes nouvelles… Je voudrais que tu me protèges, Maman, donne-moi du courage…

Aurélie se releva en déposant un tendre baiser de sa main sur la tombe grise et s'éloigna à reculons. Elle sortit de l'endroit en regardant le ciel, allait-il se dégager ? Elle attrapa son casque, enfourcha son scooter et… resta à l'arrêt dans un bruit d'agonie mécanique. La jauge d'essence était dans le rouge depuis deux jours.

— N'essaye même pas, Maman, dit-elle. Ma décision est prise, quoi que tu en penses.

Elle se retira de l'engin en levant haut la jambe, mit le casque dans le *top case* qu'elle ferma à clé et laissa là le scooter qui ne voulait plus avancer. Qu'à cela ne tienne, la gare n'était pas si loin. Elle pouvait y aller à pied... Dernière balade dans le village avant d'affronter la capitale. Oh, Fred ! J'espère que tu ne vas pas être trop étonné de voir ta grande sœur débarquer chez toi... sans prévenir, sans savoir pour combien de temps et avec rien !

Prochain train pour Paris : 14 h 46 (changement à Vannes).

Réponse à la question en tête de chapitre : Sacha Guitry.

2

Qui a dit ?

La vie est faite de détails,
mais un détail peut changer une vie.

Plus de quatre heures de train pour faire un bilan des plus navrants de sa vie, c'est trop long. Pour prévoir ce qu'on allait dire à son frère, que l'on n'a pas vu depuis six ans, c'est trop peu. « Fred, je suis partie de chez moi, je me suis fait virer de mon boulot, je sais qu'on n'a jamais réussi à bien se comprendre tous les deux, mais là je ne sais pas où aller et je crois qu'il va pleuvoir... » C'était moyen, pourvu qu'il ait au moins un canapé et une couverture. Élément de langage : attention à bien utiliser le mot « provisoire ». Le temps de trouver un travail. Elle se remémora les petites annonces de son village breton et eut envie de vomir. Au lieu de ça, elle préféra s'endormir la tête collée contre un pull et la vitre...

Le frangin banni n'habitait pas loin de la gare Montparnasse et la petite Bretonne put se débrouiller avec son plan de Paris plié en seize dans son agenda. Que de monde ! Pire que dans ses souvenirs. Rue de Rennes, elle s'attarda au moins cinq minutes devant chaque boutique de vêtements et de chaussures, et s'émerveilla devant les prix aussi. Une paire de bottes pouvait valoir un mois de loyer, ici. Aurélie sentit que la vie allait être rude et eut envie de faire demi-tour, ressauter dans le train pour Vannes, pardonner à

Marc, le laisser être bigame, et se retrousser les manches pour monter une crêperie. C'était ça son destin. Un dernier coup d'œil à son agenda lui annonça qu'elle était devant le bon immeuble. Elle chercha leur nom à l'interphone et sonna. Et s'il disait non ? *Je ne veux pas de toi chez moi. Je me fous de tes histoires. Appelle le SAMU social pour qu'il vienne te chercher et... bonne chance.*

— Oui, heu c'est Auré...

Un déclic. La porte annonça d'elle-même qu'elle cédait à sa demande. Si son frère pouvait ouvrir à n'importe qui sans demander qui se présentait, c'était de bon augure. Il avait confiance en la vie, contrairement à Aurélie qui se méfiait de tout. Surtout de quelqu'un qui aurait sonné chez elle après 20 heures. Un regard aux boîtes aux lettres lui intima de se rendre au troisième étage. Aurélie monta à pied, la porte était légèrement entrouverte, laissant un brouhaha s'intensifier. Elle la poussa doucement et se retrouva face à Dalida.

Une Dalida en robe pailletée échancrée époque Guy Lux.

— Je cherche Fred, parvint à articuler Aurélie, hébétée.

— Fred, il y a une petite souillon à la porte qui te demande ! cria Dalida.

La musique s'arrêta et toutes les têtes se tournèrent vers l'entrée. Elle eut l'impression d'interrompre une émission de Maritie et Gilbert Carpentier. Tout le monde était en paillettes des pieds à la tête. Des hommes déguisés en femme pour la plupart. Une soirée travestis. Il y avait même une émouvante petite Mireille Mathieu en robe noire près du piano. À moins que ce soit une Édith Piaf, on n'aurait su dire. Aurélie se sentit aussi stupide qu'une provinciale qu'on fait monter sur scène chez Michou et qui n'a rien de particulièrement urgent à leur dire. Elle sourit bêtement au moment où son frère s'avança avec une bouteille de champagne dans les mains. Enfin son frère ! Disons plutôt Mylène Farmer, époque Laurent Boutonnat, beau chignon roux, chemisier blanc et grandes bottes noires qui lui montaient au milieu des cuisses. Lui aussi se mit sur pause comme ses participants.

— Alors ça ! lâcha-t-il dans un silence inapproprié pour cette assemblée.

— Je suis désolée, commença Aurélie.

— Comme d'habitude, enchaîna Fred Mylène. Ça, ça ne changera jamais...

— Je ne savais pas que tu faisais une soirée...

— Normal, je ne t'ai pas invitée.

— J'ai perdu mon boulot et mon homme ce matin, avoua-t-elle devant une bonne quinzaine de paires d'yeux ronds et ultra-maquillés.

— Cool !

Il devait être sincère. Dans le cerveau de Fred-Mylène tout ce qui concernait le job ou le mec de sa sœur était transféré dans une case : gadoue, purin, guano, fumier, etc. S'en éloigner était forcément cool.

— Je ne sais pas où aller...

— Et ? s'alarma Mylène.

— Eh bien, je me suis dit qu'ici, chez toi, c'était le seul endroit qui me restait.

— *Oh my god !* cria Fred-Mylène en se laissant tomber dans son canapé, future adresse de sa sœur.

Des rires fusèrent et la musique repartit de plus belle.

— Tu ne vas pas laisser ta sœur à la rue, chéri ! s'écria Dalida.

Un gentil Charles Trenet, le canotier enfoncé derrière les oreilles, vint l'aider à enlever son vieil imperméable, en chantant : « Il y a de la joie, bonjour bonjour les hirondelles, il y a de la joie... »

Cette attention réchauffa le cœur d'Aurélie, même si elle avait un peu honte de sa robe, et ce même à une soirée déguisée. Elle prit place aux côtés de son frère qui, la main sur le front, continuait à secouer son beau chignon, en murmurant : « Cette fille est une plaie d'Égypte ! » Une grande blonde encore plus peroxydée que Dalida en robe de soirée s'empara de la bouteille de champagne et servit une coupe qu'elle tendit à Aurélie. Devant le regard écarquillé de l'invitée surprise, elle chantonna : « Emmène-moi danser ce soir... »

— Michèle Torr ! s'exclama Aurélie comme à un jeu télé.

— Bravo !

— Et tes affaires ? sursauta Fred Mylène tandis que Michèle Torr s'éloignait pour enlacer le chanteur de Culture Club qui sortait de la cuisine.

— Je voulais remplir une valise, expliqua Aurélie, mais quand je suis rentrée chez moi, il y avait ma belle-mère et je suis partie en courant...

— Alors, tu te pointes comme ça, sans rien ?

— Voilà !

— On ne s'est pas vus depuis...

— Six ans. Depuis la mort de Maman...

— Effrayante cette période ! Et tu ne m'as pas beaucoup aidé à l'époque.

— Maman n'appréciait pas ton mode de vie. Et puis tante Paulette a été vraiment choquée que tu viennes à l'enterrement avec ton copain steward qui ressemblait à Dave et qui tortillait du fion, c'est ce que tout le monde a dit et...

— Eh, je suis toujours là ! s'exclama Dave, surgissant de derrière le canapé. Il portait un costume fuchsia brillant que le vrai n'aurait même pas osé mettre.

— Salut, lui dit Aurélie en lui tendant la main.

— On n'est plus ensemble, mais on est meilleurs amis aujourd'hui ! expliqua le blondinet.

— Ravie de l'apprendre, énonça Aurélie.

— J'emmerde tante Paulette, murmura Fred-Mylène en tournant doucement sa coupe de champ, les yeux dans ce passé qu'il avait fui.

Aurélie acquiesça :

— Ça s'est vu...

— Comment elle va d'ailleurs, la bonne du curé ? demanda Fred.

— Elle est chargée des conférences au diocèse de Rennes auprès de l'archevêque, rectifia Aurélie, mais elle va bien...

— Ça me fait penser qu'il n'y a pas d'Annie Cordy ! s'écria le Dave scrutant la pièce le nez en l'air.

— Tu comptes rester combien de temps ? s'enquit son frère.

— Je ne sais pas.

— Tu vas faire quoi ? T'as un boulot à Paris ? Un projet de boulot ?

— Heu... non. Je ne sais pas...

— *Oh my god !* recommença Fred-Mylène. T'es au courant qu'il y a un nombre de chômeurs impressionnant ici ?

— Oui, c'est pour ça que je me sentirai moins seule...

— Et dans quel domaine t'as l'intention de chercher du taf ? Tu veux faire quoi à la base ?

— J'aimerais écrire.

— C'est une blague ?

— Je baigne dans les bouquins depuis toujours et à la bibliothèque, je...

— Oh génial, vraiment génial ! On va faire fortune !

Un travesti grassouillet, trop maquillé, se mit à chanter de l'opérette et l'assemblée se tut pour l'écouter avec dévotion avant de l'applaudir à tout rompre. Aurélie comprit que le grotesque pouvait s'élever au rang d'art et eut moins honte de sa robe. Dave, « le meilleur ami », lui apporta un saladier de pâtes, tomates, feta et un verre de vin. Son frère l'observa dévorer cette salade pour six personnes et lâcha vers son copain :

— Tu crois que ça va être comme ça tous les soirs ?

— J'irai faire les courses demain, annonça la squatteuse la bouche pleine.

— Ah ?

— Oui, tu me diras ce que tu veux, de quoi tu as besoin !

— D'un tabouret branlant et d'une corde bien solide, répondit Fred en dévissant une bouteille de vodka pour s'en envoyer une bonne rasade au goulot.

Qu'importe les sarcasmes de son frère, Aurélie se sentait déjà un peu chez elle. L'appartement n'était pas trop petit, ils pourraient cohabiter. Certes, elle s'attendait à tout sauf à ce genre de soirée, mais une chaleur nouvelle l'envahit. Les copains de son frère prenaient soin d'elle et, après une journée pareille, un peu d'amitié n'était pas de refus. Elle se lança dans une grande conversation avec Charles Trenet sur la chanson française et quand vint le moment pour les invités de prendre congé, Aurélie réalisa qu'elle n'avait pas vu passer ces dernières heures. Les invités commandèrent des taxis dans de grands éclats de voix, organisant des petits groupes de deux ou trois minimum ; aucun des artistes transformistes ne devait partir seul dans les rues. Même si le quartier était réputé civilisé, on n'était jamais trop prudent...

Dave, qui s'appelait en réalité Jean-Jean, et qui habitait à Plessis quelque chose (Aurélie n'arrivait pas encore à identifier les noms de banlieue) avait pris l'habitude de dormir sur place à chaque soirée de Fred. Qu'importe, le canapé revint à Aurélie. Une Aurélie déjà ravie de sa nouvelle vie. Elle rangea un peu, histoire de justifier sa présence, rapporta quelques verres pour le lave-vaisselle, demanda quelle poubelle pour les bouteilles, vida les cendriers, jeta les assiettes en carton. Dans le salon, les deux garçons (qui l'avaient aidée au début, puis, trop contents d'avoir une vraie ménagère à la maison, l'avaient laissée se débrouiller) entamèrent une discussion sur Facebook. Des bribes parvenaient aux oreilles d'Aurélie qui allait et venait, prenant ses nouvelles marques. Dave-Jean-Jean racontait qu'il retrouvait absolument tous ses ex par l'intermédiaire d'amis d'amis. Fred Mylène approuvait. Il lui arrivait la même chose. Des mecs d'un soir, rencontrés dans un bar ou au hammam, il les retrouvait tout le temps sur FB. Les mêmes tournaient partout. Paris était un village, en fait. Surtout le gay Paris. Les petits trentenaires « attrapables » (ainsi se surnommaient-ils), ils se connaissaient tous du Marais à Auteuil, en passant par la Bastille et même le XXe. Aurélie vint les rejoindre avec un cendrier propre et des parts de tarte aux framboises qui n'avaient pas trouvé de clients. Elle prit place avec eux. Son frère la remercia pour le ménage. Jean-Jean lui demanda combien d'amis elle avait sur FB. Aurélie s'étrangla avec une framboise restée coincée dans sa gorge, puis le vin rouge aidant un peu à la confidence, elle avoua à Jean qu'elle n'avait eu, à sa disposition, qu'un seul ordinateur au bureau, à la médiathèque, et qui n'était pas du tout prévu pour aller faire la mariole sur des réseaux sociaux. Elle ajouta que son Marc avait bien un Mac à la maison, mais qu'elle l'utilisait rarement. Pour quoi faire ? Elle était déjà devant un ordi toute la journée. Bon d'accord, c'était une antiquité grisâtre qui donnait pas super envie de s'amuser dessus, mais et alors ? Devant les yeux au ciel de son frère, elle ajouta qu'elle était encore jeune et qu'elle pouvait s'inscrire sur FB quand bon lui semblerait, on était en démocratie, zut à la fin ! Des amis, elle en avait dans la vraie vie. Elle en avait même plein son bled breton ! Tu penses, depuis l'enfance… Oui, d'accord aucune de ses copines ne lui avait donné l'envie de rester là-bas… C'était vrai aussi. Elle n'en avait appelé aucune. Un départ, un changement de vie soudain, c'est comme un suicide, on ne pense pas aux gens que l'on va bouleverser. À vrai dire, on est désolé mais on les emmerde. Ils n'avaient qu'à réagir avant, et d'ailleurs ils n'auraient rien changé de toute évidence. Comme pour mettre fin à cette conversation d'accros à Internet,

Aurélie sortit le livre qu'elle avait volé malgré elle à son lieu de travail. La littérature dépasserait toujours l'ordinateur, en tout cas chez elle, tel était le message envoyé. Les deux garçons gloussèrent. Dave Jean-Jean pencha la tête pour décrypter le titre. Allongée sur le canapé, les jambes étendues derrière le dos de son frère, Aurélie se retourna, signe qu'elle en avait fini avec cette conversation et leur léger dénigrement de Parisiens. Les garçons entamèrent une conversation sur leurs gays partenaires, leur gay life, gay attitude, gays opinions politiques et même leur gay sexualité...

— OK, stop, se résigna Aurélie. J'ai trop de mal à me concentrer.

En face d'elle, Dave Jean-Jean attrapa le livre qu'elle venait de lâcher et le retourna : deux petites photos de femmes en quatrième de couverture, la journaliste intervieweuse et la femme politique. Le copain de son frère resta comme stupéfait :

— T'as vu ? demanda Dave

— Quoi ? répondit Aurélie.

— C'est dingue comme tu lui ressembles... à la journaliste !

Frédéric s'empara du livre.

— C'est vrai, regarde ! Tu lui ressembles un peu. Bon, elle est tout de même plus sophistiquée que toi. Disons qu'elle aurait pu avoir ta tronche si elle n'avait pas été belle !

Aurélie lui arracha le livre des mains. Elle n'avait pas prêté attention aux petites photos en quatrième de couverture.

La journaliste devait avoir deux ou trois ans de plus qu'Aurélie, une coupe de cheveux, il est vrai, plus travaillée, mais une même forme de visage. Avec ses sourcils épilés, ses joues creusées, son maquillage approprié, on pouvait imaginer que du banal, elle était passée à jolie, stylée, intéressante. Aurélie, elle, était restée à normale, plate, terne...

— Je ne trouve pas du tout ! Rien à voir ! s'exclama-t-elle.

— Comment elle s'appelle ? demanda le Dave Jean-Jean en se resservant un verre de bordeaux.

— Connie Pinson, lut Fred.

— Connie, ce n'est pas un prénom, ça, déclara l'ex-*boy-friend*.

En moins d'une seconde, Fred s'empara sous sa table basse d'un objet carré et noir qu'il ouvrit d'un coup sec. Son iPad. Dans la seconde qui suivit, il était sur Google. Dans la suivante, il connaissait la vie et l'œuvre de la journaliste, nègre, collaborateur littéraire, aide-écrivain comme on veut, spécialisée dans les biographies et hagiographies de personnalités, allant de figures populaires : comédiens, réalisateurs célèbres à hommes politiques. Fred lut à voix haute que Connie était le diminutif de Corinne et que tout le monde l'appelait comme ça depuis sa naissance. Aurélie apprit qu'elle était très frustrée au début de sa carrière quand son nom ne figurait pas sur les livres qu'elle avait écrits. Aujourd'hui, elle imposait à ses éditeurs qu'ils titrent *Conversations avec Connie Pinson*. C'était mieux pour tout le monde, elle aimait la transparence. Elle avait trop bossé pour des imposteurs qui, lorsque Michel Drucker leur disait : « Qu'est-ce que c'est bien écrit ! », rougissaient bêtement en murmurant des : « Merci, Michel ! » pendant qu'elle ou/et sa mère bondissaient devant leur écran en hurlant et vociférant à l'injustice. Non mais ! Sa carrière n'avait pas décollé parce qu'elle n'était pas assez de gauche, avait-elle déclaré sur Paris Première. De la gauche nunuche. Elle, elle aimait la démocratie oui mais la démocratie, c'est le débat. Corinne Pinson adorait orienter les conversations sur des sujets qui fâchent. Le problème c'est qu'elle avait l'air de se fâcher avant les autres et, à plusieurs reprises, elle avait balancé des coupes de champagne dans la figure de ses « amis-clients », à savoir, des gens qu'elle était supposée interviewer ! Inutile de dire que ses contrats dans des journaux (même de télé) ne s'étaient pas prolongés très longtemps. Ses collègues disaient d'elle qu'elle était à la limite de la limite… Limite de quoi ? On se demande. Elle-même ne le savait pas. Elle avait déclaré qu'elle aimait le golf car c'était le seul sport où elle pouvait cloper.

Les deux garçons ricanèrent à souhait devant les propos de Connie. Cette fille les faisait « trop marrer » elle avait l'air d'avoir un sale caractère et ils imaginèrent sa frustration devant des actrices dont elle avait à écrire et à vanter les qualités dans ses bios, alors qu'en réalité, elle devait les maudire. Sa vie avait dû être une longue colère. Une longue et incessante colère. Aurélie resta silencieuse devant les gloussements de Fred et de Jean mais, intérieurement, il en était tout autrement dans son imaginaire. Elle, elle trouvait la vie de Connie Pinson passionnante. Et cela devait être passionnant d'écrire la vie de ces gens passionnants. En tout cas, certainement plus intéressant que de… Elle se remémora ses heures supplémentaires non déclarées, surtout quand les jeunes venaient réviser le bac philo au mois de juin et qu'ils fermaient la médiathèque à 21 heures, les airs sévères de Mme Dumouron qui oubliait de lui déclarer sa gratitude et les pseudo-déclarations de M. Daniel, toujours à la limite du harcèlement moral ou sexuel… Lui-même n'aurait su dire. Connie Pinson avait l'air d'avoir des tonnes de déclarations à faire et toujours cash.

— Moi, je trouve ça pétillant, lâcha-t-elle au bout de quelques minutes, mettant un terme aux vannes des garçons.

Son regard était fixé sur la commode en face d'elle où trônait une bouteille de champagne dans laquelle résidait un fond de liquide doré et…

— Pétillant ? reprit son frère.

— Oui.

— Ah bon ? dit Fred en allumant une cigarette.

— Cette fille doit être malheureuse, annonça Jean-Jean en se penchant sur son pouf face au frère et à la sœur. Imaginez cette nana : intérieurement, elle doit crier toute la journée. Elle n'est pas la personne qu'elle voudrait être.

— Personne n'est ce qu'il désire être, affirma Aurélie allongée, les yeux étudiant le plafond.

— Je n'ai pas d'idée sur la question, déclara Fred toujours déguisé en Mylène Farmer.

— Moi, j'aime ce que je viens d'entendre, ce que vous m'avez lu, persista Aurélie.

— C'est le contraire de toi ! s'écria Fred en se retournant pour toucher un peu cette frangine qu'il n'avait pas vue depuis si longtemps. Toi, tu es toujours d'accord avec le dernier qui a parlé, trop timide, trop effacée, dit-il en lui secouant le ventre.

— Ce n'est pas vrai, dit Aurélie subitement plus grave. J'ai fait ce qu'on me disait de faire, ce que je croyais juste... de faire. J'essayais de faire plaisir à Maman... Elle était tellement déçue par toi...

— Elle avait un cancer de la gorge, elle a refusé ses dernières chimios quand elle a appris que j'étais gay. C'est n'importe quoi ! cria Fred.

— Je sais, soupira Dave qui rôdait déjà sur les lieux à l'époque, à l'enterrement en tout cas.

— Je ne t'ai jamais parlé de Marc, mon amoureux, le pompier ? se redressa Aurélie.

— Non, pas trop et je t'en remercie ! renchérit Fred.

Aurélie se rallongea sur le canapé.

— Il sort avec Cristal, la petite vendeuse, révéla Aurélie.

Le vin rouge lui tournait un peu la tête, personne ne l'empêcherait de vider son sac ce soir...

— Super, grimaça Fred que les histoires de pompier et de vendeuse dans le Morbihan ne passionnaient guère.

— Ça m'a fait un choc, continua Aurélie.

— J'imagine, compatit Jean-Jean.

— Deux ans qu'on vivait ensemble !

— Quelqu'un pourrait m'achever ? demanda Fred.

Dave-Jean-Jean sortit de la poche arrière de son costume fuchsia son iPhone qu'il commença à tapoter.

— Elle n'est pas sur Facebook, Connie Pinson ! s'écria-t-il. Non, elle n'y est pas ! conclut-il après quelques minutes de recherches intensives avec ses deux noms, Corinne et Connie.

— Ça alors ! dit Fred en s'adossant à son canapé. Une narcissique pareille, c'est bizarre. Ne serait-ce que pour la promo de ses bouquins !

— On n'a qu'à lui faire une page Facebook, dit Jean sans quitter des yeux son iPhone. On met ta sœur à sa place.

— Arrête, cria Fred. Un *fake*, c'est trop ringard !

— C'est quoi un *fake* ? demanda Aurélie.

— Une personne qui se fait passer pour une autre. Ça arrive très souvent chez les écrivains et ça se voit un peu quand ce n'est pas les vrais, on les repère assez vite. Leurs murs restent vides, alors qu'ils ont plein d'actus...

— Si on met ta sœur, et qu'on actualise le mur régulièrement, ça peut passer, réfléchit Jean-Jean à voix haute.

— Je n'ai pas compris cette phrase ! paniqua Aurélie.

— Je vais prendre une de ses photos sur Google, il y en a plein, file-moi ton iPad, ce sera plus facile, dit Jean-Jean.

Fred le lui tendit sans broncher et s'enfonça dans le sofa en rêvant, recrachant sa fumée vers le haut, regardant son plafond, ce qui signifiait chez lui qu'il se sentait bien. En revanche, Aurélie se redressa comme si elle avait pris du deux mille volts dans les reins.

— Qu'est-ce que vous faites ?

— Rien, Poulette. On va inscrire Connie Pinson sur Facebook et ça va être toi, ma chérie ! Ça ne t'ennuie pas ? demanda Jean.

— Vous êtes fous !

Dave Jean-Jean continuait à pianoter l'iPad.

— Allez, j'inscris ta *sister*, mais sous le nom de Connie, journaliste et écrivain.

— Arrête ça tout de suite, je t'en prie ! supplia Aurélie.

— Écoute, ça me fait rire et on s'en fout de cette fille ! Et puis, au pire, elle a assez d'humour pour...

— Non ! hurla Aurélie. Cette fille doit être extravertie, grande gueule, si elle l'apprend, elle va être furieuse...

— *Furieuse*, ce sera ton mot de passe. J'ai mis l'adresse mail de Fred. Ton numéro, c'est quoi ? Tiens, j'ai trouvé une photo d'elle où tu lui ressembles encore plus.

— Ne mets pas mon portable ! Mais vous êtes deux tarés ! cria-t-elle.

— Pour l'adresse ? Bon, ben je mets ici, poursuivit Vincent.

— Oh, non... soupira-t-elle.

Frédéric jouait déjà dans son salon : « Ma sœur, oui c'est cette journaliste, vous connaissez Connie Pinson ? Non, moi je ne porte pas le même nom, en revanche je suis gay comme un... »

— Arrête ! hurla Aurélie. Arrêtez de faire les zouaves et arrêtez ce...

— Ta date de naissance, c'est quoi au fait ? demanda Jean-Jean, toujours concentré sur l'iPad...

— 30 juin 78, se rappela Fred, qui avait juste quatre ans de plus.

— Oh, non, supplia Aurélie.

— À mon avis, la vraie est plus dans les 74, mais pas grave ! continua Fred en dansant.

Aurélie découvrit que sous son chemisier blanc de Mylène Farmer, de hautes bottes noires aux pieds, son frère ne portait qu'un string et elle put redécouvrir les fesses de son frère vingt ans après leur dernier bain ensemble.

— Vous êtes des malades ! ne put-elle s'empêcher de lâcher.

— Tes études, je mets la Sorbonne, dit Jean-Jean. Ce sont les études de la vraie. Pour ta série préférée, je mets : *Queer as Folk !* C'est ce que j'ai mis pour moi... Ton livre préféré ?

— *Rebecca,* de Daphné du Maurier ! révéla son frère. Ça n'a pas changé ? demanda-t-il en se retournant vers elle, les fesses à l'air comme Polnareff sur l'affiche de ses débuts.

— Stop ! cria-t-elle.

— Trop tard. Tu es inscrite sur Facebook, ma chérie ! s'exclama Jean.

— Je vous hais, déclara Aurélie.

— Oh, ma petite Connie ! *My sister !* chanta Fred.

Elle avait lâché la banalité grandiose des petites gens le matin même pour arriver direct chez les dingues le soir. N'y avait-il pas un entre-deux ? Une marge ? Une demi-mesure ? Des types normaux ?

— Non, ce n'est pas possible, j'ai trop honte. Je n'oserais même pas m'inscrire sur FB avec mon vrai nom, ma vraie vie qui n'a aucun intérêt, alors imaginez sous le nom de cette fille qui doit être superbranchée et qui connaît tout le monde !

Aurélie ne savait plus ce qu'elle disait et s'écroula comme un vieux flan sur un des coussins. Il était rose. Qui s'achète des coussins roses ?

— Eh bien justement, c'est pour ça qu'on le fait ! s'écria Jean-Jean. J'ai bloqué tes amis, comme ça, on ne voit pas si t'en as quatre mille ou zéro, on s'en fout... J'ai mis tous les titres des livres de Connie dans la rubrique « À propos de moi ». Non, c'est cool ! Elle est vraiment bien cette page, répéta Jean en admirant son œuvre.

— Dès demain, je virerai tout ! déclara Aurélie d'un ton sec.

Dave-Jean-Jean ôta sa veste pailletée.

— Heu... Je crois que c'est un peu dur de se désinscrire ! FB déteste. Mark Zuckerberg lui-même te demande cinquante fois pourquoi tu veux te barrer... Enfin, je crois...

Fred disparut dans sa chambre pour ramener un bas de jogging et des chaussettes à sa sœur. Il lui lança aussi un oreiller et une couette.

— Allez, ne fais pas la tête. C'est pour rire. Jeannot est un peu déchaîné ce soir, hein ?

Jean l'embrassa sur les deux joues et disparut après lui avoir lancé : « À demain, chère Connie ! » Aurélie le regarda s'éclipser en se tortillant.

— Tu as tout ce qu'il te faut ? demanda Fred dans l'entrebâillement de la porte.

— Je crois bien ! dit-elle en enfilant le bas de jogging pour dormir.

— Demain, j'irai voir chez Gap tout ce qu'on a comme invendus en stock, je te ramènerai des tee-shirts, jeans, chaussettes, tout ce que je trouve...

— Merci ! souffla Aurélie un peu émue, en étendant la couette sur elle.

— Tu vas te trouver un travail...

— Oui, oui bien sûr... Eh, Fred !

— Quoi ?

— Je suis tellement contente de t'avoir retrouvé. Je te remercie, tu ne peux pas savoir...

— Ouais. Cool !

Il appuya sur l'interrupteur du salon. Au même moment, les paupières d'Aurélie se fermèrent. Elle s'endormit épuisée par cette journée. Elle se mit à rêver. De drôles d'images balancées par son inconscient arrivèrent dans n'importe quel ordre... Mais pourquoi dans toutes les scènes, on l'appelait Connie ?

Réponse à la question en tête de chapitre : Rémi Goyer.

3

Qui a dit ?

Nul ami tel qu'un frère,
nul ennemi comme un frère.

Le lendemain matin, elle ouvrit un œil dans un appartement où les rideaux bleus laissaient passer quelques rais de lumière. Oh que sa bouche était sèche ! L'endroit était cosy, silencieux et totalement paniquant, mais sa frayeur devant l'absence de reconnaissance des lieux dura moins de deux secondes. Le temps pour ses neurones de lui rappeler chez qui elle était. Oui, Fred. Ouf ! Ça s'était bien passé, finalement. Il n'avait pas pu la mettre dehors devant ses amis. La fin de soirée lui revint en mémoire et cette histoire de Facebook la contraria. Elle avisa les soixante euros que Fred lui avait laissés sur la table basse, avec un double des clés. Elle avait promis d'aller faire les courses. Il fallait aussi qu'elle se lance dans sa recherche d'emploi, regarder sur Internet dans un premier temps, et puis se faire un nouveau CV. Elle observa l'appartement vide et jugea que le piano prenait toute la place dans ce petit salon. Son avenir était loin d'être un champ de promesses, non, pour l'instant c'était toujours cette porte blindée qu'elle s'était prise dans le nez la veille et à deux reprises, mais peut-être venait-elle de trouver un moyen de l'entrouvrir. Il fallait agir vite. Fred n'allait pas lui laisser soixante euros d'argent de poche par jour. Elle chercha sa boîte de Nurofen au fond de son sac et en profita pour rallumer son portable. Une autre frayeur s'empara d'elle. Une plus longue, cette fois, une à développement durable : Marc avait appelé trente-sept fois dans la nuit et l'inquiétude de sa voix était contagieuse. Il ne comprenait pas pourquoi elle n'était pas rentrée et pourquoi elle était injoignable. Par la suite, l'inquiétude devenait menaçante. Ces messages étaient de plus en plus oppressants, Aurélie cessa d'écouter au bout du vingtième qui disait : « Je viens d'avoir ma mère qui t'a vue à midi, elle pense que tu es partie en courant probablement pour te suicider, si c'est le cas j'aimerais être prévenu... etc. »

Elle n'avait rien à lui dire. Et son angoisse serait sa punition. Pas savoir, c'est toujours ce qu'il y a de pire. Et elle, il ne fallait plus qu'elle pense. Elle se leva, rangea la couette sous le canapé, prit une douche et choisit des vêtements dans l'armoire de son frère. Ils faisaient pratiquement la même taille. Habituellement, quand elle enfilait une chemise de Marc, elle flottait dedans, là non. Son frère avait le même gabarit qu'elle et on était loin du sportif d'un mètre quatre-vingt-cinq, le genre pompier, beau, sauveur... tu parles ! (En off : un faux-cul, coureur, salopard, sans parler de Gigi sa mère, cette dinde !) Elle attrapa un jean et un pull vert dans les tons kaki. Son frère avait une « garde-robe » impressionnante. Elle resta plantée devant comme une gamine dans un magasin Joué Club. Des jeans, des tee-shirts de marque, des costumes, des déguisements aussi. Un boa à la Régine surgissait même du placard entre deux vestes. Elle enfila des chaussettes en fil d'Écosse et lui vola une paire de Converse noires au pied de son lit. Elle se fit un café dans la minuscule cuisine et continua son petit rangement. Elle allait être un boulet pour son frangin alors hors de question, qu'en plus, ses affaires traînent partout. Bon, pour l'instant, elle n'avait pas grand-chose. Rien même quand on y songeait. Elle claqua la porte, descendit les escaliers rapidement et là le choc : il n'y avait pas de vent. Juste un air frais qui lui procura quelques sensations légères. Il y a encore une semaine, elle espérait tomber enceinte avant l'été, elle croyait en Dieu, en Marc, en sa bibliothèque, en son amour pour l'océan Atlantique, en sa peur des arbres la nuit et...

Elle n'avait plus d'homme, ni de boulot, ni de village. Il lui restait soixante euros, un frère sacrément homosexuel et un quartier parisien à découvrir. Sans arbres... enfin pas trop. Elle partit à l'aventure, c'est toujours ce qu'on fait quand on n'a plus de certitudes.

Fred rentra vers 19 h 30. Aurélie put redécouvrir son frère habillé normalement. Elle le trouva beau, en civil, sans son postiche chignon roux de Mylène Farmer, il avait les cheveux très courts blond cendré, comme quand il était petit. Un élan de tendresse lui serra le ventre. Elle eut envie de se jeter sur lui, comme quand il avait quatre ans, pour le couvrir de bisous. Ils restèrent quelques secondes à s'observer. Aurélie avait préparé deux entrées et des pâtes. Fred sourit en découvrant le dîner sur sa table basse. Comme pour la remercier, il déposa à terre un gros sac GAP en annonçant : « Voilà tout ce que j'ai pu rapporter dans un premier temps ! » Aurélie remit sa séance d'essayage à plus tard. Les pâtes allaient refroidir sinon...

Son frère prit place à côté d'elle. Ils formaient déjà un petit couple et, bizarrement, ce couple-là amusait plus Aurélie que son « vrai couple » En réalité, elle avait cent fois plus de choses à raconter à son frangin. Moins sarcastique et moins bourré que la veille, Fred l'écouta. Ils évoquèrent leur père, disparu trop tôt dans un accident de voiture à Saint-Dolay sur la route départementale 34. Chaussée glissante, vous dit-on, et vous vous retrouvez sans père. Et puis leur mère. Leur nouvelle vie à trois... L'enfance et l'adolescence de

Fred où comment il était passé de l'enfant calme, cultivé et raffiné au paria de la ville. Comment il avait trouvé les abrutis de son lycée abjects, à l'époque... Pourquoi et comment il était parti. Pourquoi et comment Aurélie était restée. Ils se racontèrent tout et surtout ce qu'ils étaient devenus depuis leur séparation. Ils se parlèrent doucement, sans animosité aucune, juste en s'écoutant et en se comprenant. Plus personne n'était là pour juger. Aurélie en était certaine, si l'Au-delà existait, leurs parents devaient sourire devant ces retrouvailles aussi émouvantes qu'inattendues.

Ils en vinrent à parler de la soirée de la veille et éclatèrent de rire quand Aurélie fit part à son frère de sa surprise au moment où elle avait déboulé à l'improviste dans sa soirée pour tomber sur Dalida. Mais qui étaient ces gens ? Fred lui avoua que la plupart travaillaient dans des cabarets comme Aurélie l'avait imaginé, oui c'était des artistes de grand talent. Aurélie approuva, ils lui avaient fait tous une très bonne impression. Surtout le Charles Trenet qui était trop mignon. Aurélie apprit que le Charles Trenet travaillait dans un grand salon de coiffure, qu'il était coiffeur visagiste, coach en relooking express... Aurélie, qui n'avait capté qu'un mot sur trois, n'en demanda pas plus. Néanmoins, elle ne put s'empêcher de féliciter son frère : Après tout, c'était la vie dont il avait rêvé, non ? Fred hocha la tête doucement, sa bouche dessinant une petite moue : « Est-ce qu'on a vraiment la vie dont on rêvait ? »

Qui peut répondre à cette question ? Ils laissèrent passer un silence. Personne.

— Moi non, commença Aurélie. Mais le pire c'est que je ne pensais pas la lâcher aussi vite !

— Moi je ne pense pas tout court, résuma Fred.

— Mmmmh, répondit Aurélie.

Bon, en général, après une conversation comme ça... on peut aller se coucher. Un ange passa à nouveau. Les deux frangins ne savaient plus quoi se dire… Ils avaient trop parlé. Au fond de la pièce, la chaîne était branchée sur Radio Nostalgie. En fond sonore, on entendait tout doucement depuis trois heures : Donna Summer, Cat Stevens, ABBA, Aretha Franklin, les Bee Gees, Michel Delpech, Diana Ross, etc.

Fred tendit l'oreille. Oui, oui, il entendait bien :

Quand tu souris,
Je m'en vais au paradis,
Je vais à Rio
De Janeiro…

Il se précipita sur sa chaîne et tourna le volume sonore à fond. Ça y est, Aurélie se retrouva à nouveau chez Maritie et Gilbert Carpentier pour une spéciale Claude François. Fred se lança dans une chorégraphie digne d'un *Midi Première* chez Danièle Gilbert, ambiance 1977. Immédiatement, Aurélie se précipita derrière son frère et entama un numéro de Claudette. Ils faisaient une boum à deux : l'un en Claude François, l'autre en Claudette. Oui, c'est ce que l'on fait lorsqu'on a du temps à rattraper…

Épuisés après cette chorégraphie improvisée, ils se laissèrent tomber sur le canapé en riant. Fred se releva pour aller baisser le volume de la chaîne qui proposait un Jean-Jacques Goldman des années 80, *Envole-moi*, avant de rejoindre sa sœur, sa nouvelle copine de boum. Elle n'était pas aussi chiante que la pluie et les mouches réunies, finalement ! Aurélie se releva pour débarrasser la table basse des assiettes qu'elle rapporta à la cuisine. Fred cherchait son paquet de cigarettes et le trouva coincé au fond de la poche de son petit blouson en daim. Aurélie lui en demanda une en revenant s'asseoir à ses côtés. Il obéit, sans savoir si sa sœur fumait réellement ou pas… À vrai dire, il y avait encore plein de choses qu'il ne savait pas vraiment sur elle... Ils fumèrent en silence, puis Aurélie se lança dans un monologue sur sa recherche d'emploi qui lui évoquait un labyrinthe sans fin. Sur Internet, ne serait-ce que pour un boulot d'assistante, c'était un parcours du combattant. Dans le quartier, pour être vendeuse, il fallait l'avoir été avant. Il faut bien commencer un jour, non ? À moins qu'on ne dépose directement des bébés dans des boutiques pour qu'ils soient vendeurs tout de suite. Fred s'empara de la bouteille de vodka qu'il servit dans deux petits verres. Lui avait commencé en pliant des pulls et en installant la vitrine et il avait eu du bol. Voilà à quoi la jeunesse en était réduite. Trouver un job de plieur de pulls chez GAP, c'était déjà la Maison-Blanche... Plus besoin d'être un punk des années 80 pour penser : *No future*.

— Ton copain d'hier soir, tu sais, celui qui ressemble à Dave...

— Oui Jean-Jean, dit Fred en avalant sa vodka d'une traite.

— Oui, vous avez dormi ensemble, en fait ?

— Ouais, juste dormi, révéla Fred.

— D'accord, dit Aurélie.

De toute façon, il était inutile de se lancer plus loin dans la conversation.

— Tu sais, reprit-elle, ça m'a bien contrariée qu'il m'inscrive comme ça sur Facebook sous un faux nom, en plus ! Sans me demander mon avis et...

— Oh, mais c'est vrai ! se remémora Frédéric.

Enfin un truc drôle dont il pouvait parler. Il s'empara de ce truc carré et noir sous sa table basse : son iPad.

— J'avais complètement oublié...

— Pas moi, murmura Aurélie.

— Alors où t'en es où sur FB, ma grande ? Attends, comment elle s'appelle la fille déjà ?

— Connie Pinson.

— Ah, oui ! Génial !

— Mon cauchemar, oui !

Fred était déjà parti sur FB.

— Ton mot de passe, c'est...

— Furieuse...

— Voilà, c'est ça... Trop sympa, ce Jean-Jean !

— Je ne trouve pas...

— Alors, voyons voir...

— Dis-moi comment me désinscrire, s'il te plaît, Fred.

— Ouais. Heu... En fait, non. Oh, Connie, t'as plein de demandes d'amis !

— Quoi ?

— Oui, et t'as déjà un message...

— De qui ?

— Attends, je ne sais pas... Ah, voilà ça y est :

DE Patrick Lickert :

Ma Connie, c'est Patrick, enfin tu t'es inscrite sur Facebook ! Depuis le temps qu'on te le demandait ! On peut enfin te retrouver, toi qui es toujours par monts et par vaux. Je n'ai plus ton portable, Cathy m'a dit que ton iPhone était tombé dans les toilettes. (Elle reste persuadée que tu l'as jeté exprès un jour où tu devais encore être de bon poil !) Je n'ai pas pu t'expliquer, à l'époque, pourquoi ton papier n'était pas passé mais déjà rien que le titre : « Charles Aznavour, le fraudeur fiscal préféré des Français » n'était pas possible, tu peux en convenir et comme toute ton interview était dans cette veine, on a préféré, et son attachée de presse surtout, en rester là...

As-tu un nouveau numéro de tél. ? Je sais qu'on t'a piqué ton ordinateur quand tu étais en reportage à La Courneuve mais comme ton papier t'a valu un procès avec je ne sais plus quelle assoc', tu t'es bien vengée... Ah oui, j'ai vu que tu avais publié quelques billets d'humeur pour Causeur, chez ta copine Élisabeth, ils m'ont bien fait rire.

Écoute si tu es dispo, laisse-moi un message. Mon pote Thierry Vergance est passé rédac chez Stars et Actus. Je ne sais plus si je te l'ai présenté mais il cherche des pigistes pour son site Internet, et il aimerait de vraies plumes... Je lui ai parlé de toi avant-hier, c'est drôle, non ? Thierry a adoré tes deux derniers bouquins et c'est un fan de ton style qui claque. Il semblait plutôt partant si tu ne lui ramènes pas un procès par article, bien sûr. Et puis je te signale qu'il paye, lui ! Comme la dernière fois que je t'ai vue tu m'as dit que tu avais beaucoup de succès d'estime à l'exception de celui de ton banquier, qu'en penses-tu ?

Je t'embrasse.

Il laissait son numéro de portable et celui de son ami Thierry.

Fred et Aurélie se regardèrent. Fred, ravi. Aurélie, effrayée.

— Eh bien voilà, dit Fred, tu vas arrêter de me prendre la tête avec ta recherche d'emplois, t'en as un !

— À un détail près, petit con ! Je ne suis pas Connie Machin...

— Eh, je t'héberge chez moi. Pas de vulgarité, s'il te plaît...

Il cliquait sur « Confirmer » pour les nouveaux amis qui se présentaient.

— Je te signale, reprit-il, qu'en plus t'as déjà cinq amis. Presque plus que dans la vraie vie. Bon, il y en a un, ça a l'air d'être un bar, mais on s'en fout...

— Il faut arrêter cette mascarade au plus vite et me désinscrire de cette connerie !

— Les piges, on peut les envoyer par mail, tu n'es pas obligée de rencontrer les gens...

— Toi, je crois que t'es vraiment dingue ! hurla Aurélie. Il va bien falloir que l'on se voie à un moment ou un autre ! Ne serait-ce que pour discuter à l'avance, signer des contrats, etc.

— Il dit de son pote : « Je ne sais plus si je te l'ai présenté. » Si ça se trouve, le copain ne te connaît que de nom... et puis tu lui ressembles à la fille, en vrai... Une nouvelle coupe de cheveux, un séjour chez l'esthéticienne et hop...

— Et hop, en deux secondes, je vais tomber sur quelqu'un qui la connaît vraiment et finir en prison illico...

— Non, ce n'est pas une usurpation d'identité. Tu n'as pas volé son passeport pour contracter des crédits. C'est juste un *fake* Facebook...

— C'est pareil ! C'est horrible !

— Mais non...

— Mais si ! paniqua Aurélie.

— Rien à voir.

Il relut le message.

— Bon, résuma Fred, ce type, Patrick, doit être son ancien chef ou un collègue dans un journal. On sait qu'elle a une amie Cathy. Cette Cathy, ça doit être Catherine...

— Ça peut être n'importe qui et j'espère qu'on ne le saura jamais ! Ce n'est pas notre monde !

— « Ce n'est pas notre monde ! » On croirait entendre Maman ! Il faut que t'arrêtes avec ce genre de phrases, maintenant. C'est juste plus possible ! Ce que je pense, c'est que tu peux tenter d'appeler le fameux Thierry, pour faire des piges, on ne sait jamais, ça peut passer...

— Ridicule.

— Pas forcément...

En haut de la page, Aurélie aperçut le mot : « Déconnexion » et cliqua dessus brutalement. Depuis deux jours, elle n'avait envie que de ça et dans tous les domaines. Fred secoua la tête doucement.

— Je ne crois pas que ce soit aussi facile.

Néanmoins, il quitta FB et éteignit l'iPad.

— Tu veux une petite camomille ? Avec un Témesta ?

— Non.

— Bordel ! reprit Fred. Qui m'a dit pas plus tard qu'hier soir qu'elle voulait écrire ?

— Va te faire foutre !

— Inutile ce genre d'expressions, ici. Je n'arrête pas et j'adore ça !

— Oh !

Aurélie plongea sa tête dans un des coussins. Fred éclata de rire, il aimait bien secouer un peu sa grande godiche de sœur, la choquer un peu... Mais, après réflexion, il tenta une approche plus humaine :

— Tu es une « vraie plume », tu sais ? Enfin si ça se trouve...

— Non. Je ne suis qu'un vide.

— On va te remplir...

— Fiche-moi la paix, Fred !

Réponse à la question en tête de chapitre : c'est un proverbe indien.

4

Qui a posé la question ?

Que gagne-t-on en travaillant ?

Le lendemain matin fut relativement similaire à la veille. Panique, frayeur, Nurofen, portable rallumé : Marc avait appelé vingt-sept fois. Il menaçait d'aller voir ses copains gendarmes à Lorient. Il avait appelé à la bibliothèque et appris la nouvelle de son renvoi. Sa mère faisait la tournée des hôtels de la région pour savoir si on n'avait pas retrouvé le cadavre d'une jeune fille dans une chambre...

Elle imagina Gisèle : « Vous n'avez pas trouvé une pauvre fille avec une boîte de Lexomil dans une main et une bouteille de vodka dans l'autre ? Genre Marilyn Monroe mais sans le physique. »

Aurélie se sentit encore plus oppressée. À entendre son cher Marc, toute la ville était dans l'angoisse. Une ville qui ne s'était jamais préoccupée de son sort, pourtant... « Que tu te sois barrée, suicidée ou faite choper par un serial killer, j'estime que j'ai le droit de savoir ! » s'égosillait Marc... Aurélie éteignit son portable. Dès le réveil, une lassitude l'envahissait, elle n'avait rien à dire. Toujours aucune déclaration à faire. Fred apparut dans son salon en caleçon et chaussettes pour ouvrir en grand les rideaux bleus.

— Allez debout, je t'emmène bruncher !

Dans le cirage, Aurélie acquiesça.

Une fois au café d'en bas, la matinée aurait pu être bonne si Fred n'avait pas mis sur la table l'épineux sujet de l'argent.

— Tu n'as pas vidé ton compte à la banque avant de partir ? demanda Fred.

— Non. Il me restait cent soixante-douze euros. Ou alors, j'étais à moins cent soixante-douze euros, je ne sais plus...

Fred leva les yeux au ciel, une fois de plus.

— Tu n'as pas d'argent de côté, aucune économie ?

— Non, je payais les factures pour que Marc, lui, puisse mettre de l'argent de côté...

— Mais, ça ne me paraît pas très équitable, formula poliment son frère.

— Je sais. La relation n'était pas très équilibrée quand j'y repense.

— Tu t'es bien fait avoir, ma gourdasse ! formula moins poliment son frère.

— Voilà, oui. Et c'était tout le temps, sur tout... En fait, j'étais en position d'infériorité et de vulnérabilité parce que je pensais que je n'étais pas bonne à grand-chose. La vie vient de me prouver que je n'avais pas tort...

— Je ne veux pas t'entendre dire ça, plus jamais ! T'as compris ?

— Je vais essayer, promit-elle.

— T'as jamais envie de te battre, de te rebeller ?

— Si, mais j'attends que ça passe.

— On va te reprendre en main, toi ! Ce n'est pas possible, je ne veux pas d'une sœur soumise qui se laisse marcher sur la gueule !

Aurélie touilla son double express tristement. Tellement de femmes pensent qu'elles sont sur Terre pour subir. En général, elles tombent toujours sur de bons petits machos qui les confortent dans cette idée.

— Avant ma vie c'était Marc. Tout tournait autour de lui. Mon projet de vie, c'était lui. Mon but c'était lui...

— Il ne faut jamais penser comme ça, soutint Fred. C'est vrai, ça sert à quoi de dépendre autant de quelqu'un ?

— À rien. C'était mon héros, c'est tout. Je voulais que tout soit nickel pour lui. Le pire, c'est qu'il ne m'a jamais autant appelée que depuis deux jours et je n'ai plus rien à lui dire. Vide, complètement vidée et inutile, je me vois comme ça maintenant...

— Il t'a appelée ? s'inquiéta Fred.

— Oui. Il m'a laissé cent cinquante mille messages pour savoir où j'étais. Je n'arrive pas à le rappeler. C'est comme si je n'arrivais plus à parler. Il me dit que tout notre patelin est en panique et moi je n'arrive pas à le rassurer. J'ai des nœuds marins qui me serrent l'estomac rien que d'y penser. L'idiotie de l'histoire, c'est qu'il me croit plus ou moins décédée, mais il voudrait que j'appelle pour confirmer.

— Plus ou moins décédée. J'aime bien l'idée.

— Oui. C'est un peu ce que je ressens, en plus...

Le serveur déposa deux assiettes d'omelettes baveuses sur la table.

— En parlant de plus ou moins, reprit Fred, il y a Facebook qui m'a demandé si tu voulais vraiment te déconnecter ce matin et...

— Oh, non, ça recommence !

— Je sais que tu ne veux pas jouer le jeu, mais regarde les choses en face. Écrire, c'est ce que tu veux, c'est ton rêve et là, on te propose des piges...

— Mais ce n'est pas à moi. C'est bien ça le problème.

— Je sais, mais combien de temps tu vas mettre à trouver un travail, ici ? Hein ? Un vrai travail ?

— Et combien de temps la vraie Connie va mettre pour s'apercevoir qu'une autre écrit à sa place ? Et ce, en plus, à cause d'un *fake* sur FB ?

— Pour les articles, le temps qu'elle s'en rende compte, le patron du site aura pu apprécier ton style et t'engager sous ton vrai nom...

— Depuis que t'as quitté notre Bretagne Sud, t'es d'un optimisme à l'épreuve des balles, toi !

— Il faut bien, dit Fred en s'emparant de la salière pour en répandre la moitié sur la montagne de beurre d'une tartine.

Apparemment, il était aussi optimiste sur sa tension et son cholestérol.

— Je me suis refait un CV hier sur ton MacBook, reprit Aurélie, et j'ai commencé à l'envoyer par mail à quelques boîtes... On verra bien...

— Ma pauvre ! murmura Fred.

— Quoi ?

— Tu choisis bien ton moment, en pleine crise !

— C'est justement parce que c'est la crise que je suis au chômage !

— T'as mis quoi dans ton CV ? Ta licence de lettres modernes à la fac de Lorient ?

— Ben oui.

— Tes boulots de gratte-papier partout en Bretagne Sud.

— Ben oui.

— Quand t'as été assistante de ce photographe...

— Oui.

— Quand tu as posé pour lui ?

— Ça non !

— On fait partie de la génération CV, soupira Fred, et c'est l'horreur, les entreprises répondent automatiquement aux demandes d'entretien... Ce sera un : « Nous avons bien reçu etc., mais c'est non... » Informatique, automatique. C'est totalement inhumain sur tous les fronts. Aujourd'hui, si tu veux un contact humain, il faudrait aller voir dans les bars à putes du IXe, aux métros Blanche, Pigalle, pour savoir s'ils ont besoin d'une nouvelle hôtesse...

— Merci, Fred !

— Je ne suis même pas sûr qu'ils t'embauchent là-bas, remarque le côté provincial, ça peut exciter...

— Merci, Fred !

— Je ne peux pas t'entretenir, Aurélie. Si tu n'as pas trouvé un boulot à la fin du mois, tu seras obligée de repartir dans le Morbihan, de reprendre ta vie de chômeuse avec ton sapeur de moral pompier et de te prostituer pour me rembourser ce que tu me dois... et puis pour tout le reste aussi, les factures, tout ça...

— Arrête-toi, Fred, je vais encore saigner du nez !

— Réponds à ce type sur Facebook et dis-lui que tu vas faire les piges pour son pote ! T'as compris, Aurélie ?

— Jamais ! Tu m'entends ? Jamais...

Une heure plus tard :

— Bon alors je mets quoi ? demanda Aurélie face à l'écran. Elle venait de s'avaler un fond de vodka dans un petit verre.

— Il faut qu'on reprenne le style de Connie Trucmuche, dit Fred en prenant place à ses côtés. Je suis sûr que tu peux écrire largement aussi bien qu'elle...

— T'es gentil, mais non.

— J'ai confiance en toi...

— Il ne faut pas...

— Résumons : le type content de l'avoir retrouvée s'appelle Patrick, il lui explique qu'il a un copain...

— Thierry passé rédacteur à *Stars et Actus*...

— C'est ça : Thierry qui « cherche des plumes » pour le site du magazine... Bon, tu lui réponds.

— À qui ?

— À ton copain Patrick dans un premier temps. Tu lui dis que t'es partante, que tu es libre en ce moment, et que t'écrirais volontiers pour *Stars et Actus*... Les stars, tu connais par cœur, leurs actualités aussi...

— Quoi ?

— Mais oui, allez !

— Oh pitié ! s'écria Aurélie.

Penchée vers la table basse, ses doigts restèrent comme paralysés au-dessus du clavier, les yeux figés face au rectangle indiquant « Réponse » au milieu de la page FB.

— Je n'y arrive pas...

— Oh, allez !

Fred s'empara fermement du Mac ouvert qu'il déposa sur ses genoux :

— Simple, concis, précis... On ne rentre pas dans les détails.

Aurélie se remémora la lettre de rupture sans effusion qu'elle avait planifié d'écrire. Au lieu de ça, elle était tombée sur la mère de Marc. Penser à Gisèle lui donna encore l'envie de fuir. Encore. Exactement comme le père de Marc qui avait pris ses jambes à son cou quand Gisèle lui avait révélé son cinquième mois de grossesse. La comparaison avec ce lâche qui ne voulait rien assumer s'arrêtait là.

Coucou Patrick, pianota Fred à toute vitesse, *ravi d'avoir de tes...*

— Mets un *e* à *ravi*, c'est une fille qui écrit...

— T'as raison, genre de petits détails qu'on oublie...

— Et puis pas de *Coucou*. Connie doit être fille qui commence par juste un Bonjour ou par rien. Je la sens comme ça... hein ? Moi, je l'ai lue !

— Bon, tu veux le faire ?

Aurélie secoua la tête, dépitée.

— Bon alors : ... *ravie* (il corrigea) *d'avoir de tes nouvelles. Moi aussi je m'inquiétais depuis ce temps...*

— Qu'est-ce t'en sais ?

— Apparemment c'est quelqu'un qu'elle n'a pas revu depuis un bout de temps... Il poursuivit sans se démonter : *J'étais déjà au courant que ton pote Thierry cherchait des pigistes pour son site...*

— Je... quoi ? Ah bon, on était déjà au courant ? s'exclama Aurélie.

— Oui, c'est un tout petit milieu, tout se sait...

— Ah, et qui te l'a dit ?

— On s'en fout ! Ça peut être n'importe qui... Il ajouta : *Cathy me l'avait dit*. Oui, c'est bien, ça. Cathy, c'est la fille dont il parle. Elle lui a dit que t'avais paumé ton portable, elle peut bien te tenir informée de ce qu'il se passe, non ?

— Pffffou, soupira Aurélie en pensant qu'elle s'enfonçait dans un imbroglio à chaque mot écrit par son frère.

Je suis à Paris en ce moment et je peux rencontrer ton ami Thierry quand il veut...

— *Dès qu'il le désirera*, corrigea Aurélie.

— D'accord.

Il rectifia. *Je te laisse mon nouveau numéro. On peut s'appeler demain si tu es dispo.*

Il inscrivit le numéro d'Aurélie, pelotonnée à l'autre bout du sofa, la tête plongée dans un coussin jaune. Qui achète des coussins jaunes ?

Bisous, bisous, conclut Fred, en se demandant quelle tête pouvait bien avoir ce type qu'il bécotait.

— Non, non, se redressa Aurélie. Mets : *Bien à toi* ou *Bises*. Ça suffira, crois-moi...

Fred relut son imposture, tout ceci semblait plutôt prometteur pour un début.

— On n'en dit pas trop. On n'a plus qu'à attendre maintenant...

Il fit partir le message d'un clic.

— C'est un cauchemar ! dit Aurélie en se mettant de nouveau la tête dans le coussin.

— Tu changeras le message sur ton portable. Tu laisseras juste le numéro et point barre.

— C'est déjà ce que j'ai fait ! Fred, tu ne m'as pas appelée depuis combien de temps ?

Fred songea un siècle, mais n'osa le prononcer.

— Et si ce Patrick demande à me voir ? reprit Aurélie.

— Faut espérer qu'il t'envoie directement vers l'autre, ton futur patron, Thierry. Il ne sait pas si vous vous connaissez et on va parier sur le non. Appelle la chance, Connie ! Heu Aurélie je veux dire...

— Pffft ! Je n'en ai jamais eu !

— Justement. Si jusqu'à présent, tu ne l'as jamais dérangée, elle peut peut-être se bouger !

— J'en appelle à la chance, déclara Aurélie d'une voix morne en croisant ses mains.

— OK. Elle va se faire une ordonnance d'anxiolytiques en voyant ta tête.

Fred balaya son regard sur sa sœur, un regard qu'il espéra tendre, de la racine des cheveux à la pointe de ses chaussures.

— Il faudra que je t'arrange un peu tout de même, reprit-il. Oui, accentuer à mort ta ressemblance avec cette fille. Tout d'abord, on va commencer par un régime…

— Quoi ?

— Oui, allez, trouve-moi un maximum de photos d'elle sur le Net, tu peux utiliser l'imprimante si tu veux.

Fred se leva :

— Je te laisse…

— Où vas-tu ?

— J'ai rendez-vous… Dans un bar du Marais, finit-il par avouer, et je suis déjà en retard…

— Ah ?

Aurélie savait qu'elle allait devoir vivre avec ça. Son frère était un gay papillonneur et elle savait que ses excursions soudaines, nocturnes et solitaires feraient partie de leur vie. Chez les homos, les rencontres et étreintes pouvaient être aussi brutales que rapides. C'était le jeu. Ils n'attendaient pas forcément les fleurs, l'invitation à dîner et la bague…

— Fais attention à toi, murmura-t-elle.

— Ne t'inquiète pas.

— Protège-toi, s'il te plaît…

— Aurélie, je suis né avec l'apparition du sida. Je me suis toujours protégé.

Il déposa un baiser sur le front de sa sœur et sortit en lui criant :

— Allez au boulot, Connie !

— Oh non ! s'écria Aurélie en fermant les yeux.

À peine eut-il claqué la porte qu'elle se mettait en quête de photos de Connie et de détails sur sa vie privée.

Le premier job de Connie, c'était la bio de vedette.

L'autobiographie de star est le plus bel outil promotionnel qui soit. Succès formidables ou drames humains ne sont là que pour mettre en valeur une personnalité hors norme, souvent d'une grande générosité, et d'un immense talent. L'ouvrage est fabriqué en grande partie pour des fans sinon ce sont des biographies non autorisées, ce qui fait en général trembler la star et toute sa famille. La bio de vedette, c'est aussi un recueil des plus beaux qualificatifs mis avant le nom. On dit l'incroyable Jean-Paul Sartre, l'incontournable Raymond Queneau, le délicieux Jacques Prévert, le charmant Boris Vian et de temps en temps on peut avoir adverbe plus adjectif avec : l'immensément cultivé Étienne Roda-Gil ou le furieusement poète Léo Ferré… comme dirait Juliette Gréco.

Lorsqu'il y a des drames insurmontables, on écrit : « Romy ne sera plus jamais la même après ce funeste jour. » On ne dit jamais d'une star qu'elle est alcoolo et cocue comme pas deux, on écrit : « D'aussi loin qu'elle se le rappelait, Simone avait toujours aimé les bons vins » et après on écrit : « D'aussi loin qu'il se le rappelait, Yves avait toujours eu beaucoup de succès auprès de la gente féminine. » On ne dit pas d'une star qu'elle se fout de la coke plein le pif, on écrit : « Après ses one-man-show formidables, Pierre qui aimait sortir, avait tendance à s'anesthésier pour affronter le peuple. » On ne dit pas d'une star qu'elle s'est fait avorter trois fois, on écrit : « Patricia n'était pas faite pour être mère. » On ne dit pas d'une star qu'il a mis tout le show-biz dans son pieu, on écrit : « Il était fascinant de constater à quel point Serge était apprécié des actrices et des chanteuses et qui plus est des actrices-chanteuses. » On ne dit jamais d'une star que sa grande passion était de mélanger les médicaments ultra-violents avec de l'alcool, on écrit : « Personne ne savait ce qu'Elvis fabriquait dans sa salle de bains. » On ne dit jamais d'un homme politique qu'il a deux familles, un cancer de la prostate et qu'il a mis tout Paris sur écoutes, on écrit : « En tant que président, François avait un goût prononcé pour le secret. »

Bref, il y a des codes. À suivre impérativement. Et plus de figures imposées qu'au patinage artistique, ce qui n'empêchait pas l'éditeur de faire écrire en quatrième de couv que la star se livrait ici sans détour et sans complaisance.

Oui, c'était un métier. Valable aussi bien dans les portraits de journaux que dans les hagiographies et il était nécessaire de bien maîtriser ce ton. Si c'était parfois un problème pour Connie qui mettait un mouchoir sur son ton acide et sur sa passion pour la vérité, ce n'en serait pas un pour Aurélie qui préférait l'élégance du style et la dignité du recul. D'ailleurs, si dans la vie, les gens avaient pu s'adresser à elle en enrobant le tout d'un beau papier-cadeau comme dans une bio de vedette, ç'aurait été formidable...

Du style, du recul, comme Cormac McCarthy, Julien Gracq ou Beckett, les trois auteurs sur lesquels elle avait travaillé dernièrement pour les conférences de la médiathèque.

Aurélie se leva pour mettre en route l'imprimante et sortit toutes les photos de Connie, ses interviews données dans des journaux et à des blogueuses *people* et littéraires. Elle se connecta de nouveau sur FB pour relire le message de Fred et surtout pour voir si le fameux Patrick avait répondu... Rien pour l'instant. Mais elle avait trente et une nouvelles demandes d'amis. Elle s'allongea sur le canapé en ayant la sensation d'avoir plongé dans la délinquance. Elle n'avait pas de nouveau job, juste un nœud marin supplémentaire au ventre. Tout ça ne lui disait rien qui vaille...

Elle ferma les yeux, le MacBook encore ouvert sur le ventre.

Réponse à la question en tête de chapitre : c'est un sujet du bac philo 2012.

5

Qui a dit ?

L'amitié sur Facebook est un lien plutôt lâche...

Réveil. Angoisse. Nurofen. Portable rallumé : dix-sept messages de Marc qui avait commencé à agrafer son portrait sur tous les arbres de la ville et dans les vitrines des commerçants. Aurélie se demanda si Cristal avait mis son avis de recherche dans sa petite vitrine. « Ça y est, les gendarmes sont prévenus », s'énervait Marc. Elle avait dorénavant un dossier RIF (Recherche dans l'Intérêt des Familles) et il y aurait probablement une ouverture d'enquête pour « disparition inquiétante » si elle ne donnait pas signe de vie. Comme pour l'instant, il n'y avait aucun mouvement sur son compte (heu... à part les prélèvements habituels), on n'allait plus tarder à l'ouvrir, l'enquête !

Aurélie n'arrivait pas à savoir si Marc paniquait réellement ou s'il s'escrimait à lui hurler dessus simplement parce que, au fond de lui, il savait qu'elle s'était tirée sans un regard par-dessus son épaule et sans même une petite culotte de rechange. Un peu des deux sûrement. Comme chaque matin, elle éteignit son portable après ces messages angoissants. Elle se dirigea vers la chaîne au bout du salon et appuya sur ON. La chaîne était restée sur les ondes de Radio Nostalgie : Eddy Mitchell.

Le jour se lève
Pour la fille du motel

Un matin banal
Un soleil tout pâle...

Cette chanson ne la renvoyait qu'à sa propre vie.

C'est vraiment pas Noël
Pour la fille du motel...

« Merci, Eddy. Exactement ce que je ressens... » pensa-t-elle. Et dire que cette chanson devait avoir son âge.

Fred était rentré vers 4 heures et demie du matin. Aurélie se souvenait vaguement qu'il lui avait ôté l'ordinateur du ventre et l'avait recouverte de la couette. Il était seul. Heureusement. Au train où allaient ces deux-là, il ne serait pas étonnant de voir Aurélie tomber « en jalousie » des aventures de son frère. Ce serait absurde. Possible, mais absurde. Elle préféra ne pas penser à cette éventualité. Surtout alors qu'il entrait dans la pièce comme un mois de juin dans le Var après un printemps breton.

— Bien dormi ? Un petit café, ma chérie ? dit-il en remontant son calfouette.

— Je veux bien, répondit la squatteuse.

Il avait l'air de très bonne humeur. Ces « rendez-vous » avaient dû bien se passer.

— Un Canderel ou deux ?

— Heu... du vrai sucre plutôt...

— On n'a pas ça ici, s'arrêta Fred consterné.

— Pas grave. Comme tu veux...

— Je t'apporte du miel, virevolta-t-il en direction de la cuisine.

Aurélie éprouvait de la joie à le voir plein de vie et d'entrain. Sa soirée avait certainement été formidable, puis sa conscience puritaine lui envoya l'image d'un *backroom* rempli de garçons les fesses à l'air, et décida qu'il n'y avait pas de quoi se réjouir. Dès qu'il s'agit de vous gâcher la vie et le moindre plaisir, la conscience puritaine est au taquet !

Fred revint dans le salon, muni d'un plateau et de deux tasses de café. Entre les tasses, du miel Stevia, sans calories. Il posa le plateau sur la table basse et s'empara de l'ordinateur en s'asseyant. Il l'ouvrit sur ses genoux et un rire de vainqueur sortit de sa gorge, il croisait et décroisait ses petits pieds, comme surexcité :

— Il a répondu, notre copain Patrick !

Une décharge d'adrénaline fit bondir le cœur d'Aurélie :

— Oh, non...

Elle se précipita aux côtés de son frère.

— Regarde !

DE Patrick Lickert :

Hello Connie ! Super heureux que tu répondes pour une fois ! T'es rentrée à Paris ? Depuis quand ? J'hallucine d'apprendre que tu parles de nouveau à Cathy. Après toutes vos engueulades ! J'avoue que vos histoires de filles m'ont toujours beaucoup amusé ! Quand je repense au poème de Cathy, le soir de ton anniv' :

« Connie, tu m'horripiles quand tu pleurniches parce que tu n'arrives plus à mettre un mot devant l'autre...

« Connie, tu m'horripiles quand tu racontes partout que Bret Easton Ellis est ton meilleur ami alors que tu ne l'as interviewé qu'une fois à New York...

« Connie, tu m'horripiles quand tu retournes faire un esclandre chez Zadig pour leur dire que tous tes pulls en cachemire sont ressortis en taille quatre ans depuis que tu les as mis dans la machine...

« Connie, tu m'horripiles quand je te vois insulter les gens de Numéricable au téléphone parce que ton

décodeur ne marche plus et que tu oublies de leur dire que tu as sauté dessus à pieds joints..., etc. »

Ne m'en veux pas de te rappeler ce souvenir, mais je ne peux pas m'en empêcher, j'en ris encore. Mille excuses ! Quel discours, pour une meilleure amie ! C'était interminable en plus. Je ne sais pas ce qu'elle avait ce soir-là, Cathy, elle était déchaînée. À l'époque, on a tous pensé que tu avais bien fait de lui balancer ta coupe de champ' à la gueule ! Connie Tumhorripiles était devenu ton nom de famille, ma pauvre chérie !

Bref, quand es-tu dispo pour rencontrer Thierry ? Il est à Issy-les-Moulineaux maintenant. Il n'est plus dans le grand bâtiment à Levallois, ce truc que tu appelais le bunker de la CIA.

T'es là, la semaine prochaine ? Je t'appelle...

Bises. Patrick.

PS : Ta page FB est assez fonctionnelle (presque rudimentaire). Je suis étonné que tu n'aies pas encore posté des photos de tes deux chattes, pardon de tes deux cats girls comme tu les appelles : Antigone et Iphigénie. Elles vont bien ?

Fred et Aurélie restèrent silencieux un long moment après avoir lu ce message. Ils posèrent ensemble sur la table leur tasse de café. Chacun tentait le meilleur scénario dans sa tête...

— Bon alors, commença Fred

— C'est impossible ! s'écria Aurélie.

— Attends ! Laisse-moi réfléchir !

Aurélie s'écroula en arrière dans le canapé, désespérée.

C'était tout réfléchi.

— Il est sûrement gay, ce Patrick ! Se rappeler un discours comme ça et pouvoir le réécrire simplement parce que ça le fait marrer, c'est de la pure intelligence homo. Les hétéros ne se rappellent jamais rien… rarement d'un poème méchant à un anniv' en plus !

— Et alors ? soupira Aurélie en scrutant le plafond.

— Alors rien, je te donne une indication sur ce Patrick.

— Oui, et comme il ne faut surtout pas que je le croise en vrai, ça m'est très utile.

— Ce type veut donner l'impression qu'il est un des rares à bien t'aimer et à supporter ton caractère de merde. Bon, il faut répondre, ma Connie !

Fred profita du silence qui suivit sa déclaration. C'était la première fois que sa sœur ne hurlait pas un : Nooooonn !

En réalité, c'était la première fois qu'Aurélie entendait à son sujet l'expression « caractère de merde » Personne ne lui avait jamais dit ça auparavant.

Fred se concentra et se mit à pianoter :

— Alors pas de *coucou !* mais un *Patrick, oui je suis bien rentré… depuis une semaine.*

— Mets un *e* à *rentré*, c'est une fille, déclara Aurélie par-dessus son épaule.

— Ah oui c'est vrai. J'oublie à chaque fois…

Effectivement, j'ai croisé Cathy par hasard, on se reparle. Je ne suis pas rancunière, tu sais…

— Pourvu que je ne la croise jamais en vrai, celle-là non plus ! murmura Aurélie…

— C'est bien que je dise qu'elle n'est pas rancunière, hein ?

— Oui. J'aimerais vraiment qu'elle ne le soit pas et pour de bon, parce que si jamais elle découvre que…

— Ne complique pas les choses. Pas rancunière, ça la rend plus sociable, plus humaine. Pour trouver du boulot, c'est préférable.

— Si tu veux…

Dis-moi quand je peux rencontrer Thierry. Les cats girls vont bien. Je te remercie.

Fred éclata de rire :

— Putain, mais qui appelle ses chattes Antigone et Iphigénie ? Elle doit se la péter cette fille comme pas deux !

— Ce n'est même pas dans mon dossier Internet, dit Aurélie en s'emparant de toutes les feuilles qu'elle avait imprimées. Bon, tu peux dire au revoir. Pas d'effusion. On en dit le moins possible.

— T'as raison.

À bientôt, écrivit Fred.

Il relut son succinct message de réponse et cliqua d'un doigt pour l'envoyer :

— Ça me paraît pas mal ! s'écria-t-il, le doigt resté en l'air.

— Oui et ce qui est bien avec toi, c'est que tu es toujours content de toi, hein ? À chaque fois.

— Ben écoute ! Pour l'instant, ça marche !

Ils restèrent silencieux un petit moment, à boire leur café, l'œil vissé sur l'écran d'ordinateur comme si cette fenêtre sur le monde détenait le secret de leur avenir…

Aurélie prit conscience du ridicule de la situation et soupira une fois de plus.

— Tu veux un autre café ? demanda Fred.

— Non.

Aurélie s'étira dans le canapé en bâillant et attrapa un bout de la couette pour recouvrir ses jambes nues. Fred en fit autant, chacun à un bout du sofa se disputa la couette, repoussant les pieds de l'autre, tout en agitant les jambes sous la couverture.

— Pousse-toi !

— Toi, pousse-toi !

— C'est mon lit !

— C'est mon canapé !

Ils se mirent à chahuter comme quand ils étaient petits. Et, comme leur mère n'était plus là pour crier : « Jeu de mains, jeu de vilains ! », ils s'en donnèrent à cœur joie jusqu'à renverser les tasses et le miel Stevia sur la table basse.

— Attention, fais gaffe à l'ordi ! s'écria Fred en redressant les objets tombés.

Aurélie bâilla de nouveau en se massant le front :

— Oh ! là, là ! Et dire que je devrais être en train de chercher du boulot !

— Message ! hurla Fred en s'emparant du Mac pour l'installer sur ses genoux.

— Oh, non Mon Dieu ! paniqua Aurélie en le rejoignant. Elle posa la tête sur son épaule en se recouvrant de la couette jusqu'au menton.

Fred cliqua sur la petite enveloppe et lut à voix haute :

DE Patrick Lickert :

Je viens de réaliser que j'avais oublié de te demander comme amie, bon c'est fait ! Et je viens de penser à un autre truc tout bête : pourquoi tu ne viendrais pas à la soirée de Stars et Actus demain soir sur la péniche ? Tu verrais Thierry Vergance ! Et pour cause, c'est lui qui organise. Ils fêtent leur un an ! Je me dis que tu as sûrement reçu le carton, mais, à tout hasard, je te le renvoie. Imprime-le. Et au fait, redonne-moi ton mail. Bisous.

P.-S. : Je ne sais pas si je te verrai car Charlotte a une otite en ce moment et tu connais Marion, elle n'aime pas trop que je parte en soirée et la laisse seule avec la petite, surtout si elle est malade, mais bon... Si je n'arrive pas à me libérer, ce n'est que partie remise. Thierry va sûrement te filer deux ou trois interviews à faire. Tu me raconteras...

Aurélie et Fred restèrent silencieux après ce message. Chacun imaginait le meilleur scénario :

— Bon alors, commença Fred

— Même pas en rêve ! cria Aurélie. Non, je le sens pas. Fred, on arrête de plaisanter maintenant ! Tu imagines bien qu'il y aura plein de gens qui connaissent la vraie Connie à cette soirée !

— On n'en sait rien. C'est un journal tout nouveau où elle n'a jamais foutu les pieds pour le moment...

— Oui, mais elle va forcément tomber sur de vieilles relations...

— Mais on n'en sait rien !

— Je ne peux plus supporter ton optimisme à l'épreuve des balles !

Fred cliqua sur « Accepter Patrick comme ami » et se rendit immédiatement sur sa page FB. Aurélie se redressa subitement :

— Ah oui ! Et bravo pour le « Il doit sûrement être gay » ! Même pas dix minutes plus tard, on apprend qu'il a une fille, Charlotte, qui a une otite et une femme Marion que je suis supposée connaître en plus ! Oh, là, là, c'est un cauchemar...

— Oh, ça ! Ça ne veut rien dire, crois-moi ! rigola Fred.

— Tu me répugnes !

Fred tourna le Mac vers Aurélie. Elle put découvrir la tête de son ami Patrick sur sa page FB : Patrick à la plage, Patrick au ski, Patrick à Noël, Patrick en smoking, Patrick au Salon du livre de Nice, Patrick au bureau, Patrick au resto, Patrick devant sa dernière bagnole, devant son barbecue, devant une fontaine à Rome et même Patrick devant Darty avec cette légende qui se passait de commentaires : *Mon grille-pain m'a lâché ce matin...*

— Pour un journaliste, il m'a l'air sacrément plan-plan, lâcha Aurélie.

— Il ne l'est plus. C'est écrit, là, en bas : il est directeur de collection maintenant. Dans une maison d'édition...

— Ah ! Plan-plan mais il a une bonne tête, cela dit. C'est un beau brun à mèche...

— Il est gay, je te dis...

— Mais arrête, Fred !

— J'en suis sûr…

— T'es pénible ! Il a une femme, une petite fille ! Tu vois bien ?

— GAY, je te dis ! Formation historien et sociologue. Adore Jeanne d'Arc, l'opéra italien, Oscar Wilde et *Desperate Housewives* ! Oh c'est presque trop beau ! s'écria Fred en s'excitant tout seul comme s'il était devant un de ses sites de rencontres spécialisées…

— Arrête, Fred ! Tu me dégoûtes ! se redressa Aurélie.

— Quoi ? Attends, refais-moi cette tête encore ?

— Laquelle ?

— Fronce encore les sourcils pour voir !

Aurélie s'exécuta :

— Là, tu lui ressembles encore plus à la fille !

— Hein ?

— Oui, quand tu as l'air en colère, tu lui ressembles encore plus !

— Oui, ben justement, pour la soirée demain, c'est…

— Génial !

— J'allais dire : c'est hors de question !

— Je vais te transformer en Connie et on va y aller ensemble. Je serai ton gay *best friend*. Ton chevalier servant.

Fred s'abaissa et tendit le bras pour s'emparer d'un des milliers de catalogues GAP qui traînaient sous sa table basse, et lui balança :

— Regarde là-dedans ce qui correspond le mieux au style de Connie ! On va aller faire du shopping ! s'exclama Fred.

— Je ne veux pas que tu dépenses trop de sous pour moi…

— J'ai déjà 40 % chez GAP…

— Ah, d'accord…

— Sans compter tout ce que je peux prendre à côté…

— Mais tu m'as déjà rapporté plein de trucs !

— Je t'ai ramené du basic, de l'urgent, du quotidien. Jeans, tee-shirts, pulls. Tu t'es pointée chez moi sans rien…

— C'est vrai !

— Mais maintenant, il est temps que je te travaille un vrai look de Parisienne branchée, dit Fred.

— Ah bon ?

— Fais-moi confiance !

Et c'est ainsi que Connie passa sa première journée de *Pretty Woman* dans les boutiques de la rue de Rennes, non pas avec Richard Gere, mais avec son petit frère…

Réponse à la question en tête de chapitre : Éliane Girard dans le *Petit Dictionnaire énervé de Facebook*.

6

Qui a dit ?

Bien sûr que la beauté est intérieure…
Elle est enfouie sous le maquillage.

Réveil. Nurofen. (Après avoir dépensé quatre cent trente euros de vêtements, Fred l'avait invitée à boire du vin au Flore.) Angoisse. Portable allumé : sept messages de Marc, furieux comme jamais ou comme toujours. On ne savait plus, en cinq jours de non-vie commune. Selon les gendarmes de Lorient et ses copains gendarmes de Saint-Brieuc, on avait retrouvé son scooter devant le cimetière : qu'est-ce qu'il fichait là ? Nul ne le sait et alors la cerise ! Alors vraiment la cerise : son portable avait borné à Paris, dans le VIe arrondissement ! Direction Saint-Germain-des-Prés : « Je ne le crois pas ! Tu es allée te réfugier chez ta pédale de frère ! Et sans prévenir ! » hurlait Marc. Aurélie éteignit son portable. Elle avait pris de bonnes habitudes chez Fred. Les mêmes, chaque matin. Oui, exactement, sans prévenir, admit-elle. Ce n'était pas de la lâcheté, mais comment appelle-t-on les gens qui sont épuisés à l'idée d'une dispute avec quelqu'un qui a une grosse voix ? Les gens qui ont peur des réactions des autres, réputés pour être moins zen qu'eux ? Comment s'appellent les gens qui attendent des autres qu'ils devinent ce qu'il se passe dans leur tête ?

— Aujourd'hui surprise ! s'écria Fred en entrant dans le salon. Il se dirigea vers ses rideaux bleus pour les ouvrir en grand.

— Merci, merci encore pour hier, dit Aurélie en réfugiant sa tête dans la couette. Merci, mon Fredo, tu as dépensé une fortune pour moi. Je suis sciée, je ne sais pas quoi te dire…

— Ne dis rien. Tu as tout pendu ? Il ne faut pas que ce soit froissé…

— J'ai tout pendu dans l'armoire de l'entrée. Merci encore pour les grolles, elles sont sublimes…

— Ça s'appelle des Mark Emyl. Plus personne n'emploie le mot « grolle » depuis 1987. Vers le mois de juin, je dirais…

Fred s'empara d'un carnet sur son vieux secrétaire et d'un petit crayon à papier.

— J'ai tout noté, annonça-t-il. Fringues, je raye. Donc, il nous reste d'autres dossiers : coiffure, maquillage, apprendre par cœur la vie de Connie…

— Fred, je connais ses bouquins et je vais me débrouiller avec la trousse de toilette que je me suis achetée au Monoprix. J'ai un fond de teint, un Rimmel…

— Mais non, il ne s'agit pas de te poudrer ! Il faut te faire ressembler à cette fille !

Aurélie soupira et Fred enchaîna :

— Et c'est là qu'arrive ma surprise, Chou ! Enfin, il va débarquer tout à l'heure. Tatatatin : Bruno !

— Bruno ? demanda Aurélie, les yeux écarquillés.

— Oui, celui que t'as vu chez moi. Le premier soir. Celui que tu aimes bien, qui était en Charles Trenet.

— Ah oui… j'adore.

— Tu sais qu'il est coiffeur visagiste, je te l'ai dit.

— Oui.

— Bon, il va apporter sa mallette, c'est lui qui va te maquiller. Il m'a dit au téléphone qu'il faudrait probablement t'épiler les sourcils, tu ne crieras pas ?

— Non, non… Mais, Fred, je peux te poser une question ? T'as l'air d'avoir l'argent qui te brûle les doigts, mais tu gagnes combien ? Tu payes combien de loyer, ici ?

— Hou, là ! Un café d'abord.

Quelques minutes plus tard, Fred revint avec son plateau et ses tasses. Il expliqua à Aurélie qu'il avait emménagé ici il y a quatre ans avec son ami de l'époque, Yves, un antiquaire dans le quartier. Quand Yves était parti l'année dernière, il avait laissé les meubles anciens ici. Oui, le piano, c'était lui, le vieux secrétaire, c'était lui, l'espèce de commode Louis XV dans l'entrée, c'était lui et les tableaux aussi. En plus d'avoir laissé beaucoup de choses de valeur, il donnait régulièrement de l'argent à Fred. Tous les mois.

Aurélie resta interdite :

— Mon Dieu, Fred, il t'a laissé tout le mobilier ?

— C'est normal, c'est lui qui m'a quitté pour quelqu'un d'autre ! s'écria son frère.

— Et en plus, il te donne du fric ?

— C'est normal, je me retrouve à payer le loyer tout seul !

— Fred, tu n'es ni marié, ni pacsé et tu as une pension alimentaire ! Mais... mais, tu es mon Dieu !

— Merci, dit Fred satisfait, en remontant ses manches à mi-bras d'un côté puis de l'autre, au millimètre près.

Il se retourna vers sa sœur et lui adressa un grand sourire, découvrant des dents tellement blanches qu'Aurélie eut l'impression de se prendre un flash de photo en plein visage. *God bless* ce frangin !

Bruno, alias Charles Trenet, arriva vers 17 heures avec la mine du complice concentré qui va aider à mettre sur pied le braquage. On débarrassa le secrétaire pour que l'ami Bruno y installe ses produits de maquillage. Aurélie prit place devant le miroir de la mallette et s'extasia devant les postiches, extensions de cheveux et chignons que Bruno avait apportés.

— Ne touche à rien, lui ordonna Bruno. Il s'emparait de ses postiches comme des reliques du Moyen Âge pour les poser délicatement sur le côté.

— Bien, sortez-moi les photos de cette fille !

Fred s'exécuta et plaça les photos de Connie Pinson contre le miroir encadré d'ampoules. Aurélie eut l'impression d'être une actrice que l'on maquillait pour une scène. Bruno, alias Charles Trenet, était toujours aussi amusant ; il ne portait pas son canotier et petit costume des années 50 comme le soir où Aurélie l'avait vu la première fois, mais, dans son genre, il était réellement une reproduction de son idole. Rondouillard, un peu chauve, de grandes billes bleues et de bonnes joues roses, il prit place derrière Aurélie lui mettant ses cheveux derrière les oreilles tout en observant les photos de Connie devant lui.

— Bon, je ne suis pas chirurgien esthétique, mais pour un soir, c'est peut-être jouable, lâcha Bruno.

— Ouf ! soupira Fred. J'en étais sûr… t'es un génie, mon Bruno !

— Oh ! Tais-toi, répondit-il.

Et il se mit au travail. Aurélie put admirer la virtuosité avec laquelle sa peau parut se lisser, estompant toute porosité et imperfection, redessinant ses contours, affinant son nez, creusant légèrement ses joues. Elle pleura un peu quand Bruno lui épila les sourcils, Fred en fit tout autant mais de rire. Elle fut stupéfaite quand Bruno sortit de leurs étuis des paires de faux cils pour les positionner avec habileté sur les vrais. Les vrais qu'elle trouva subitement nuls à côté des faux. Les faux étant : beaux, longs, noirs, épais, magnifiques. Après sa bouche redéfinie au crayon, arriva enfin le moment sacré : le postiche chignon que Bruno rajouta au vrai chignon qu'il venait de lui faire. Vrai chignon qu'elle trouva nul subitement à côté du faux. Le faux étant : impressionnant, long, châtain, épais, bouclé, sophistiqué, ravissant. Aurélie s'observa dans ce miroir magique comme s'il lui avait poussé trois kilos de cheveux pendant la nuit et ne put s'empêcher de se mettre de profil pour admirer l'œuvre qui venait d'apparaître à l'arrière de son crâne.

— C'est splendide ! dit-elle.

— Je suis jaloux, dit Fred en lui apportant sa robe achetée pour l'occasion la veille.

Elle se déshabilla en un clin d'œil devant les garçons et enfila la petite robe du soir tandis que Fred lui remontait la fermeture éclair dans le dos. Il lui avait acheté une petite robe noire simple et chic, pas d'extravagance, mais elle mettait en valeur sa taille et ses formes. Robe cocktail, comme disait Fred. Aurélie prit place de nouveau devant le miroir magique et s'empara d'une des photos de Connie :

— Je suis mieux qu'elle maintenant !

Les garçons restèrent un moment silencieux devant leur petit miracle.

— Mais, sourit Aurélie, je ne sais pas si je ressemble à la vraie Connie mais je me fais drôlement penser à Audrey Hepburn dans *Breakfast at Tiffany's* (*Diamants sur canapé*)... Oh, les garçons, vous vous rappelez le début ? Quand elle rentre chez elle à l'aube après une soirée ?

Immédiatement, elle attrapa un fin pinceau à paupière qu'elle porta à ses lèvres comme un long fume-cigarette à la manière d'Audrey.

— Oh, c'est vrai ! s'excusa presque Bruno.

— Ma sœur ressemble à Audrey Hepburn. Pour un peu, j'en chialerais de bonheur ! s'exclama Fred.

Les longs cils, le chignon, la longue robe noire, le pinceau en guise de fume-cigarette, il ne lui manquait plus que la rivière de diamants autour du cou et le tour était joué. Son frangin s'excusa mais il n'avait pas encore les moyens pour ça.

— *Breakfast at Tiffany's*, murmura Fred. Mon film préféré...

— Le mien aussi, dit Bruno.

— Idem, enchaîna Aurélie.

Il n'en fallut pas plus pour les deux garçons : Fred posa sa tête sur l'épaule de Bruno et tous deux entamèrent la fameuse chanson du film. Ce moment en dehors du temps où Audrey Hepburn est dans l'escalier métallique extérieur de son immeuble à New York : elle est juste assise sur le rebord de la fenêtre, les yeux fermés, avec sa guitare et se met à chanter cette mélodie qui valut un Oscar à leurs compositeurs, Johnny Mercer et Henry Mancini, en 1961 :

Moon river, wider than a mile
I'm crossing you in style some day
Oh, dream maker, you heart breaker
Wherever you're goin', I'm goin' your way...

— J'adore cette chanson, déclara Aurélie en tirant un Kleenex de la boîte devant elle.

Les deux garçons s'arrêtèrent.

— Au secours ! se ressaisit Bruno, ne pleure pas ! Attention au Rimmel sur les faux cils, il ne pardonne pas celui-là !

— Non, c'est bon, dit-elle en tapotant son mouchoir sous l'œil, simplement vous êtes tellement émouvants tous les deux. Je ne savais même pas qu'il existait des garçons connaissant *Moon River*.

— Mais bien sûr ! s'écria Fred. Tous les garçons que je connais peuvent chanter *Moon River*.

— Aucun des mecs que j'ai connus ne peut chanter *Moon River*, décréta Aurélie sèchement. Marc ne sait même pas qui est Audrey Hepburn.

— Ma pauvre ! Ça a dû être horrible ! s'exclama Fred.

— Elle a raison, c'est peut-être un truc de gays, admit Bruno.

— Ah bon tu crois ? demanda Fred.

— Toi, t'es complètement en dehors de la réalité, lui balança sa sœur. Et c'est pour ça que je t'aime autant...

Un silence accueillit cette déclaration.

— Bon, se recentra Fred qui ne voulait pas montrer son émotion, tu te sens dans la peau de Connie maintenant ? Journaliste et écrivain ?

— Ça va, répondit Aurélie.

— Non, ce n'est pas une réponse. Tu te le sens ou pas ? Tiens, bois un verre de margaux, c'est Yves qui m'en a envoyé une caisse la semaine dernière.

— Je me le sens, dit Aurélie en prenant le verre de vin que lui tendait son frère.

— T'es sûre ? s'immisça Bruno. Tu sais que j'ai des écrivains au salon, j'ai même des académiciens. Il faut que tu saches que quand un truc te semble cool ou génial, ils disent : « C'est épatant ! » Compris ?

— D'accord !

— Oui, tu laisses tomber les LOL et MDR...

— Oui, je suis pas très LOL, de toute façon.

Aurélie but une gorgée de vin et se retourna vers Bruno-Charles Trenet :

— Tu viens avec nous ? À la péniche de *Stars et Actus* ?

Bruno regarda Fred avec deux points d'interrogation dans ses billes bleues.

— Mais pourquoi pas ? s'exclama Fred.

— Cool, déclara la fausse Connie, je vais me pointer avec deux mecs, alors que je ne suis même pas invitée, moi... C'est top ! Enfin je veux dire : *C'est épatant !*

Réponse à la question en tête de chapitre : Nadine de Rothschild.

7

Qui a dit ?

Avec un peu d'imagination, on peut très bien vivre toute sa vie en un soir.

« Tout va bien se passer » pensa Aurélie dans le taxi au milieu de ses chevaliers servants. Je suis romancière. Après *L'Homme qui voulait vivre sa vie* de Douglas Kennedy, j'ai écrit la suite : *La Femme qui ne voulait surtout pas vivre la sienne*... C'est simple, non ? Il n'y a pas plus simple ! Allez, haut les cœurs !

Un monde fou se bousculait déjà quand le trio débarqua sur la péniche de *Stars et Actus.* Aurélie farfouilla dans son sac à la recherche de son invitation qu'elle tendit d'une main tremblante au type de l'entrée. Le videur, un superbe Black de deux mètres carrés, les laissa passer sans même leur adresser un regard, trop occupé à remettre son cordon à l'entrée.

— Calme, relax, lui ordonna Fred. Maintenant, il faut qu'on trouve le patron, Thierry Vergance, dit-il en se frayant un chemin à travers cette foule compacte. C'est lui qui doit te proposer un boulot !

— Trouvons le buffet surtout ! hurla Bruno dans le brouhaha.

— Je suis d'accord, répondit Aurélie, en admirant le décor.

Cette péniche semblait immense, la nuit semblait sereine, les gens semblaient heureux et même la Seine semblait propre. Tout devait être faux, non ? Aurélie rajusta son châle sur les épaules. À tout moment, elle était prête à s'en servir comme d'un niqab si jamais elle croisait quelqu'un qui connaissait la vraie Connie.

Au bar, le trio resta à l'écart un petit moment. Même si les apparences suffisent aux mondains, les gens ne sympathisaient pas facilement tant qu'ils n'avaient pas été présentés officiellement ou qu'ils n'avaient pas dépassé le taux de deux grammes huit d'alcool dans le sang. Aurélie se retrouva très vite seule dans la foule, Fred et Bruno l'ayant lâchée pour tenter de sympathiser avec les musiciens percussionnistes qui faisaient une pause. Abandonnée dans cette foule indifférente, Aurélie se dirigea vers les toilettes pour vérifier si ses faux cils tenaient correctement, car elle ne pouvait s'empêcher de les toucher depuis un moment. Devant les grands miroirs, elle cessa net ses vérifications quand la porte s'ouvrit brutalement et une petite brunette survoltée apparut. Elle attendit que le battant se referme derrière elle, et, doucement, se laissa glisser contre la porte.

— Ça va ? demanda Aurélie.

— Oui, lui répondit l'inconnue, assise par terre. Je viens de débiter une tonne de conneries, il faut que je récupère mes neurones.

— Je comprends, dit Aurélie en s'approchant d'elle pour l'aider à se relever.

— Vanessa, se présenta la petite brune en tendant la main vers sa nouvelle copine.

Aurélie s'en saisit et la releva.

— Aur… heu… Connie. Connie Pinson.

— Ça me dit quelque chose. Tu bosses pour *Stars et Actus* ? demanda la fille devant les grands miroirs.

— Non, mais j'aimerais bien. Je suis venue pour rencontrer Thierry entre autres…

— Thierry Vergance ? Je suis venue avec lui. Je suis attachée de presse, c'est moi qui l'ai aidé à préparer la soirée, je lui ai fait son listing d'invités. Je suis là depuis dix-huit heures, moi !

Traduction : Moi, j'ai déjà sept coupettes dans le cornet et c'est pour ça que j'ai le droit d'être pompette avant tout le monde !

Devant le miroir, la petite Vanessa tira sur sa jupe et sur ses cheveux noirs au carré comme si les deux allaient subitement se rallonger tout seuls.

— Je ne savais pas que tu étais sur la liste d'invités ! dit-elle en se retournant vers Aurélie.

— C'est Patrick Lickert qui m'a envoyé l'invit'.

— Ah, d'accord ! Comment il va ce cher Patrick ?

— Moyen, Charlotte a une otite et il ne veut pas laisser Marion toute seule avec la petite...

— Ah oui, c'est vrai. C'est ce qu'il m'a dit ! Bon, ben viens...

— Où ça ? demanda Aurélie.

— Ben, on va voir Thierry !

— Je te suis, déglutit Aurélie en s'accrochant à son châle.

Aurélie partit à la conquête de son éventuel futur patron en suivant sa nouvelle amie qui slalomait parmi les invités discutant par petits groupes, elle dut la rattraper deux fois tandis qu'elle trébuchait en criant des : « Saloperies de talons ! » Puis, Vanessa s'arrêta au bar devant un beau quinquagénaire aux cheveux grisonnants qui discutait avec trois personnes.

— Hé, Thierry !

La petite jeune empoigna le bras du patron de *Stars et Actus* qui fut contraint d'abandonner ses interlocuteurs pour se retourner.

— Oh, encore toi, dit-il...

— Eh, il y a Connie Pinson qui veut te parler ! hurla Vanessa dans son oreille.

Tandis que Thierry Vergance se frottait l'oreille, la jeune femme empoigna Aurélie et la bringuebala direct contre la joue du patron. Les deux se retrouvèrent côte à côte, joue contre joue.

— Bonsoir, dit Aurélie en se détachant pour une poignée de main plus protocolaire.

— Bonsoir, répondit Thierry.

— Vous allez bien ? demanda Aurélie, surjouant la fille qui a confiance en elle.

— Mais oui, depuis le temps qu'on doit se voir ! Enfin !

— Je suis ravie ! s'entendit clamer Aurélie d'une voix un peu snob.

Mon Dieu, ça sonnait faux, non ? Le Thierry ne sembla rien remarquer :

— Moi aussi. Alors, heu… Patrick t'a expliqué ? Je recherche des gens pour le site, il y a deux journalistes qui m'ont lâché il y a quinze jours, dont une à qui on a proposé les pages Culture dans un grand hebdo alors bon, je m'incline… mais il me faudrait quelqu'un qui sache faire de beaux portraits, tu vois ?

— Très bien ! s'entendit-elle répondre.

— Ou de bonnes interviews, un peu percutantes. On a pensé à toi parce que ma femme m'a filé ton dernier livre et j'ai bien aimé le ton… même si c'est un peu sec par moments, mais je trouve que dans l'ensemble, t'es agréable à lire, tu vas à l'essentiel… Il marche bien au fait ?

— Quoi ?

— Ton dernier livre !

— Oh, je ne sais pas trop… Un peu tôt pour le dire…

— T'as pas tes chiffres ? s'écria Vanessa.

— Les chiffres de quoi ? demanda Aurélie, dont le cœur battait comme lors de son dernier jogging en 2004.

— Ben de tes ventes ?

— Ah… non, pas encore.

— Je pense que ton éditeur doit être ici, déclara Thierry Vergance en levant le nez vers sa foule. T'es toujours chez Olivier ?

— Oui, oui, bien sûr, blanchit Aurélie. On ne change pas une équipe qui…

— Je l'ai vu passer tout à l'heure, Olivier, ton éditeur ! cria Vanessa. On pourra lui demander tes chiffres !

— Bien sûr, approuva Aurélie, dissimulant sa soudaine envie de l'étrangler avec force. Machinalement, elle s'accrocha à son châle.

— Tu travailles pour d'autres journaux en ce moment ? demanda Thierry.

— Non, pas en ce moment…

— J'ai entendu dire que ça s'était fini un peu bizarrement avec le dernier, à *Télé Mag Plus*… dit Thierry avec l'air de ne pas vouloir en dire trop.

— Écoute, je dis juste la vérité, c'est tout… Bon, je peux enjoliver un peu. Il suffit de me le demander…

— Non, je te parlais de tes histoires avec Rebecca, Cathy, tout ça…

— Oh, ça ! Ce n'est rien du tout ! éclata de rire Aurélie pour ne pas s'évanouir. Vraiment trois fois rien…

Thierry l'observa en haussant un sourcil, l'air de dire : Trois fois rien vraiment ?

— Tiens, je vais te présenter notre directeur de la publication Joël Combellier. Jo, viens voir ! lança-t-il en direction du groupe dont Vanessa l'avait isolé. Joël se détacha des autres et s'avança en rechaussant ses lunettes.

— Jo, je te présente Connie Pinson, qui est journaliste et écrivain, et qui pourrait écrire chez nous. Tu sais, je t'en ai parlé…

— Oui, oui, formidable, dit Jo en lui serrant la main.

— Jo va te briefer sur les personnalités qu'on aimerait avoir. Bon pour la plupart, c'est la promo habituelle, tu connais, hein ? dit Thierry.

— Évidemment !

— Je vous laisse les amis ! Si je croise Olivier, je te l'envoie, dit-il en déposant une bise sur la joue d'Aurélie.

— Avec grand plaisir ! s'exclama-t-elle, en pensant : Pourvu que j'aie le temps de sauter par un hublot.

Vanessa leur avait déjà tourné le dos depuis un moment, occupée à harceler les barmen du buffet.

— On s'est déjà croisés, lui avoua Jo, une fois en tête à tête.

— Ah bon ? sourit Aurélie pensant faire un AVC.

— Oui, il y a quatre ans, au prix de Flore. Oh, tu ne dois pas te rappeler, ça a duré moins de dix secondes. Mais moi, je ne suis pas près de l'oublier...

— Ah, bon ?

— Oui, il y avait un monde fou et tu m'as marché sur le pied...

— Ah ?

— Oui, le seul problème, c'est qu'à l'époque, j'avais la goutte et j'ai hurlé de douleur. Tu t'es retournée, t'as eu tellement peur que tu m'as jeté ta coupe de champagne à la gueule ! Par la suite, j'ai appris que tu faisais ça très souvent. J'ai rencontré plein de gens qui te surnomment : Miss coupe de champ' dans la tronche ! C'est pour ça, je suis ravie que tu n'aies rien entre les mains ce soir...

— Ah, oui, ricana Aurélie, je suis désolée mais tu sais, j'ai arrêté de faire ça !

— Ravi de l'apprendre. C'est vrai que tu as l'air plus apaisé et plus sympa que dans mon souvenir. À vrai dire, je ne t'aurais pas reconnue non plus si Thierry ne m'avait rien dit. Je n'avais pas un souvenir génial pour rien te cacher...

— Je m'en doute...

— Mais tu as fait quelque chose à ton visage ?

— Une petite chirurgie, lui souffla Aurélie à l'oreille, mais chut ! Tu ne dis rien à personne, promis ?

— Promis, mais ça te va bien, constata Jo en ne cessant de la dévisager, se demandant ce qui avait été rafistolé au juste.

— Merci.

— Pour en revenir aux papiers. Bon, tu connais *Stars et Actus*, tu vois le genre ? Glamour, sexy, élégant, cool...

— Oui, le contraire de toi, quoi ! s'entendit dire Aurélie, certaine que Connie n'aurait pas pu s'empêcher ce genre de vacherie.

— D'accord ! Je te retrouve !

— Merci.

— En fait, on voudrait avoir le portrait et l'interview d'un jeune tennisman qui monte en ce moment. Un Français, tu te rends compte ? Il a gagné pas mal de tournois et dernièrement il a fini en quart aux Masters de Monaco, tu vois ?

— Mmmmh...

— Thomas Vassy. Il a pris dix-sept places d'un coup au classement ATP dernièrement. Tu l'as vu le dernier tournoi de Monaco ? Tout le monde hurlait : « Vas-y Vassy ! » C'était incroyable ! Vraiment marrant. Il est pas mal, en plus. Un Français, tu te rends compte ? Je peux te dire que les filles au journal en sont dingues. Tu vois qui c'est ?

— Bien sûr ! affirma Aurélie tandis que son cerveau lui envoyait un trou noir en guise de photo.

— Je suis en contact avec son agent et son entraîneur. Le môme est très sympa en plus d'être archidoué.

— Le môme ? s'inquiéta Aurélie-Connie.

— Oui, enfin il a vingt-quatre ans.

— Ah, d'accord. Par rapport à toi, tu veux dire...

— Voilà oui ! Bref, il vit en famille dans les Yvelines. Il a commencé le tennis à quatre ans, il y a deux courts chez lui. Sur terre battue, c'est une tuerie. On va t'envoyer toute sa revue de presse par coursier et tu iras chez lui avec Laurent, un de nos photographes. OK ?

— Sans problème.

— On a tous tes contacts au journal ?

— Pas encore. Je n'avais pas donné ma réponse définitive, tu sais.

— OK. Bon alors, dans ce cas-là, je te dis bienvenue. Il me faut ton mail et ton tél., annonça Jo en lui tendant sa carte professionnelle.

— Super, répondit Aurélie en la glissant dans son sac. Je t'envoie tout ça.

Elle resta quelques minutes à discuter avec Jo de tout, de rien, de tennis, sujet sur lequel elle ne connaissait rien mais faisait semblant et des pages mode du journal, sujet sur lequel... idem, mais ce qui la passionnait à cet instant précis, c'était cette mine assurée et super confiante qu'elle venait de se découvrir et qu'elle perfectionnait à chaque réplique.

Subitement, deux bras l'enserrèrent chaleureusement et elle crut refaire un infarctus. Ouf, c'était Fred ! Ce n'était que Frédéric.

— Fred ! s'écria Aurélie-Connie, je te présente Joël, directeur de la publication à *Stars et Actus* ! Jo, je te présente Fred, mon *gay best* frère, heu *best friend*, pardon ! Mais, enfin, c'est comme un frère, tu vois ?

— Aujourd'hui, toutes les filles sortent avec leur *gay best friend*, révéla Jo, en lui serrant la main...

— Ben oui, on est les nouveaux chevaliers de ces dames ! s'écria Fred. Elles sont toutes célib, elles n'ont pas le moral, pas de fric, on a absolument tous les inconvénients sans le moindre avantage ! Et...

— C'est bon, merci ! Mon pote...

Aurélie lui envoya un coup de talon dans la cheville, hors de question qu'il lui gâche le meilleur entretien de sa vie. Heureusement, le Jo fut accaparé par deux autres survoltées qui débarquèrent en lui claquant la bise. Aurélie en profita pour s'éloigner un moment avec son frère.

— C'était top, enfin épatant ! Fred, écoute-moi, si tout se passe comme prévu, je vais interviewer un tennisman !

— C'est pas vrai ? s'exclama-t-il. Tu me le présenteras ?

— Fred, tu ne peux pas imaginer ! Je ne savais même pas qu'on pouvait faire des entretiens d'embauche pendant une fête. J'étais exactement le contraire du jour de mon entretien à la médiathèque. Il faut que je t'avoue un truc : j'adore être dans la peau de cette fille…

— J'en étais sûr ! dit son frère en claquant ses deux mains.

— C'est comme si ma timidité maladive s'envolait. Même si je n'étais pas non plus totalement relax, parce que figure-toi que mon éditeur est supposé être ici !

— Ouille ! dit Fred.

— Comme tu dis ! Il faut absolument se barrer avant que je tombe sur quelqu'un qui la connaisse vraiment. Je viens déjà de passer à un poil du drame : le type que je t'ai présenté l'a croisée, il y a quatre ans, heureusement, il ne s'en rappelait pas trop… Tirons-nous ! Où est Bruno ?

— En haut avec les musiciens, il s'éclate !

— Bon, on va le récupérer et cassos, vite !

Fred et Aurélie accélérèrent le pas en direction de la sortie. Aurélie se sentait bien, elle avait juste envie de rire et n'avait pas éprouvé cette sensation depuis un bail. Dans les escaliers, une fille qui descendait les marches en sens inverse lui tomba dans les bras : Vanessa, encore !

— Il faut que t'arrêtes avec les talons, toi ! Tu n'y arrives pas, décidément ! lança Aurélie, redevenue Connie, en la remettant droite sur ses pieds.

— J'ai du mal avec ces espèces d'échasses, avoua Vanessa.

Aurélie remarqua qu'elle louchait légèrement.

— Sans ça, je ne fais qu'un mètre cinquante-huit ! gémit Vanessa. Eh, au fait, Connie ! Il y a ton éditeur là-haut, lui annonça-t-elle. Il est à la table des patrons : il est avec le patron de RMC, d'Europe 1, du groupe Hachette, etc. J'ai essayé de m'incruster à la table, mais c'est super dur…

— C'est bon, je vais aller lui dire bonsoir.

— Je peux venir avec toi ?

— Non, non. Il y a Thierry qui t'attend au bar…

— Ah bon ?

— Oui, allez je te dis à bientôt ! lança Aurélie en s'éclipsant.

Elle monta le reste des marches à toute vitesse, laissant là la pauvre jeune femme qui se tordait les chevilles à chaque pas.

— C'est qui cette nana ? lui demanda Fred qui la suivait.

— Je ne sais pas trop, avoua Aurélie.

— On croirait que t'as fait ça toute ta vie ! admira Fred. Si j'avais su, je t'aurais appelée plus tôt, grommela-t-il. On se marre bien, en fait…

— Quoi ? lança Aurélie depuis le haut des marches.

— Rien, dit Fred.

Aurélie se retourna et avisa toutes les tables où siégeaient les personnalités. Pour gagner la sortie, elle devait traverser ce champ de mines de tables VIP qui menait au ponton de la péniche. Au bout du pont, résonnaient admirablement les tam-tams des percussionnistes, la sortie se trouvait juste à leur côté. Aurélie aperçut Bruno qui dansait devant les musiciens une espèce de danse du ventre non répertoriée, sans se soucier du reste. Celle qui se prenait pour la coqueluche de la soirée inspira une grande bouffée d'oxygène et traversa l'avant de la péniche, belle et sûre d'elle quand subitement, au bout du bateau, elle reconnut Patrick Lickert, qui montait. Au secours ! Il avait dû réussir à se libérer malgré l'otite de sa fille et les angoisses de sa femme. Aurélie se retourna brutalement et tomba nez à nez avec son frère qui la suivait.

— Demi-tour ! ordonna-t-elle. Il y a Patrick Lickert qui vient de débarquer. Faut se planquer.

— Merde ! chantonna Fred en faisant demi-tour immédiatement.

Ils repartirent tous deux dans l'autre sens comme ils étaient venus, fiers et le menton en l'air au milieu des tables. Une fois dans les escaliers qui menaient aux buffets et bars du bas, Fred se retourna vers sa sœur :

— Excuse-moi ! Nous, on le connaît, on l'a vu en photo sur FB, mais lui ? Il ne nous a jamais vus ?! Pourquoi on fuit, là ?

— Il connaît la vraie Connie. T'es sûr que je suis son sosie à 100 % ? Que j'ai le même regard ? La même voix ? Genre à s'y tromper, même pour quelqu'un qui la connaît ?

— Je dirais... heu... Non.

— Il ne faut surtout pas qu'il me voie, paniqua Aurélie.

— D'accord ! Mais à part en se jetant par-dessus bord, je ne vois pas comment on va se barrer d'ici.

Aurélie et son frère tracèrent dans la foule et se réfugièrent au bar, collés l'un contre l'autre, adressant un grand sourire au barman qui ne tarda pas à leur glisser deux verres de Mojito qu'il venait de servir à la louche dans un grand saladier. Fred se retourna pour aviser la foule, la paille du Mojito dans la bouche :

— Ouille, dit-il. Il y a la petite brune avec qui tu discutais tout à l'heure qui est en haut des marches avec le fameux Patrick...

— Ne les regarde pas, retourne-toi ! ordonna Aurélie, le nez dans son verre.

— C'est eux qui nous regardent, enfin qui regardent dans notre direction, l'informa son frère. Apparemment, la brune lui a dit qu'elle venait de te voir et lui te cherche maintenant…

— Oh, c'est malin. Quelle glue, cette fille !

— Ça y est, ils nous ont vus. Ils se dirigent vers ici.

— Oh, non ! maugréa Aurélie, retournée de l'autre côté du bar, sans desserrer les lèvres autour de sa paille, avalant sa boisson cubaine un peu trop vite.

— Qu'est-ce qu'on fait ? demanda Fred, qui commençait à paniquer lui aussi.

— Je ne sais pas.

— Il faudrait trouver parce qu'ils arrivent… Vite, s'il te plaît !

Subitement, deux vedettes du one-man-show déboulèrent au bar, créant un petit attroupement, en même temps qu'une arrivée massive des photographes de la péniche qui les attendaient depuis un bout de temps… Le mouvement créa une muraille mouvante devant Aurélie et Fred, retardant l'impact de quelques secondes. Mais Vanessa et Patrick arrivèrent néanmoins à se frayer un chemin dans la cohue.

Frédéric sentit une main le retourner et se retrouva face à la brunette aux talons trop hauts.

— Hé, lui lança Vanessa puis, réalisant qu'elle n'avait aucune idée de son prénom, termina par : petit blond ! Elle est où la fille qui était avec toi il y a trente secondes ? Il y a Patrick Lickert qui est là, il voudrait l'embrasser…

Fred regarda à côté de lui. Connie-Aurélie avait disparu.

— Heu… je ne sais pas… Elle avait mal au crâne avec toute cette foule, elle est partie…

— Quoi ? s'étonna Vanessa en montant sur ses demi-pointes et scrutant l'endroit dans toutes les directions. Mais elle était là il y a moins d'une minute, j'en suis certaine…

— Eh oui, mais elle est partie ! lança Fred.

— C'est dommage, murmura Patrick qui se présenta néanmoins à Fred. Ce dernier lui rendit sa poignée de main chaleureuse réprimant l'envie de lui demander s'il avait trouvé un nouveau grille-pain. Derrière Patrick, vers le buffet, les deux acteurs de one-man-show se faisaient des petits toasts sandwichs en discutant et ignorant les photographes qui continuaient le mitraillage. L'œil de Fred fut attiré vers là-bas. Effectivement, à leurs pieds, se déplaçait une masse informe. Fred put reconnaître sa sœur qui marchait à quatre pattes, dissimulée sous son châle, en direction de la sortie. Si jamais, elle apparaissait sur les photos, on allait penser qu'un des deux acteurs était venu avec son chien. Fred se retourna immédiatement vers le bar, la main sur la bouche, se massant les joues...

— Elle a pu voir Thierry, la miss Pinson ? demanda Patrick.

— Oui, oui, répondit Fred automatiquement. C'est bon, elle l'a vu. Elle a dit oui pour les piges.

— Ah bon, ben c'est le principal, résuma Patrick, philosophe. Je l'appellerai demain.

— C'est trop bête, persista la petite brune, déçue. Elle était là il y a trois secondes, je te jure...

Fred aperçut la masse sous le châle marron monter les escaliers.

— Oui, trop bête, approuva-t-il. Alors les amis, qu'est-ce qu'on boit ?

Vanessa le regarda comme si elle le découvrait à nouveau :

— Excuse-moi, mais tu fais quoi au juste ?

— Je recommande des Mojitos ? s'inquiéta Fred.

— Non, dans la vie ?

— Ah, je suis dans les fringues, prêt-à-porter, ma boîte est américaine. Je suis le meilleur ami de Connie, Fred. Oui, son *gay best friend*.

Les deux l'observèrent :

— Bon d'accord, je veux bien un Mojito, lâcha Vanessa.

— Je connais Connie depuis dix ans, dit Patrick, mais heu… on ne s'est jamais vus. Elle ne m'a jamais parlé de toi…

— En fait, moi je la connais depuis super longtemps, répondit Fred. Mais on s'est retrouvé il y a peu de temps…

— C'est tout Connie, ça, acquiesça Patrick. Pendant un moment, on ne voit qu'elle, puis subitement tu n'as plus de nouvelles pendant des lustres.

— Voilà, approuva Fred.

— Elle voyage pas mal, je sais, mais…

— Exactement, renchérit Fred.

— Moi je ne la connaissais pas, que de nom en fait, et je l'ai rencontrée pour la première fois ce soir, mais elle m'a semblé super sympa, déclara Vanessa qui ne pouvait s'empêcher de raconter sa vie à qui voulait l'entendre.

— C'est drôle, dit Patrick. En général, Connie ne laisse guère de bonnes impressions d'emblée, il faut un peu la connaître, non ?

— Ne m'en parlez pas ! s'écria Fred. Il faut prendre le temps de gratter sous le vernis avec elle. (Il se demanda si cette expression était passable, ici.)

— Oui, répondit Patrick. Tout à fait d'accord. Il faut le temps de s'habituer… à son tempérament.

— Je l'ai trouvée normale, ce soir, persista Vanessa.

Fred jeta un œil en direction des escaliers : la normale qui rampait à terre pour s'éclipser avait disparu. Ouf.

— Elle travaille sur quoi en ce moment, Connie ? reprit Patrick.

— Heu… sur un livre, répondit platement Fred.

— Une bio d'artiste encore ?

— Non, son propre roman… rien qu'à elle.

— Ah, il faudra qu'elle vienne m'en parler…

— Voilà !

Fred commanda ses trois boissons et laissa Vanessa et Patrick parler un peu boutique ensemble. Quel que soit le milieu dans lequel on débarque, il y a toujours un jargon, des mots, une façon de parler qui sont étrangers à quelqu'un en dehors du cercle. Fred ne voulait pas faire de gaffe. Il y a deux ans, lui-même s'était retrouvé à une soirée avec tout le gratin de chez Zadig et Voltaire et c'était déjà une autre planète à eux tout seuls. Fred le savait, et, contrairement à sa sœur, il n'avait aucune envie de jouer au type qui en sait plus que vous alors qu'il vient de débouler dans votre monde depuis trois minutes trente-deux... Fred claqua son verre sur le bar et s'excusa auprès de ses deux nouveaux acolytes pour se mettre en quête de sa sœur. Il retrouva la drôle de forme à quatre pattes en haut de la péniche, slalomant entre les tables : d'ailleurs, plusieurs jeunes femmes, qui cherchaient leurs cigarettes dans leur sac, étaient tombées nez à nez avec elle sous la table. Fred se pencha pour s'adresser à sa sœur :

— C'est bon l'Afghane, tu peux te relever ! lui balança-t-il.

— T'es sûr ? Plus personne ne me connaît ? demanda Aurélie, toujours planquée sous son châle.

— Non...

— Oh, cool, dit Aurélie en se redressant et descendant son carré sur les épaules.

— Bruno, héla Fred. On y va !

Bruno-Charles Trenet s'arrêta de danser pour suivre ses deux acolytes.

— Alors, ça s'est bien passé ? demanda Bruno, inquiet.

— Impec, lui répondit Fred. Notre Aurélie-Connie a trouvé du taf, ce soir...

— Oh, formidable ! ne put s'empêcher de s'exclamer Bruno-Charles Trenet.

Les trois quittèrent la péniche aux alentours d'une heure trente du matin. Sur les quais de la Seine, alors qu'ils interpellaient un taxi, le trio ne put s'empêcher de rire tandis qu'ils imitaient tour à tour tous les gens qu'ils venaient de croiser. Ce soir, l'air semblait léger.

Réponse à la question en tête de chapitre : Jean Anouilh.

8

Qui a dit ?

La mise en scène, c'est comme le tennis.
Au début, on trouve ça déjà tellement difficile
de renvoyer la balle dans le court
qu'on ne cherche même pas à avoir de stratégie.

Aurélie se redressa sur son canapé. Les rideaux bleus comme toujours. La plaquette de Nurofen au fond de son sac, comme d'habitude. Le rallumage de portable, comme chaque matin...

Et, subitement, Fred qui débarque dans le salon. Pour ouvrir les rideaux ? Non, pas aujourd'hui...

— Aurélie, je ne veux pas t'embêter, commença Fred, mais il y a ton mec qui m'a appelé dans la nuit.

— Quoi ?

— Oui. Tu ne peux pas savoir ce qu'il m'a laissé comme message, le pompier Marc !

— Oh, si j'imagine ! J'en ai moi-même une flopée chaque matin.

— Il m'a dit qu'avec l'aide des gendarmes de Saint-Brieuc, ils nous avaient retrouvés, comment dire... en moins de temps, qu'il ne faut pour le dire...

— Ouais, tant pis ou tant mieux, je ne sais pas, dit Aurélie, lasse.

— Ils ont « borné ton portable », tu connaissais cette expression de flicaille ?

— Pas grave ! répondit sa sœur.

— T'es sûre ? Qu'est-ce qu'il va faire ? Débarquer ici ?

— Non. Je ne pense pas.

— Ça me rend nerveux. *Oh my God !* Il ne va pas me taper dessus ?

— Mais non ! Bon, Fred, tu nous fais un café ? Il faut que je me mette au boulot, pour *Stars et Actus*. J'ai plein de mails à envoyer.

Quelques minutes plus tard, Aurélie était en train de remplir sa fiche de renseignements pour son journal *people* quand Fred lui apporta le café. Elle tenta de laisser le moins de blancs possible et compléta les espaces avec ses numéros à elle, son numéro de sécu, son adresse (celle de son frère), son numéro de téléphone, mais toujours sous le nom de Connie Pinson. Une fille qu'elle ne connaissait pas. Dont elle allait prendre la vie, le métier, les copains, les livres, les articles, l'âme…

Un coursier apporta le jour même chez la fausse journaliste un vrai dossier de presse sur Thomas Vassy, le fameux joueur. Aurélie se plongea dans la lecture de ses interviews précédentes en prenant des notes.

Ah, ce Thomas ! C'était un poème et pour résumer selon les témoins et l'entourage :

C'était un as de l'ace assassin, qui préparait ses revers à deux mains et qui frappait son coup droit de gaucher sur votre revers de droitier, pour qu'évidemment vous le ratiez…

Il cherchait la faille, entamait votre moral mais courait trop vite pour cogner la balle. Il améliorait ses amortis, et ne loupait plus ses lobs. Et dès lors qu'il la jouait offensif, son adversaire défensif devenait souvent fautif. Tom est-il conscient d'être aussi doué ?

C'était un boxeur de fond de court
Mais pour sa mère, juste un amour.
Pour son coach, ça devient du lourd
Et pour sa banque aussi, ah les vautours !

Pour tout son staff, les gens aux alentours,
Maintenant, c'est champagne et petits fours !
Sauf pour lui. Non merci. C'est ainsi.
C'est la vie qu'il a choisie.
Qu'il prenne votre service, break ou debreak,
Il adore terminer par un smash
avant d'entendre : jeu set et match !

Bon et ben voilà, voilà…

Aurélie laissa sur le sol tout son dossier de presse éparpillé et alla se plonger dans un bain, très songeuse. Aucune question ne lui venait. Rien. On n'a rien à demander à des types comme ça.

On la ferme et on admire. Qu'est-ce qu'Aurélie a à dire à M. Parfait ? Certes, elle pouvait reprendre des questions auxquelles il avait déjà répondu, du style : Comment se prépare le moral d'un champion ? On mise sur la confiance en soi, sur le travail ? Sur l'ascendant psychologique ? Sur la chance ? Aux vues de ses réponses, Tom misait non pas sur la présence (un bon niveau, un bon mental), mais plutôt sur l'absence (l'absence de bobos). La hantise du sportif de haut niveau c'est la tendinite, le petit os du pied, les genoux, la crampe, les chevilles, le ligament. Le mot blessure signifie fin du monde. Certes, ils aiment leur apparence physique mais ils sont obsédés par ce qui se trouve à l'intérieur. Ils peuvent dessiner tous les petits os du poignet et les nommer par leur nom latin, mieux qu'un étudiant en médecine. Leurs yeux deviennent des IRM. Ils pigent tout ce qu'il se passe à l'intérieur d'eux-mêmes.

Lors d'un match, les points importants se jouent sur la puissance psychologique. Mentalement, ce qui empoisonne leur esprit, c'est la peur. Non seulement il y a ce trac paralysant quand ils entrent dans l'arène, ce doute foudroyant, permanent qui les saisit, mais en plus, dans le set final, c'est la peur de gagner qui les gagne. En général, c'est là que les nerfs lâchent…

Trop de pression et voilà comment on finit assis par terre sous la douche des vestiaires en pleurant. C'est un boulot douloureux, terrible, plus solitaire qu'on ne le croit, mais qui fait hurler le public, le fait applaudir, brandir des drapeaux et le comble de joie. Et ce dans les gradins comme devant la télévision.

Encore un drôle de monde ! Comment débarquer dans ce milieu ? Avec quels vêtements, quelles chaussures ? Quelle mine confiante et souriante ? Quels mots bien choisis ? Qu'est-ce qui fera pro ? Comment s'asseoir à côté de lui ? Quel dictaphone ? Le dernier, celui qui a un petit micro avec un fil ? Qu'est-ce qu'on fait du micro ? On le laisse sur la table ou on l'accroche à son tee-shirt ? Peut-être que l'iPhone suffit. Sinon, on la joue à l'ancienne, on note tout sur un beau cahier à spirale. Ça peut être sexy aussi...

Qu'est-ce qui amuse un sportif de haut niveau né en 1987 ? À part Roland Garros, qu'est-ce qui le fait rêver ?

Aurélie sortit du bain et attrapa une serviette bleu ciel pour s'enrouler dedans.

— C'est quoi ce foutoir dans le salon ? demanda Fred, en entrant dans la salle de bains.

— Mon dossier, mes notes. Tout ce que je dois savoir sur mon joueur avant de le rencontrer. Fred, c'est horrible...

— Qu'est-ce qu'il se passe encore ?

— Je ne trouve pas de questions à poser à ce type.

— Tu vas trouver...

— Non ! C'est M. Perfection ! En général, dans la vie on se plaint de rencontrer des sales mecs, des raclures. Mais je peux te dire que quand on sait qu'on va rencontrer M. Parfait eh bien c'est là qu'on reste tétanisé, comme pétrifié ! Glacé, en fait. Tu vois ce que je veux dire ? Mon interview pour l'instant, c'est un grand blanc !

— Il a une bonne gueule ? demanda Fred en quittant la salle de bains devenue trop exiguë pour deux.

Devant le miroir, Aurélie s'empara de sa brosse à dents :

— Carrément ! Ce qui prouve qu'il n'y a pas de justice, en plus ! Regarde dans le dossier, cria Aurélie en étalant son dentifrice. Il y a les dernières photos prises de lui à l'Open d'Australie. Melbourne !

— Ah oui, effectivement... Hou là, là ! Mais je trouve qu'il a un drôle de rictus quand il sert !

— Oui, mais regarde les photos où il gagne ! T'as vu ce sourire ?

— Ah ouais ! T'as raison. Oh, la vache !

Aurélie frotta ses dents de toutes ses forces, espérant les avoir aussi blanches que son frère.

— J'aime bien les photos où il est torse nu ! cria Fred.

Aurélie ôta sa brosse de la bouche.

— C'est lors de ses entraînements. Il s'entraîne toujours à moitié à poil avec une casquette à l'envers !

— Ah oui, c'est sympa, ça !

— Le type derrière lui avec l'air méchant, les bras croisés, les lunettes noires, c'est Jacques, son coach. C'est son prof de tennis depuis qu'il est petit. Il fout les jetons, non ? cria Aurélie en recrachant son dentifrice dans le lavabo. J'ai juste à appeler son agent pour prendre rendez-vous et préparer mes questions, mais je meurs de peur !

Une minute plus tard, Aurélie fit irruption dans le salon, entourée d'une serviette autour du corps et d'une autre dans les cheveux.

— Ne mélange pas mes feuillets, dit-elle en enjambant son frère assis par terre au milieu de photos et interviews de Thomas.

Elle prit place dans le canapé derrière lui et commença à s'étaler de la crème hydratante sur les mollets.

— La première question qui te vient, ce serait quoi ? demanda Fred.

— Thomas, tu ne veux pas m'épouser ? répondit Aurélie.

— Mouais. Effectivement. Bon, t'es pas prête de rentrer à *L'Équipe*, pour l'instant... C'est quoi l'INSEP ? demanda Fred, le CV du tennisman dans la main.

— Son école. L'Institut national du Sport de l'Expertise et de la Performance. Le genre d'école dont on est à l'abri, mon Fredo. Ils prennent les meilleurs entre seize et dix-huit ans dans tous les sports...

— Hou, la vache !

— En fait, ce n'est pas très compliqué la *tennis life*, expliqua Aurélie en continuant de s'étaler de la crème sur les jambes. Ils gagnent leur vie de trois façons : les tournois, les sponsors et les exhibitions. Plus ils sont haut dans le classement, plus ils valent cher. Ce qu'il faut, c'est être classé dans les cent premiers mondiaux, là c'est bonnard, cela signifie que tu as accès aux super tournois, genre Grand Chelem et tout. Entre autres. Chez eux ça veut dire : gloire et fortune. Lui, il était déjà un champion chez les juniors à dix ans. Il a fait une entrée fracassante dans le circuit pro, mais il a eu une blessure super grave à l'épaule à vingt ans. Qu'il s'est faite à ski, en plus ! Le gland est allé se défoncer le dos contre un sapin. Bref, il a cru que tout était fini, mais, petit à petit, après huit mois sans toucher une raquette, il a repris progressivement l'entraînement, les petits tournois régionaux puis nationaux et depuis trois ans, il n'arrête pas de progresser. Maintenant, il est à nouveau dans le classement ATP. Et comme il n'arrête pas de « monter », il commence à intéresser les journalistes.

— D'accord, commenta Fred, en remettant les papiers dans l'ordre.

— Bon, résuma Aurélie fataliste. Je crois qu'il est temps de révéler l'imposture aux directeurs du journal. Qu'ils envoient la vraie Connie pour l'entretien ou quelqu'un d'autre, c'est sans importance...

— Ah non ! s'exclama Fred. Tu ne vas pas craquer à trois mètres de l'arrivée ! Pense à ton champion, tu n'as pas son mental ?

— Non. Pas du tout ! Et puis journaliste, c'est un métier aussi. Je sens que je vais être la plus pitoyable et la plus pathétique des intervieweuses sur la place de Paris.

— Mais non. Allez ! Appelle son agent et prépare tes questions !

— Tu te rends compte, Fred ? Quand la vraie Connie va...

— Mais arrête avec la vraie Connie ! On s'en fout de la vraie Connie ! Personne n'a l'air d'avoir son nouveau numéro depuis qu'elle en a changé, si ça se trouve, elle n'est même pas à Paris ! Elle peut être au fin fond du Venezuela en train d'écrire, elle n'a pas l'air d'avoir de vrais amis, de vraies attaches...

— Tu parles ! s'énerva Aurélie. D'après ce que je sais d'elle, elle semble parfaitement parisienne et mondaine. Et puis elle a deux chattes, je te signale ! Antigone et Iphigénie donc...

— Oh putain les noms ! J'avais oublié ! exulta Fred.

— Si elle s'absente, il y a bien quelqu'un qui s'en occupe...

— Oui sa mère, sa concierge, sa voisine ! Qu'est-ce que tu veux que ça me f...

— On ne s'éloigne jamais longtemps quand on a des chats à Paris !

— N'importe quoi !

— Je sens qu'elle va réapparaître Fred ! Il faut arrêter ce délire quand il est encore temps...

— Bon, Aurélie. Tu vas me faire l'interview de ce mec ! cria Fred en brandissant la photo de Thomas, le tennisman.

— Non ! Je vais appeler Thierry et Joël au journal, leur dire que je me suis fait passer pour Connie, que je leur ai fait une bonne blague et c'est tout. On arrête là...

— Tu veux retourner dans le Morbihan ? T'es pressée d'aller te présenter aux Assedic ?

— Il faudra bien que j'y aille un jour ou l'autre, de toute façon...

— Tu es pressée de connaître la précarité et la prostitution avec des marins-pêcheurs alcooliques ? Ou alors tu préfères interviewer un joueur de tennis superbeau, riche et sexy ?

— Il y a pas un entre-deux ?

— Non. Malheureusement, dans ton cas, il n'y en a pas.

Réponse à la question en tête de chapitre : Francis Veber.

9

Qui a dit ?

*La confiance en soi
est le premier secret du succès.*

Laurent, le photographe, vint la chercher à 10 heures, le lendemain, pour l'emmener dans les Yvelines. Ce cher Thomas avait beau gagner des sommes indécentes pour son âge, monsieur vivait toujours chez Papa et Maman. Papa étant homme d'affaires dans l'immobilier passionné de tennis et maman professeur de danse. Aurélie avait préparé une quinzaine de questions que l'on pourrait qualifier de succinctes et rudimentaires. Les mêmes questions qu'elle avait vues posées par des pros lors de la dernière conférence de presse du champion.

(Ambiance et exemple : Comment va votre genou ? Quelle est votre tactique pour gagner ? Qu'est-ce que vous tentez de nouveau ? Quels sont vos points forts et points faibles en tournoi ? Racontez-moi votre accident. Il paraît que vous avez fait du coma ? Comment est votre service en ce moment ? C'est toujours votre point fort ? Quels dix premiers mondiaux pensez-vous pouvoir battre ? Vous vous entendez bien avec Jo-Wilfried ? Etc.)

Bref, du basic. De l'élémentaire. Il faut toujours commencer par le classique pour s'en échapper. Laurent, le photographe envoyé par *Stars et Actus*, était un type plutôt sympathique qui déboula avec une superbe Harley et quinze minutes de retard en bas de chez Fred. Aurélie était en train de prier pour qu'il n'ait jamais rencontré la vraie Connie, celui-là aussi, et se tenait droite sur le trottoir, dans son beau tailleur beige payé par son frère, quand elle fut dérangée dans ses prières par le boucan de la Harley qui se rapprochait.

— Le 92, c'est ici ? demanda le Hell's Angel en coupant le moteur. Connie, c'est ça ?

— Oui, dit Aurélie en s'avançant sur le trottoir. Mon Dieu, je ne pensais pas que vous alliez venir à moto !

— Ouais, j'aurais dû te prévenir. Pas grave, ça va le faire, t'en fais pas. J'ai un casque et il ne fait pas trop froid, hein ?

— Non. Ça devrait le faire, reprit Aurélie calquant sa façon de parler sur « les gens du métier ».

L'avantage d'un collègue à moto, c'est que l'on n'a pas à se raconter sa vie pendant le trajet. Laurent lui tendit un petit casque sans visière (un truc moins sécurisé que ce qu'Aurélie possédait pour son scooter en Bretagne Sud) et elle enjamba la Harley, genre je connais par cœur. Laurent lui proposa de mettre son sac contenant ses dossiers dans une des sacoches sur le côté. Aurélie accepta.

— Si tu as froid, j'ai une espèce de parka qui ne me quitte jamais, je te la file si tu veux...

— Merci, dit Aurélie. Tu connais le coin ?

— Oui. Ce n'est pas loin de chez mes beaux-parents, avoua Laurent qui s'y connaissait mieux en Yvelines qu'Aurélie. Et ce n'était pas dur.

— OK.

— C'est parti ! lança Laurent. Allez go !

C'était un type qui ne semblait pas mécontent de vivre et c'était toujours agréable. Le moteur de la Harley ameuta tout le quartier, mais Aurélie ne put s'empêcher d'éprouver une joie intense à l'idée de se rendre chez Thomas Vassy en Harley. L'espace d'un instant, elle entra dans la catégorie des gens qui aimaient la vie, croyaient en leur étoile et verraient bien par la suite. Sensation étrange quand on sort doucement de mélancolie aiguë mais, attention, cette dernière n'était jamais garée très loin. À l'idée de s'imaginer à côté du champion en train de lui poser des questions, les nœuds marins revenaient au galop. Aurélie crut mourir sur les quais, elle enlaça brutalement le blouson de Laurent quand ils sortirent de Paris. Un peu d'autoroute en Harley et l'on croit ses derniers jours arrivés. Une demi-heure plus tard, Aurélie s'accrochait de plus en plus à Laurent. Ce dernier profita d'un feu rouge pour se retourner et lui envoyer :

— Ne m'étouffe pas trop ! Non mais c'est agréable, hein, ce n'est pas ce que je veux dire... Je sens tes nichons dans mon dos, j'aime bien, mais ne me serre pas trop !

Il fit quelques effets de moteur, à l'arrêt. Aurélie fut si choquée par cette réflexion qu'elle prit soin de ne plus le « coller » du tout et faillit partir à la renverse quand il accéléra. Ils entrèrent à une allure modérée dans une jolie banlieue pavillonnaire. Allure modérée peut-être, si ce n'est que le moteur de la Harley devait évoquer pour les résidents un tremblement de terre. Laurent s'arrêta devant un portail gris, mit la béquille et un pied à terre pour se diriger vers l'interphone.

— Oui, dit une voix glamour de femme après qu'il eut sonné.

— Laurent Clevel et Connie Pinson pour *Stars et Actus*...

La voix sensuelle ne répondit rien à cette annonce, mais le petit portail émit une sonnerie rauque en s'ouvrant comme par enchantement. Laurent regagna sa moto et ils purent entrer dans une belle allée d'érables. Aurélie observa les grands arbres de chaque côté et son cœur se remit à faire un peu d'arythmie.

La maison était entièrement recouverte de lierre, on aurait dit un beau manoir rustique, resté ancré dans ses valeurs, mais ayant conscience qu'il restait bien entretenu grâce aux courts en terre battue qui s'étendaient devant lui, puisqu'ici l'on vivait essentiellement du tennis.

Laurent coupa le moteur devant le perron, ôta son casque.

— Tu descends ?

— Bien sûr, dit Aurélie en obéissant et en lui rendant son casque.

— Tiens, ton sac, je sors tout mon matos et je te rejoins, annonça le photographe.

Aurélie observa la maison en reprenant son sac et s'avança vers elle comme on s'avance vers le bûcher.

Malgré leur annonce au portail, la porte restait fermée. Allez, quatre marches de perron. Première marche, Aurélie se recoiffa. Sur la seconde, elle vérifia son sac et sur la troisième tira sur sa jupe. Elle loupa la quatrième et s'écroula comme une bouse au moment précis où la porte s'ouvrit et où une très belle femme se présenta : Lila. L'attachée de presse du tennisman. Ce genre de femme dont on dit qu'elles ont la quarantaine superbe ! En tailleur, elle aussi. En talon, elle aussi, mais faisant partie de ce groupuscule minoritaire qui ne se pète jamais la figure en haut des marches.

Choquée par la chute de la journaliste à ses pieds, elle se précipita pour l'aider à se relever, tandis que Laurent, près de sa moto, marmonnait des : « Ça commence bien ! » Aurélie se releva très vite en s'excusant, époussetant sa jupe et ses genoux.

— Vous ne vous êtes pas fait mal ? demanda Lila en la faisant entrer dans la maison.

— Non, non pas du tout, sourit Aurélie en lui rendant sa poignée de main.

Très à l'aise dans cette belle entrée boisée, Lila s'arrêta et lui annonça doucement à l'oreille :

— Thomas se fait masser.

— Ah ? répondit platement Aurélie.

— Venez, on va discuter un peu, annonça Lila.

Aurélie-Connie la suivit dans un immense salon et prit place à côté de la jeune femme dans un canapé blanc dont la longueur dépassait largement son deux-pièces dans le Morbihan.

— Il y a des petites choses dont Thomas ne veut pas entendre parler, chuchota Lila.

— Ah, bon ? chuchota à son tour Aurélie. Il est étonnant de voir comment les gens se mettent à chuchoter dès que quelqu'un en prend l'initiative.

— Oui, reprit doucement Lila. Je parle tout bas parce qu'il est à côté, et il ne doit rien entendre quand il se fait masser.

— D'accord, murmura Aurélie.

— On n'a pas le droit de lui parler quand il se fait masser.

— Ah !

— On n'a pas le droit de le déranger quand il se fait masser.

— D'accord !

— Ici, il y a moi mais vous devez connaître tout le staff.

— Bien sûr.

— Son coach, c'est Jacques. Il est sur le court dehors. Son agent s'appelle Vincent. Il est dans la cuisine avec sa mère. Son préparateur physique, c'est Michel. Son physiothérapeute, vous allez le voir, c'est Henry. Son relationnel chez Lacoste, c'est Léonard. Il discute avec Sébastien, son père, en ce moment... D'accord ? demanda Lila.

— Parfait, dit Aurélie qui avait sorti son petit calepin pour noter tout ce beau monde. Pas de problème.

— Bien. Donc, c'est la base, ici. Sans eux, Thomas n'est rien...

— Je comprends, murmura Aurélie en écrivant les prénoms à toute vitesse.

— Il ne faut pas aborder certains sujets, commença Lila. Par exemple, sa blessure à l'épaule.

— Oh, j'avais quelques questions à ce sujet. C'est dommage, répondit Aurélie.

— Oui. Mais non.

Les deux femmes laissèrent passer un silence en s'observant.

— Bon, vous m'avez l'air franche et sincère, commença Lila, qui ne devait pas avoir sur elle ses diplômes de mentaliste. On peut se tutoyer ?

— Bien sûr !

— Je vais te dire, quand Thomas est allé se fracasser le dos contre un sapin, il était en hors-piste… Pour rien te cacher, il y a eu une avalanche et les gens du bled ont dit, l'adjoint au maire surtout, que c'était lui avec son surf des neiges qui avait déclenché l'avalanche…

— Oh ! inspira Aurélie.

— Comme tu dis ! Bon heureusement, il n'y a pas eu d'autres blessés…

— C'était où ?

— Dans les Alpes suisses. Je ne dirai pas le nom du village. On a réussi à le garder secret, c'est un miracle…

— Je comprends, dit Aurélie en ôtant mentalement quelques questions de son interview.

— Le pire, c'est que s'il n'y avait pas eu ce putain de sapin, il serait probablement mort enseveli. Les secours de montagne et les chiens ont mis vingt minutes pour arriver… Bon, on a parlé de l'épaule à l'époque. En réalité, il s'est explosé la clavicule, deux cervicales et le crâne…

— Hou, là !

— Ouais. Trois mois d'hosto ! Donc sujet tabou…

— D'accord.

— Ne lui parle pas non plus des derniers Masters de Monaco !

— Ah bon ? Mais pourquoi ?

— Non, non. Surtout pas. Il ne s'est même pas rendu à la conférence de presse après...

— Ah ?

— Tu imagines ce que c'est que d'affronter Rafa Nadal quand il vous met 6-1 6-0 ? La bulle carrément ! *My poor baby* a eu l'impression d'être passé sous un train !

— Je connais cette sensation, murmura Aurélie.

— C'est le sujet tabou numéro deux.

— D'accord, dit Aurélie en ôtant mentalement encore deux questions.

— Sujet tabou numéro trois, reprit Lila, on ne parle pas de sa fiancée, le mannequin russe Tatiana Skoporeva. Elle est partie le mois dernier en laissant un Post-it avec écrit dessus : *Il y a 365 jours dans une année, et on s'est vus 27 fois cette année. Tu appelles ça une vie de couple ?* Depuis on n'a pas de nouvelles...

— D'accord...

— Tom fait trente à quarante tournois par an et c'est normal qu'il n'ait pas eu beaucoup de temps pour cette sal... Pour sa fiancée mais évite d'en parler, Connie... En ce moment, ce n'est pas génial.

— D'accord.

— Maintenant tu vas attendre qu'il ait fini son massage et tu vas pouvoir le voir...

— O.K.

— Tu veux un thé, un café ?

— Non merci...

— Bon, je te laisse. Je te retrouve tout à l'heure...

— D'accord.

Lila se leva et quitta la pièce. Aurélie se retrouva seule dans l'immense salon et bien briefée, cela dit.

Oh, là, là ! « Bien sûr, d'accord, ah bon ? » Elle avait été supernulle, non ? Ou peut-être juste cool, obéissante. Après tout, ce genre de fille était peut-être recherchée, sait-on jamais ? Que dire, autrement ?

Aurélie attendit en regardant les tableaux contemporains aux murs. L'intérieur de la maison était plus moderne que l'extérieur. Entièrement refaite depuis peu. Aurélie sortit sa liste de questions, que lui restait-il maintenant avec cette nouvelle censure ? Les questions techniques et stratégiques ? Cette interview ne s'annonçait pas très funky...

Brouhaha dans le couloir. Le joueur sortait de sa salle de massage et, entouré de son staff, se dirigeait vers son court. Apparemment, Jacques, le coach, n'était pas satisfait de la séance de services du matin et exigeait de Thomas un entraînement d'après-midi. Le groupe passa devant les portes ouvertes du salon sans adresser le moindre regard à la pauvre Aurélie qui patientait comme dans une salle d'attente de dentiste.

— Bon, le tout c'est de ne pas être pressée, dit-elle tout haut.

Heureusement, Lila ne l'avait pas oubliée. Elle fit irruption dans le salon et demanda à Aurélie de la suivre. Thomas allait faire quelques services mais il n'en avait pas pour très longtemps, l'interview allait se faire dehors sur les transats. Ça allait être très sympââââ... Aurélie la suivit sans demander son reste. Elle fut installée sur une des chaises longues face au court de tennis. Laurent, le photographe, était déjà sur le terrain avec toute l'équipe et déjà au boulot, lui... Lila s'éloigna pour prendre place sur ce qui semblait être son transat habituel, ôta ses chaussures et s'allongea tout en répondant à des mails sur son smartphone. La première chose qui étonna Aurélie, ce fut le bruit en provenance du court. Le bruit d'un service fait par un pro n'a rien à voir avec le petit bruit habituel provenant des courts de tennis de vacances. Il est d'une sécheresse ce bruit ! D'une brutalité inouïe et, lorsque l'on entend la balle qui rebondit et va cogner la grille du fond, on se demande dans quel état est la grille du fond.

— 194 km/h. Pas mal celui-là !

C'était la voix de Jacques, le coach.

Pas mal ?

Sur la terre battue, la cour se dispersa, certains sortirent et d'autres allèrent s'asseoir sur les bancs, libérant ainsi la vue d'Aurélie. Et c'est à ce moment-là, qu'elle put le découvrir enfin. Thomas Vassy était torse nu, plus grand encore qu'elle ne l'avait imaginé et d'une musculature... Bon, à l'évidence, on pouvait déranger le mot « parfait ». Aurélie s'arrêta de tripoter l'ampoule qu'elle venait de se découvrir à l'arrière du talon et resta immobile avec sa chaussure neuve à la main. D'où elle se trouvait, elle pouvait voir son regard bleu foncé qui ne calculait que les lignes d'en face ; elle pouvait observer ses cheveux châtains collés à son front, elle pouvait même voir la sueur scotchant quelques boucles dans sa nuque... Les balles jaunes qu'il faisait rebondir sur la terre rouge, elle les distinguait maintenant au ralenti, comme les petits nuages orangés de terre battue que déplaçaient ses Nike. Son iPod cérébral lui envoya la musique des Carpenters, *Yesterday Once More*. Une musique d'une douceur infinie. Chaque image s'imprimait dans sa mémoire : son short blanc un peu long, son torse, ses bras... oh, mon Dieu, ses bras ! Son espèce de rictus, une façon particulière de se mordre la lèvre inférieure quand il lançait la balle très haut devant lui. Et, quand il rabattait sa raquette pour la frapper et... Hop, Houp-là ! Direct dans le filet, celle-là !

— Depuis ce matin, il n'y a plus une première balle qui passe ! cria Jacques, les bras croisés derrière lui.

Henry, le physiothérapeute, se leva du banc et s'approcha de son poulain pour lui murmurer on ne sait quoi à l'oreille. C'était l'homme qui murmurait à l'oreille des joueurs. Thomas s'épongea les avant-bras et lui fit un signe d'acquiescement de la tête en exigeant des balles neuves et une raquette cordée neuve. Subitement, une main toucha l'épaule d'Aurélie, elle se retourna et avisa une femme d'une cinquantaine d'années qui venait la saluer gentiment pour lui proposer des petits sandwichs et du thé glacé. Aurélie se redressa promptement, comme ces filles trop polies et gênées qui se lèvent trop vite en répétant : « Bonjour, madame, merci madame, merci de m'accueillir, votre maison est charmante, votre jardin ravissant, c'est merveilleux, je n'en peux plus tellement c'est beau… » La mère de Thomas se prénommait Martine et devait être consciente de faire partie de ces gens que l'on appelle privilégiés. Aurélie lui lâcha la main, réalisant que ça devait bien faire six secondes qu'elle la lui secouait et accepta sa collation. Martine appela une femme brune en blouse bleu clair, qui déposa devant la jeune femme un plateau de navettes fourrées. Il était étonnant pour Aurélie d'admettre qu'elle n'était pas une intruse ici, qu'elle travaillait, elle aussi, et serait traitée comme telle, saluée par la maman et nourrie par la bonne, attendant que le héros sorte du court, mais, pour l'instant, ce statut lui plaisait… bien. Thomas venait de lancer une balle très haute devant lui, son beau visage se pencha en arrière, les yeux suivant la balle, son bras exécutant le mouvement pour arriver à sa hauteur, la croiser, rabaisser son tamis pour la frapper d'une force herculéenne et… Woahou ! Au-dessus du filet celle-là et bien dans les lignes en face ! Le photographe n'en avait pas loupé une miette, Aurélie non plus.

— Bien, 204 celui-là, annonça Jacques. Voilà, c'est ça que je veux voir ! Ce n'est tout de même pas compliqué !

Thomas sourit en entendant les exclamations de son coach. Non, pas compliqué, certes, mais pas à la portée de tout le monde non plus… Qui fait des services à 204 km/h ?

— Tu peux faire ta pause, lui annonça Jacques. Depuis ce matin, je ne retrouvais pas ton œil. Toi qui captes en une demi-seconde les infos que t'envoie ton adversaire ! Ce matin, je ne t'ai pas retrouvé. Je n'ai pas aimé ta prise de raquette, ta position de tes pieds et l'angle de tes épaules !

— Rien que ça, répondit Thomas sans se démonter.

— Là, c'était vraiment mieux, je suis rassuré... T'as une interview maintenant, c'est ça ?

— Heu, oui, je crois...

— Ne te prends pas pour un génie ! lâcha Jacques en ramassant les balles sur le court pour les jeter dans un panier. Sois humble !

Thomas sourit en regardant son coach l'enquiquiner comme d'habitude... (Il supportait ses remontrances depuis l'âge de douze ans !) Le champion leva la tête, avisa les alentours et plissa les yeux pour tomber sur un visage inconnu : une jeune fille brune assise sur un de ses transats dans le jardin, il lui manquait une chaussure au pied et elle avalait des sandwichs en se léchant les doigts.

— Oui, c'est elle, l'informa le photographe.

Thomas sortit du court toujours torse nu en s'essuyant le visage d'une serviette, qu'il jeta à côté d'Aurélie, et plongea dans le transat voisin.

— Wouahou ! s'écria-t-il. Ça va ?

— Bien et vous ? répondit platement Aurélie.

— Bof, j'ai mal partout, lâcha Thomas Vassy.

— Je m'en doute, commenta Aurélie. Bon alors...

Avec une belle assurance, elle lui expliqua comment allait se dérouler l'interview, elle avait une dizaine de questions et les premières concernaient son bon parcours à Cincinnati. Pour débuter, les questions étaient d'ordre technique, toujours aborder la forme avant le fond. La technique avant le moral.

Aurélie sortit son iPhone et l'installa sur la petite table entre eux deux, ayant pris soin de le positionner sur dictaphone. Elle n'était même pas dérangée par Laurent, le photographe, qui tournait autour d'eux, s'agenouillait brusquement, l'appareil devant les yeux, envoyant un déferlement de cliquetis, pour se relever et vérifier ses clichés juste après. Thomas se lança dans le commentaire de son dernier tournoi et la jeune « journaliste » se garda de lui couper la parole, on n'était pas à la télé.

— J'étais obligé de tenter des trucs à Cincinnati, expliqua Thomas. Quand on est mené d'entrée de jeu, il faut lâcher les chevaux, on n'a plus rien à perdre alors... C'est toujours au moment où on se dit *foutu pour foutu* que le mental reprend le dessus !

— Oui, je connais ça, dit Aurélie tout en réalisant que non, en fait...

— Je me suis mis à faire des trucs insensés que j'adore faire en entraînement mais que j'ai du mal à placer en tournoi, continua le jeune champion. D'habitude, je frappe comme une bête en fond de court. Et là, j'ai tenté le revers coupé, bien tendu, il fusait si bien, qu'en face, l'adversaire même avec un revers à deux mains s'est mis à rater ses passing-shots et...

Et, subitement, le portable d'Aurélie se mit à vibrer. C'était Marc ! L'horreur ! Comment osait-il interrompre ce moment sublime et suspendu en la ramenant brutalement à son ancienne vie ? Thomas regarda le portable qui insistait et se déplaçait tout seul sur la table :

— Je crois que vous avez un appel...

— Oui.

Aurélie décrocha. Elle était toujours dans la peau de Connie.

— Je ne peux pas te parler, là !

— Saloperie ! cria la grosse voix de Marc. Tu te barres comme ça sans prévenir ! Sans un mot ! On t'a cherchée partout. On a même sondé le fleuve en plongée sous-marine avec les collègues et...

Aurélie raccrocha.

— Désolée. Elle positionna à nouveau le téléphone en mode dictaphone : Vous disiez ?

— Oui, je disais qu'il en a mangé du slice en face !

— Ah, oui voilà... D'ailleurs, on pensait que le coup droit slicé gagnant ne se faisait plus trop ?

(Elle avait visionné le match par petits bouts sur YouTube et c'est ce que les commentateurs avaient dit.)

— Oui, c'est vrai, avoua Tom. Ce sont des coups moins à la mode dans le tennis d'aujourd'hui. Les points très importants, je les ai remportés en ouvrant mon tamis de façon à ce que l'adversaire croie à l'amorti et, au dernier moment, je la pousse longue en coup droit...

Le téléphone se remit à vibrer. Oh, non, ce n'est pas vrai !

— Excusez-moi.

Elle saisit l'appareil et se retourna en se bouchant une oreille :

— Je viens de te dire que je ne pouvais pas te parler !

— T'es vraiment une belle enflure ! fulmina Marc. On a été à deux doigts de vider tous les lacs et les étangs de la région ! Mais t'es où bordel ?

— Je suis en interview et mon téléphone me sert à l'enregistrer alors tu seras bien aimable de ne plus nous solliciter ni l'un ni l'autre !

— Quoi ? hurla-t-il. Mais qu'est-ce que tu racontes ? Attends...

Aurélie raccrocha :

— Désolée, pardon. Vous disiez ?

— Je disais qu'il existait un autre tennis que les frappes liftées en coup droit et les revers...

— Bien sûr !

— Il faut penser à tout, en tournoi. T'as une demi-seconde pour recevoir les infos, les assimiler et savoir comment répondre. Comment tu vas te placer par rapport à l'adversaire et ce que tu vas faire. La première des techniques au tennis, c'est d'avoir l'œil.

Le portable se remit à vibrer sur la table.

— Décidément, ça doit être important, dit Tom.

— Non, c'est mon ex qui me harcèle, expliqua Aurélie, en refusant la communication. C'est rien, c'est mon ancienne vie...

— Ça fait combien de temps que vous avez rompu ?

— Hou là, au moins heu... une semaine...

— Une semaine ? Et c'est déjà ton ancienne vie ?

— Oui.

— Ma copine s'est tirée aussi. On ne peut pas dire que je l'ai harcelée mais j'ai essayé d'avoir une explication, elle n'a jamais décroché...

— Moi non plus. J'étais une championne pour ça. Disons que j'y arrivais très bien avant aujourd'hui... Quelle est la tête de série que tu admires le plus ? demanda Aurélie sans se démonter, professionnelle avant tout.

Elle n'ignorait pas que lorsque les tennismen se mettaient à évoquer Federer, ils étaient intarissables. Ils ne s'arrêtaient plus. Ils prononçaient « Rooodgeuur » et Tom n'échappait pas à la règle : Roger, la classe mondiale, la fluidité absolue, la précision suisse, l'équilibre incarné. Roger avec ses pulls et pantalons blancs du gars qui va faire en tennis en 1958. Roger qui, décontracté, salue Wimbledon comme s'il accueillait ses invités dans sa garden-party. Roger pour qui tout semblait si simple ! Le prince !

Celui qui ne l'était plus du tout dans le cœur d'Aurélie se remit à appeler encore. Exaspérée, Aurélie s'empara du portable et l'éteignit une bonne fois pour toutes.

— Ce n'est pas grave, s'excusa-t-elle encore. Comme dirait La Bruyère : *C'est le rôle d'un sot d'être importun.* Je vais continuer avec mon cahier.

Elle sortit de son sac ses fournitures scolaires et se mit à écrire à toute vitesse sur son cahier tandis que Thomas, lui, ralentissait la cadence de son phrasé...

« Lors d'un tournoi, l'adrénaline, c'est ma drogue, notait Aurélie en suivant la dictée de Tom. La pression me donne une énergie de dingue. Avant de commencer un match, quand on fait pile ou face, je m'en fous si c'est mon adversaire qui commence... Je me dis : si mon mental est solide, j'ai une bonne chance de faire le break ! »

— Bien sûr, approuva Aurélie comme une dactylo. Elle termina l'interview manuellement en s'excusant encore pour son idiot d'ex qui n'avait pas arrêté de les déranger... Thomas ne semblait pas en prendre ombrage, au contraire, il semblait s'amuser.

— Tu joues, toi ? lui demanda le champion, une fois l'interview terminée...

— Un peu. Enfin, je n'étais pas classée 15/4 à dix ans comme toi...

Et pour cause, elle avait bien essayé les cours pendant ses séjours en VVF et ce qu'il en ressortait, c'était que si elle adorait le tennis, apparemment ce n'était pas réciproque...

— Qu'est-ce que t'as au pied ? demanda Thomas en se redressant.

— Oh, rien, j'ai une ampoule. Chaussures neuves et voilà, rit-elle. Je n'arrive plus à rentrer dedans. Mal ! grimaça-t-elle.

— Attends.

Il se précipita sur le cours et attrapa quelque chose dans le sac contenant ses raquettes. Il revint en courant devant Aurélie et s'agenouilla devant elle.

— J'ai tout ce qu'il faut pour ça !

Il lui montra ses doigts, presque tous étaient recouverts de protections. Il prit son pied délicatement et lui colla le pansement à l'arrière, puis, doucement, il enfonça son pied dans l'escarpin. Aurélie ne sentait plus l'ampoule, ne sentait plus rien d'ailleurs. Mais il est fou de faire ça ? Il le fait exprès ou quoi ? Peut-être qu'il ne le fait pas exprès, peut-être que les garçons ne se rappellent pas de la fin de Cendrillon ? Laurent, le photographe qui s'était éloigné pour aller boire un Pastis avec le père de Tom près de la piscine, revint et, devant cette scène de conte de fées, attrapa son appareil en bandoulière et immortalisa l'instant.

Inutile de dire qu'il était aussi immortalisé à tout jamais dans l'esprit d'Aurélie. Le rêve !

Réponse à la question en tête de chapitre : Ralph Waldo Emerson.

10

Qui a dit ?

Le bonheur, c'est la somme
de tous les malheurs qu'on n'a pas.

Le réveil d'Aurélie sur le canapé de Fred fut habituel. Nurofen au fond du sac, elle était rentrée surexcitée à la maison, la veille au soir, et avait TOUT raconté à son frère. L'intégralité de l'entretien, devant une bouteille de château-margaux, et, quand elle avait évoqué la scène de la petite ampoule au pied et de la chaussure, Fred s'était mis à sautiller sur son parquet en tapant dans ses mains.

Elle ralluma son portable. Aucun message de Thomas, mais pourquoi rappellerait-il ? C'était juste une interview, il en faisait des centaines... alors pourquoi se sentait-elle si déçue ? Bon, elle possédait sa voix dans son iPhone et fut tentée d'en écouter un peu, mais elle allait rédiger son interview plus tard et l'envoyer par mail à *Stars et Actus*, alors chaque chose en son temps...

Bonne nouvelle : Marc n'avait pas rappelé non plus depuis qu'elle l'avait envoyé balader... Son esprit revint à Thomas, oh mon Dieu, elle sentait que son esprit allait y revenir souvent ! Quand ils avaient quitté les lieux, Tom avait serré la main de Laurent, et elle, il l'avait embrassée... Enfin deux bises, quoi ! Il n'y avait pas de quoi s'enflammer alors pourquoi s'enflammait-elle ?

Fred était chez GAP ce matin, il travaillait. Elle lui aurait bien parlé encore et encore... Les gays avaient une façon de voir la vie et d'apprivoiser la liberté qui l'enchantait. Ils cherchaient, comme tout le monde, des relations qui faisaient battre leur cœur plus intensément, mais il n'y avait pas le fameux « calcul à long terme » de certaines filles : le mariage, les enfants, la maison à crédit et le compte en banque commun. Ils étaient libres, indépendants, se voyaient quand ils voulaient ; c'était suffisant, et « bien comme ça », était leur expression favorite. C'est ce que désirait Aurélie, en ce moment. Oui, elle voulait juste travailler, être indépendante et sans boulet et puis, éventuellement, tomber amoureuse de quelqu'un d'inattendu.

Un matin de fin avril, dans le VIe arrondissement, Aurélie découvrit qu'elle était une gay hétérosexuelle parisienne !

Mais une gay hétéro sait se raisonner et elle était loin du rêve : être une belle journaliste qui tombe amoureuse d'un célèbre tennisman. Se projeter, c'est normal, fantasmer, c'est bon pour la santé mais ne rêvons pas trop tout de même !

Aurélie se ressaisit. Pour l'instant, elle n'était qu'une pauvre fille, qui, virée par sa bibliothèque et cocufiée par un pompier, était venue se réfugier sur le canapé de son frangin et qui, sur un malentendu, organisé par l'un des très nombreux copains du frangin, s'était retrouvée sur FB, puis à interviewer un beau joueur de tennis. C'était tout pour l'instant. Point barre. Il n'y avait pas de quoi s'enflammer… Alors pourquoi s'enflammait-elle ?

Aurélie prit sa douche, se fit un petit expresso dans la cuisine, qu'elle rapporta dans le salon, puis alluma le Mac de Fred pour rédiger son entretien. Elle sortit son portable, commença à écouter quelques passages avec ravissement, oh la voix de Tom ! Puis elle chercha son cahier pour avoir la fin de l'interview… et chercha encore dans son sac, mais il était où ce foutu cahier ? La dernière fois qu'Aurélie l'avait vu, il était à côté d'elle, sur le transat et… après, elle l'avait bien remis dans son sac ? Apparemment non ! Le cahier, contenant toute la fin de l'interview, était resté sur la chaise longue… Oh, chère Aurélie, quel acte manqué ! Néanmoins, elle se mit à paniquer violemment.

Hou, là là ! Qui appeler ? Lila, bien sûr. Elle était fort sympathique, son attachée de presse… malgré la censure.

La vraie Connie Pinson était de fort mauvaise humeur. Son avion en provenance de Miami venait d'atterrir à Roissy. La différence de température l'avait glacée jusqu'à la moelle, elle qui était encore en nu-pieds et tee-shirt… Elle avait attendu cette espèce de tramway horrible qui devait la ramener dans l'aéroport de Roissy pour récupérer ses bagages dans un vent glacial. À Miami, il y a encore sept heures, elle avait essayé d'acheter des cartouches de Marlboro light hors taxe et sa carte bleue, épuisée jusqu'à l'os par de stupides achats américains, n'était pas passée… Le type qui avait essayé de la débiter avait retourné l'ordinateur vers elle, et donc vers toute la queue derrière elle, pour lui montrer qu'il y avait écrit : *No funds*, plus de provisions, et toute la file d'attente derrière elle avait pu profiter de ses soucis bancaires. Elle était folle de rage ! S'était éloignée, honteuse, pour appeler sa banque avant de réaliser qu'il était trois heures vingt du matin en France… Tout le monde l'avait regardée bizarrement, comme si elle était la seule au monde à avoir des problèmes de thunes en Amérique ! Merde à la fin. Furibarde !

Et pourtant, elle gagnait sa vie ! Mais quand Connie gagnait quatre mille euros par mois, elle avait l'impression d'être au SMIC ! C'était dingue tous ces prélèvements qu'elle subissait pour vivre seule et libre et à Paris ! La liberté, quel luxe de merde ! Il lui restait que dalle ! Bon, d'accord, elle avait un peu exagéré à Miami, surtout quand elle avait acheté ces ceintures en strass turquoise à six cents dollars, mais cette boutique était tellement géniale ! Et puis les Mojitos dans le quartier cubain en écoutant de la salsa, qui peut résister ? On s'imagine dans la série *Dexter* et voilà, c'est vite fait… Il ne lui restait plus rien ! Elle était partie retrouver un ex, Christophe, avec qui elle pensait avoir une seconde vie, une seconde chance, mais durant leur rupture (deux ans) cet imbécile de Christophe avait eu un coup de foudre, s'était marié, avait eu un enfant et avait divorcé sept mois plus tard en laissant tout à la poule, dont un appartement sublime sur les quais de la Seine et une pension obscène à vie ! Connie avait blêmi d'horreur et de jalousie en entendant cette histoire. Ah d'accord ! Évidemment, ce n'est pas à elle que ce genre de trucs serait arrivé ! Ah, non ! Elle, elle s'était tapé une semaine de soi-disant vacances avec une pauvre chose ruinée, déprimée et tout juste divorcée à qui elle avait dû payer plein de trucs en plus ! (Y compris les salades feta au bord de la piscine de l'hôtel W : dix-huit dollars sans compter les Bloody Mary qu'ils s'envoyaient dès midi !) Et maintenant, voilà le résultat : elle se retrouvait avec : *No funds* sur l'écran de l'ordinateur de la boutique Duty Free de l'aéroport de Miami ! Merde à la fin. Furibarde !

Une fois devant le tapis roulant des bagages, elle s'éloigna pour aller vers un distributeur à billets. Il lui fallait bien prendre un taxi pour rentrer chez elle ! Est-ce que la France allait être plus tolérante que les USA. Elle enfonça sa carte Premier :

— Allez, sois sympa ! Sinon, je reste dormir ici, prévint Connie.

Elle fit son code, demanda cinquante euros. Juste pour rentrer chez elle.

Votre banque n'autorise pas cette transaction. Veuillez consulter votre banque.

— Noooooonnnnnn ! hurla-t-elle. Oh, non !

Le distributeur de Roissy dégueula cette carte de crédit inutile et Connie se dirigea vers le tapis roulant des bagages. Qu'elle récupère au moins sa valise. Comment rentrer maintenant ? Elle attrapa son iPhone dans son sac et cliqua sur *Papa*.

Simon Pinson portait bien ses soixante-sept ans, ses cheveux blancs et son teint bronzé toute l'année. Depuis qu'il était à la retraite, il passait sa vie au Racing où il était devenu vedette, au grand dam de la mère de Corinne qui se demandait ce qu'il fabriquait tout le temps là-bas ! En pleine partie de tennis, il entendit son portable sonner dans son blouson et demanda une pause à son cardiologue, Yvan, à qui il était en train de mettre une dérouillée (6/3 et 4/2 pour l'instant).

— Vas-y, réponds, haleta Maurice.

— Tiens, c'est ma fille, annonça Simon après avoir fouillé dans son blouson. Il décrocha en s'essuyant le front :

— Coucou, ma chérie ! Tu es bien rentrée ?

— Heu... Je suis à Roissy, papa. Je te dérange ?

— Oui, je suis en train de gagner le deuxième set contre Yvan ! C'était bien Miami ?

— Oui... (Voix hésitante.)

— Tu t'es amusée ?

— Oui (Voix glauque.)

— Sympa les retrouvailles avec Chris ?

— Christophe est un vrai con !

— Oh, ça ne m'étonne pas ! Chérie, je te laisse, il y a Yvan qui attend que je lui mette la fin de sa raclée... Tu m'appelles dès que t'es chez toi?

— Oui (Voix qui pleure.)

— OK. À tout à l'heure, chérie !

Il raccrocha.

À Roissy, Connie regarda son iPhone en évitant d'éclater en sanglots. Elle n'avait même pas osé dire à son petit papa chéri qu'elle avait besoin de lui... Heureusement, elle découvrit que sa valise venait d'arriver sur le tapis roulant...

Ouf, Connie attendit qu'elle arrive à sa hauteur et la récupéra. Elle tira un peu brutalement l'anse de sa valise noire roulante, d'accord, elle s'énerva grave dessus, cette saloperie ne voulait pas sortir et… l'anse lui resta dans la main !

— Oh, non, ce n'est pas vrai ! Non, pas maintenant ! Pas aujourd'hui !

La valise ne roulait même plus maintenant. Il fallait la porter… Oh, non… Mais pourquoi ? Y a-t-il des jours où votre ange gardien se transforme en diable et ricane comme un con en vous regardant de l'Au-delà ? C'était ce que croyait Connie ce jour-là… Là, elle était prête à pleurer. Elle sortit à nouveau son portable de son sac. Elle allait appeler Cathy. Allez, tant pis… Elle cliqua sur son numéro.

Au bout de trois sonneries, elle entendit :

— Tiens, te revoilà, toi !

— Cathy, écoute-moi, je rentre de Miami, ma carte bleue refuse toute transaction, je ne comprends pas pourquoi…

— J'ai l'impression d'avoir déjà entendu ce refrain…

— Mon père est au tennis comme d'hab, et ma valise n'a plus d'anse pour que je la traîne…

— Oh, arrête, je vais chialer…

— Cathy, viens me chercher !

— Non ma choute, l'Austin est au garage. Les freins crissaient tellement que les gens me criaient rue de Passy : « Va donc chez Speedy ! »… T'imagines ? Comment va Christophe ?

— Tu me parles de cette demi-fiotte qui a épousé cette demi-pute à qui il a tout laissé ? Entière pute, je devrais dire ! En plus, ils se sont reproduits : ils ont un fils, tu sais, ils l'ont appelé César, l'empereur des connards, ça va être ! Je ne peux plus le saquer ! Cathy, j'ai passé des vacances épouvantables. Je t'en supplie, viens me chercher…

— Non…

— Je suis à Roissy, Cathy. Je ne peux pas rentrer !

— Tu prends le car. Il te dépose à Denfert ou à Charles-de-Gaulle et ensuite tu prends le métro...

— Quoi ? Mais t'es dingue ? Un car ?

— Oui, il y a plein de cars qui vont vers Paris !

— Ah, bon ?

— Oui, Connie...

— De Roissy, je croyais que tout le monde prenait des taxis...

— Non... Il y a des cars, trouve-les et démerde-toi !

— Tu parles d'une meilleure amie ! Merci, hein ?

— Connie, tu veux que je te rappelle tout ce que tu nous as fait, à moi et Rebecca ?

— Oh, ça va ! Merci pour ton aide, Cathy !

— De rien.

— C'est ça, ouais...

Connie raccrocha. Furibarde ! Que les gens étaient cons ! Navrants, c'était le terme exact. Et sa gourde de mère qui refusait de conduire depuis un léger accident à un Stop, un petit accrochage au Pays basque, il y a vingt-deux ans ! Inutile de l'appeler, elle ! Celle-là et la voiture, c'était une histoire terminée à jamais. Bon, Connie empoigna sa valise et se mit en quête des cars qui la ramèneraient un jour vers la civilisation. Elle finit par les trouver après avoir parcouru à pied quatre-vingt-deux kilomètres dans tout Roissy. Le chauffeur lui demanda quinze euros. Heureusement, il lui restait du liquide dans son porte-monnaie. Connie choisit un siège libre où elle put s'écrouler pour pleurer pour de bon, enfin...

Pendant ce temps-là :

— Allô Lila ! cria Aurélie. Lila ?

— Oui...

— Ah, merci... Tu es là !

— Oui. T'as oublié ton carnet, c'est ça ? rit Lila.

— Exactement. J'en suis malade !

— Il n'y a pas de soucis, on l'a récupéré. Il est sur la cheminée.

— Merci.

— T'as qu'à venir le chercher...

— Oui, le problème, c'est que la dernière fois, je suis venue avec Laurent, on était à moto mais heu... là, moi je n'ai pas de bagnole...

— Pas grave, tu te prends un taxi et tu te fais rembourser. Tu files une note de frais à ton journal. Ce n'est pas ce que tu fais d'habitude ?

— Si...

— Bon. Tu veux venir vers quelle heure ?

— Heu... qu'est-ce qui t'arrange ?

— Attends, il y a Tom qui me parle en même temps... Quoi ?

— Non, je disais...

— Non, c'est à Tom que je parle...

— Ah...

— Oui ? Alors, il y a Thomas qui me demande si tu peux rester dîner avec nous, ce soir ? Il fait bon, on va mettre la table dehors.

Aurélie crut que son cœur s'arrêtait.

— Oh, je ne sais pas. Je ne veux pas déranger...

— Elle ne veut pas déranger. Oui, elle est mignonne. Tom me dit que tu ne déranges pas. On va faire un barbecue et il y a plus de viande, de veau, de côtes de bœuf et de chipolatas qu'il n'en faudrait pour nourrir le Sahel.

— Ah, super...

— Bon, ben t'as qu'à venir vers 19 heures, on se fait l'apéro au bord de la piscine...

— Heu... D'accord.

— Je te redonne l'adresse

L'œil rond et le souffle coupé, Aurélie nota pour elle-même l'adresse du champion qu'elle avait déjà, mais sur son cahier perdu. C'est là qu'elle réalisa que la ville de Thomas s'appelait Plaisir.

Réponse à la question en tête de chapitre : Marcel Achard.

11

Qui a dit ?

Le désir de l'amour engendre l'amour.

La lumière n'était pas la même quand Aurélie sortit du taxi la déposant devant le portail de la belle maison des Vassy. C'était une lumière presque d'été, douce et rosée comme le vin qui l'attendait au bord de la piscine. Une lumière de fin de journée qui sentait les copains et le barbecue dans le jardin, une lumière que tout le monde aime… Devant la piscine, Henry, le physiothérapeute, était en pleine conversation avec Vincent, l'agent. Ici, tout le monde passait son temps à analyser des matchs, tout en expliquant que Tom n'avait guère le temps de jouir d'une victoire car, deux jours plus tard, une défaite arrivait, sur laquelle il ne fallait pas s'appesantir non plus, car la semaine suivante, au tournoi d'après, une nouvelle victoire arrivait mais il ne fallait pas la fêter non plus car, deux jours plus tard, etc. On ne profitait pas, on ne pleurait pas non plus mais on passait son temps à analyser le pourquoi du comment. Les deux hommes adressèrent un petit signe de la main à la jeune femme quand ils la virent arriver à leur hauteur. Lila, la belle attachée de presse, sortit de la maison en jean et pull, cheveux auburn détachés sur les épaules. Elle se pencha vers Aurélie pour deux bises.

— C'est sympa que tu sois venue. À vrai dire, je n'avais pas envie d'être la seule fille. Hier soir, ils ont parlé tie-break et revers mi-coupé toute la soirée. T'as beau aimer le tennis, il y a des jours où... soupira Lila en levant les yeux au ciel. Les parents de Tom sont au théâtre. Tu connais tout le monde ? demanda Lila en avisant la *team*.

— Oui, enfin les prénoms surtout. Ils n'ont pas changé depuis hier ?

— Non. Tom ne s'est pas entraîné cet aprèm. Il y avait trop de vent. Il est tombé, là. C'est agréable, non ?

— C'est purement génial ! s'extasia Aurélie-Connie.

— En fait, Tom a visionné ses matchs avec Jacques, son coach. Ils étudient ses coups gagnants, les perdants, les services gagnants, etc. Enfin bref, là, il est sous la douche. Il ne devrait pas tarder.

Aurélie chassa l'image qui venait de se pointer dans son esprit. Inutile de se faire du mal pour rien. La femme en blouse bleue, qui lui avait apporté les petits sandwichs, la veille, était en train de mettre le couvert, sur la grande table devant la maison. Michel, le préparateur physique, venait de sortir avec les côtes de veau, d'agneau et de bœuf enveloppées dans du papier de boucherie. Il plongea son nez dans l'une d'elles comme un bon carnivore à l'odorat ès fraîcheur. Léonard, le relationnel chez Lacoste, était en train d'allumer le barbecue en criant : « Il est où l'extincteur au fait ? Au cas où ? » Il avait revêtu un tablier de cuisinier vert sur lequel était écrit : *Stand clear man cooking*. (Restez éloignés, homme en cuisine.)

— Tu veux du rosé ? demanda Lila. On a du Domaine d'Ott.

— Je veux bien, répondit Aurélie en réalisant que depuis une semaine qu'elle était à Paris, elle n'avait pas arrêté de boire.

Lila prit deux verres et la bouteille de rosé sur la table et les filles s'installèrent sur les transats. L'attachée de presse remplit les verres et les deux filles trinquèrent :

— À tes livres ! lança Lila.

— Quoi ?

— À tes livres ?

— Bien sûr ! Merci...

— Thierry m'a fait ta pub au téléphone, tu sais...

— Thierry ?

— Thierry Vergance : ton patron chez *Stars et Actus*...

— Bien sûr ! Merci.

— T'es réveillée aujourd'hui ?

— Oui. Excuse-moi. En réalité, je suis plus émerveillée que réveillée. J'ai presque la sensation d'être dans un rêve, mais un beau, tu vois ? Magique...

— Ah, bon ? dit Lila, l'œil légèrement écarquillé. Mais pourquoi ?

— Je ne sais pas, cette maison, l'ambiance, cette équipe, Thomas, être là avec toi, boire ce rosé si bon...

— T'es mignonne ! Enfin, j'imagine que t'en as vu d'autres !

— Oui, mais il y a une ambiance particulière, ici... Franchement, cette maison, elle est magnifique, non ? demanda Aurélie, sincère, en se retournant vers le manoir.

— Ouais, hésita Lila en allumant une Rothmans rouge. Ce n'est pas non plus la maison de Novak à Monaco ! Et puis, je ne suis pas une grande fan du lierre, moi. À chaque fois que je viens ici, j'ai l'impression qu'il y en a un peu plus. J'ai la sensation d'une plante carnivore qui se développe à vitesse grand V et que la baraque entière va se faire avaler par ce machin...

— Et puis, continua Aurélie-Connie, il y a la mère de Tom, elle est venue me saluer hier, elle a l'air adorable, cette femme !

— Oui, oh ! Elle ne l'est pas tous les jours, toussota Lila, en recrachant sa fumée.

— Et puis, il y a Tom, il est... Aurélie préféra ne pas finir cette phrase.

— Tom, il faut qu'il progresse encore. Il y a des matins, j'entends Jacques lui hurler dessus, quand je suis encore dans ma Smart sur l'autoroute !

— Les filles ! cria Leonard en s'approchant des transats avec ses brochettes de barbecue. Veau, bœuf ou merguez ?

— Bœuf pour moi, s'écria Lila en se retournant.

— Idem ! répondit Aurélie.

Léonard, dans son tablier de cuisinier, repartit vers son barbecue au petit trot...

— Le staff de Tom est assez sympa, admit enfin Lila. Mais tu vois, c'est une bande de mecs, assez jeunes, ils sont tout le temps ensemble et... par moments, je me sens, comment dire ? J'en fais partie de cette *team*, mais ils sont tous meilleurs amis *inside* tu vois ? Et moi, je suis la seule nana, un peu plus âgée. Ils ne sont pas pareils avec moi. Tom s'est permis de m'engueuler comme un chien à l'US Open parce que j'avais trop chargé son planning en interviews !

— En même temps, il faut bien qu'on soit là pour le faire connaître, compatit Aurélie.

— Évidemment. Et puis, je crois que c'est son niveau en anglais qui devait lui faire peur, rigola Lila.

— Les filles à table ! hurla Michel, le préparateur physique, le nez toujours dans ses viandes.

— On arrive ! cria Lila, en se levant avec son verre.

Aurélie-Connie l'imita. Le soleil se couchait. Les filles approchèrent de la table. Jacques était en train de compter les assiettes quand il aperçut Aurélie-Connie :

— C'est la petite écervelée qui a oublié son cahier ? demanda le coach.

— Oui, pardon, vraiment je suis désolée, dit-elle humblement.

— Ne t'excuse pas, entendit-elle.

Elle se retourna. Thomas, le champion venait d'apparaître sur sa terrasse, les cheveux mouillés en arrière, remontant les manches d'un pull bleu marine qu'il venait d'enfiler sur une chemise blanche. Il avisa la jeune journaliste qui l'avait interviewé la veille, et s'avança vers elle pour l'embrasser sur les deux joues.

« Ne t'excuse pas » lui répéta-t-il à l'oreille.

À ce moment précis, pour Aurélie, le mot « bonheur » sonnait juste.

La vraie Connie Pinson était de fort mauvaise humeur quand elle pénétra dans le hall de son immeuble. Allez donc prendre des cars pas possibles en provenance de Roissy et puis du métro par la suite, avec deux changements, et le tout avec une valise cassée ! Mais allez-y donc ! Merde à la fin ! Furibarde ! Elle plongea sa clé dans la boîte aux lettres, une tonne de paperasserie tomba à ses pieds, mais ce n'est pas vrai ! Voilà, on s'absente neuf jours de Paris et c'est n'importe quoi et puis... Ah, non pas ça, songea Connie en se rabaissant pour récupérer ce courrier. Non, pas eux !

Trésor public : encore un tiers provisionnel. *Oh, non pas maintenant*, gémit-elle. *Les dernières piges que j'ai écrites, je les ai faites gratuitement pour des copains*, pleurnicha-t-elle, Mère Teresa de l'écriture.

Elle ramassa les tonnes de factures par terre. Ah, non ! pas eux non plus : le *Reader's Digest* ! Ils devaient déboiser des forêts entières pour envoyer de tels dossiers à leurs clients, comme si on n'avait que ça à foutre de coller des petites étiquettes sur des tonnes de papier pour gagner Dieu sait quoi...

Connie se transforma en Hulk pour déchirer ces kilos imprimés ; elle en cria de rage dans son hall d'immeuble et plaça le tout dans la poubelle de l'entrée ! Une fois chez elle, elle balança le reste du courrier par terre et jeta sa valise pour la rouer de coups de pied. Cette affreuse valise qui venait de la faire souffrir pendant des heures :

— Je t'annonce que toi aussi, tu vas finir dans la poubelle. C'était le dernier voyage que tu faisais avec moi... Tu te rends compte de ce que tu perds ?

La valise pétée, molestée et allongée sur le parquet de l'entrée ne répondit rien à cette annonce. Connie lui rebalança un coup dans le ventre et se dirigea vers son salon, alluma les lumières et s'effondra dans son canapé blanc. Pffou... Le voyage Roissy-avenue de Versailles avait presque duré aussi longtemps que le Miami-Paris. Mais ça y est, elle était à nouveau là, enfin chez elle ! Et ce n'est pas demain qu'elle en repartirait. Ah, ça non ! Il ne lui restait plus qu'à récupérer Antigone et Iphigénie, ses deux bébés d'amour... Elle allait le faire maintenant, les deux chattes lui manquaient trop. Elle les avait confiées à Valérie, sa voisine du dessus, une quadragénaire hyperactive avec qui elle avait sympathisé. Enfin sympathiser, était-ce le mot ? Valérie, la voisine, avait ce qu'on appelle une famille recomposée. Elle avait deux ados de son premier mariage et s'était mise en ménage avec Dominique, qui, comme elle, avait deux ados de son premier mariage. Donc quatre ados, et ces deux-là n'avaient rien trouvé de mieux à faire qu'un cinquième bébé ensemble.

Quatre ados, deux adultes et un bébé : oui, les gens adoraient les emmerdes, pensait Connie, ah vraiment ! Quand ils avaient emménagé au-dessus de chez elle, Connie était persuadée que c'était une famille d'hippopotames du zoo de Vincennes qu'on venait de lui installer au-dessus. Elle avait passé le premier mois avec son balai à taper contre le plafond. (Les hurlements des ados filles, leurs musiques, les pas et les portes qui claquaient des ados garçons !) Valérie, la maman surmenée, avait fini, un jour, par s'excuser en croisant Connie dans le hall de l'immeuble. Connie avait juste répondu : « Écoutez, moi j'écris. Mais avec votre smala au-dessus, je ne m'entends même plus penser ! » Valérie avait été enthousiaste quand elle avait appris que sa voisine était auteure.

Elle avait commandé tous ses livres sur Amazon.fr. Flattée, Connie avait alors sympathisé devant l'ascenseur, surtout quand Valérie et elle s'étaient mises à parler de chats et que sa voisine lui avait avoué qu'elle était accro à ces petits félins. Malheureusement pour Valérie, ce n'était plus le moment maintenant, avec sa famille recomposée, le nouveau bébé, tout ça... Connie, pensive, avait alors émis la suggestion que... peut-être, elle pourrait en garder deux, de temps en temps. Valérie avait été enthousiaste ! Avec grand plaisir, ce serait même un honneur, avait-elle ajouté. Connie avait calculé rapidement combien elle économiserait en pension pour chats lors de ses nombreux voyages et, depuis, les deux femmes étaient devenues amies et Connie ne tapait plus le plafond de sa cuisine avec son balai... (Elle mettait son casque sur les oreilles et écoutait Dire Straits à fond !)

Elle claqua la porte, ses clefs en main, et monta quatre à quatre les escaliers qui la séparaient de l'appartement de Valérie et de Dominique et de toute leur merde...

Valérie lui ouvrit, souriante :

— J'étais sûre que tu rentrais aujourd'hui, dit-elle. Puis elle se retourna en direction du boucan. Les filles ! hurla-t-elle, moins fort avec Lady Gaga ! Connie est là...

— Chez toi, ça ne me dérange pas que ça s'entende, l'interpella Connie. C'est lorsque ça s'entend chez moi que ça me dérange. Comment vont les *cats girls* ?

— Écoute, bien. Tout s'est bien passé. Elles ont bien mangé, s'écria Valérie. Antigone, Iphigénie ? Maman est rentrée ! Elle vient vous chercher ! Excuse-moi, Connie, mais on ne les a pas appelées comme ça cette semaine. Aucun des ados n'arrive à se rappeler de ces prénoms...

— Ça ne m'étonne pas, émit Connie, lasse. Vous les avez appelées comment ?

— Écoute... heu... Tu sais ce que c'est les garçons, hein ? Quatorze et seize ans, t'imagines ?

— Non, et ne le désire pour rien au monde !

— Comment dire ? La petite grise, ils l'ont appelée Poupoune et l'autre, la petite rayée avec les yeux jaunes, qui fait des câlins uniquement quand elle croit qu'elle va avoir à manger : Puputte.

— Bravo ! lâcha Connie, éteinte. Est-ce que ça m'étonne ? La réponse est non...

— À part ça, tout s'est bien passé... Dis-moi, leur espèce de bac à sable pour faire leurs besoins, qu'est-ce que ça daube ! Oh là, quand elles sont à deux ! Dominique n'a pas pu prendre sa douche, hier matin, personne ne pouvait rentrer dans la salle de bains tellement ça...

— Iphigénie, Antigone ! cria Connie. Maman est là !

Les deux *cats girls* arrivèrent au trot vers leur vraie maman. Embrassades, ronronnements, câlins. Et qu'on se bave dessus tous ensemble... En la caressant, Connie remarqua qu'Iphigénie avait deux centimètres au-dessus du cou de peau complètement à nu.

— Qu'est-ce que tu as là, ma chérie ? Tu as perdu tes poils ? l'embrassa Connie.

— Oui, dit Valérie. On a remarqué. Elle a fait une petite pelade.

— Une pelade, répéta Connie, anéantie.

— Oui, peut-être que tu lui manquais trop, je ne sais pas, émit Valérie. Elle a perdu ses poils dans ce coin-là...

— Mon Dieu, mon amour, dit Connie. Bon les filles, on descend. On retourne à la maison, ordonna Connie. Merci, Valérie.

— Je t'en prie. J'ai beaucoup aimé ton dernier livre.

— Merci infiniment.

Elle prit ses deux chattes sous le bras et redescendit chez elle.

Quel cauchemar, ces smalas ! Ces familles soi-disant recomposées, Connie ne pouvait plus les blairer !

— C'est la dernière fois que maman vous laisse chez les timbrés, annonça Connie, après avoir refermé sa porte.

Les chattes la suivirent dans la cuisine où Connie ouvrit des boîtes de Sheba et de thon. Elle sortit aussi le saumon pour elle, ainsi que pour les *cats girls* si elles désiraient en profiter.

— Iphigénie, viens me voir !

La chatte s'approcha et lui donna comme un coup de boule sur le front pour faire son câlin de retrouvailles.

— Dis à Maman si un des débiles d'ados du dessus, au QI d'huître avariée, a essayé de te raser...

La chatte émit un ronronnement de bonheur, caressant de sa tête le visage de Connie qui insistait :

— Tu le dirais à Maman si quelqu'un t'avait fait du mal ?

Miaulement d'Iphigénie.

— Bon, on ira chez le véto vérifier tout ça, dit Connie. Une pelade ! C'est la première fois que je vois ça...

Elle sortit son Mac de son sac et le rebrancha sur sa table basse pour accéder à son Internet. Elle alla sur Safari, tapa pluzz France 3 pour récupérer ses émissions, ses jeux préférés loupés cette semaine. Elle se dirigea vers sa cuisine, prit un bol d'eau pour les *cats girls* et une bouteille de chardonnay pour elle. Elle passa devant son étagère. Chez elle, un petit meuble était réservé à tous ses livres. Elle contempla ses huit bébés à elle, et prit un chiffon et pour ôter la poussière dessus. Souvent, quand des copains venaient à la maison, les livres se baladaient, les amis les prenaient, les retournaient, lisaient la quatrième de couv, les ouvraient, commentaient des passages, certains laissaient leur verre de vin rouge dessus, créant de belles auréoles… Et quelques-uns en prenaient, promettant de les rapporter, les piles diminuaient régulièrement. Connie passa un chiffon sur ses œuvres. Certes, le travail sur des scénarios de film était agréable et valorisant (elle avait adoré écrire ce téléfilm sur la vie de Napoléon à Sainte-Hélène), mais c'était ses livres qu'elle aimait par-dessus tout. Tiens, en parlant de ça : qu'avait-elle fait de son tiers provisionnel ? Il fallait tout de même le mettre de côté. Connie se dirigea vers son entrée pour récupérer la pile de courrier jetée par terre. Elle en profita pour remettre un bon coup de pied au passage à la valise et ramassa ses enveloppes sur le parquet, à côté. Elle ne trouvait plus le tiers provisionnel. Toutes les autres factures étaient bien là, sauf la plus importante. Zut ! « Qu'est-ce que j'en ai fait ? » Elle réalisa avec horreur que lorsqu'elle s'était transformée en Hulk pour déchirer les quinze pages de *Reader's Digest*, elle avait déchiré en même temps l'enveloppe du Trésor public… Oh, non, mais non ! Elle se précipita dans le hall de son immeuble pour fouiller la poubelle à papier. Tout était en confettis à l'intérieur ! Oh, non… chantonna-t-elle.

— Mais qu'est-ce qu'il m'arrive depuis ce matin ? dit-elle tout haut en se retournant vers l'immense miroir du hall de l'immeuble.

Le miroir ne lui donna guère de réponse. Connie se regarda. Elle se trouvait pas mal pourtant, rentrée bronzée de Miami…

— Mais qu'est-ce que j'ai fait au ciel ? demanda-t-elle au faux plafond du hall.

Elle remonta chez elle, lentement. Tant pis pour ce dernier tiers provisionnel. De toute façon, elle n'avait déjà pas payé le dernier…

Alors bon. Oh, et puis merde à la fin ! Furibarde et lasse…

Réponse à la question en tête de chapitre : Tahar Ben Jelloun.

12

Qui a dit ?

Le baiser est la plus sûre façon de se taire en disant tout.

La soirée se déroulait comme dans un rêve chez Thomas Vassy, autour d'une tablée sportive, drôle, et conviviale.

Aurélie-Connie était assise à côté de Tom, et, à deux reprises, il avait posé la main sur la sienne pendant le dîner. Tout le staff de carnivores avait dévoré la viande du barbecue, parlant technique et tennis, et, durant la première heure, Aurélie ne l'avait pas trop ramené, riant de temps en temps en aparté avec Lila. Mais depuis cinq minutes, ils s'intéressaient à elle et commençaient à poser quelques questions.

— T'as publié combien de bouquins ? demanda Vincent, l'agent.

— Huit, répondit illico Aurélie-Connie.

— Hou ! dit Léonard.

— Ce ne sont que des bios d'artistes et de politiques ? demanda Henry, le physiothérapeute.

— Non, répondit Aurélie du tac au tac. (Toujours au taquet sur la vie de son avatar, celle qui avait travaillé à sa place.) En fait, il y a cinq biographies de *people*, on va dire pour aller vite, et trois romans, dont deux polars en plus…

— Bravo ! admira Jacques, le coach, en coupant sa merguez. C'était bien la première fois qu'il disait bravo à quelqu'un ou à quelque chose.

— Merci, dit Aurélie-Connie, en finissant sa pomme de terre en robe de chambre.

— Et en plus Connie a écrit un téléfilm, c'est ce que Thierry m'a dit, révéla Lila à toute la tablée...

— Oui. Effectivement, approuva Aurélie-Connie. L'année dernière... Un téléfilm sur les derniers de jours de Napoléon à Sainte-Hélène. Les dernières années de l'Empereur sont les plus émouvantes.

C'est ce qu'avait déclaré Connie à une blogueuse littéraire.

— Alors, il a été empoisonné ? demanda Jacques, le coach, un peu plus vieux que les autres et plus branché Histoire de France.

— Beaucoup le pensent, avoua Aurélie-Connie.

— Par les Anglais ? relança Jacques.

— Pas vraiment. Les Anglais le surveillaient mais n'avaient aucune raison de le tuer. C'est eux qui avaient décidé l'exil. Non, par un de ses copains, quelqu'un de son entourage. Parmi les amis et maréchaux qui avaient accepté l'exil avec l'Empereur, se trouvait un noble ruiné, surendetté par le jeu, ami avec Napo. Au début, il le suivait partout, ami à la vie, à la mort... Mais, au bout de trois ans, le noble n'envisageait plus de finir ses jours sur cette île maudite surtout que Napoléon l'avait mis sur son testament. Si l'empereur déchu mourait, Charles Tristan de Montholon, c'était son nom, allait enfin rentrer à Paris, riche comme Crésus et prêt à reprendre sa vie mondaine qui lui manquait tant... On pense qu'il a commencé à mettre de l'arsenic dans les bouteilles de vin destinées à l'empereur les deux dernières années. Le pauvre Empereur déchu a eu tous les symptômes de l'empoisonnement à l'arsenic à dose infinitésimale. Il a fini avec un estomac dans un état atroce. On a parlé de cancer de l'estomac, à l'époque, mais il a probablement été empoisonné, très longtemps et très régulièrement. En tout cas, moi, je le crois... Le mal vient toujours de la bande, de l'ami proche, du fidèle parmi les fidèles. Il y a fort à parier que Napoléon n'a jamais douté de l'amitié profonde et loyale de Charles-Tristan de Montholon mais... le ver était dans la pomme, depuis toujours. Quand le chef meurt, c'est souvent organisé par l'entourage proche, regardez l'Empire romain, il y en a eu plein ! Pauvre César, que de traîtres autour de lui...

Un silence glacial accueillit cette déclaration historique. Tout le monde s'observa suspicieux et Thomas Vassy reposa son verre de vin sur la table en se demandant si, lui aussi, possédait son Judas autour de cette table.

Cette micro-leçon d'Histoire n'avait rien coûté à Aurélie. Un des historiens ayant publié sur le sujet avait fait une conférence à la médiathèque, il y a un mois, dans son Morbihan natal. Et, comme le répétait Fred, Aurélie avait sans doute encore plus lu que la vraie Connie. Enfin, elle allait finir par le croire...

— Bref, dit Lila en coupant le silence du staff troublé, en tout cas, je ne serai jamais ton traître puisque c'est toujours moi qui finis tes verres de vin, annonça-t-elle à Thomas, en s'emparant de son verre.

La tablée éclata de rire, relâchant l'atmosphère suspendue.

— En plus, le pauvre, il n'en boit qu'un ou deux par semaine, même pas ! lança Michel, le préparateur physique.

— L'Empereur n'en buvait pas plus, répondit Aurélie. Mais cela a suffi. Son agonie a duré des mois et des mois... Il a développé toutes les maladies les plus épouvantables et incompréhensibles qui soient et...

— Bon, on ne va pas se plomber la soirée à cause de la fin de Napoléon, balança Lila qui en avait marre de ces silences suspicieux. On n'est pas là pour ça ! Et c'est juste un barbeuc !

— Bien sûr, réagit vivement Aurélie-Connie. Je vous en parle parce que Jacques m'a posé la question. En plus, la plupart des historiens, spécialistes du Premier Empire, ne cesse d'écrire qu'il est mort d'ennui à Sainte-Hélène, vous imaginez ? Ce pauvre hyperactif guerrier réduit à l'inactivité totale ? Les spécialistes français de Napoléon le pensent... Donc, c'est comme on veut... Moi, je pense que l'homme ne peut pas mourir d'ennui. Imaginez le nombre de décès par jour ? En classe ? Au resto, quand votre conjoint vous parle ? Au bureau toute la journée ? Ou tout simplement au cinéma ou au théâtre ? rit Aurélie.

— Oui, dans ce cas-là, je serais décédée au dernier festival de Cannes, acquiesça Lila, l'attachée de presse. Il y a certains films, il faut voir ce que c'est !

La tablée éclata de rire. Thomas aussi. Il effleura de sa main le bras de son intervieweuse d'un jour...

— En réalité, reprit Aurélie, confiante comme jamais, là où je m'éclate vraiment, c'est en faisant des bios de stars...

— C'est vrai que ça doit être drôle, admit Lila, en recrachant sa fumée de cigarette.

— En fait, tu sais ce qui pourrait être cool, commença Vincent, l'agent...

Vincent se demanda s'il allait finir cette phrase, tant toutes les têtes venaient de se retourner vers lui. Il décida que oui, malgré tout.

— Ce qui serait pas mal, Connie... C'est que tu aies envie d'écrire la bio de Thomas. Tu sais, je peux te dire qu'il y en a à raconter avec tout ce qu'il s'est passé ici... Des derniers tournois juniors jusqu'à maintenant !

— C'est vrai qu'il en a sous le coude, approuva Michel, le préparateur physique.

— C'est trop tôt ! réprouva Henry, le physiothérapeute. Les tennismen français qui ont leur histoire en librairie sont dans les premiers mondiaux.

— Pas forcément, entreprit Aurélie-Connie. Et puis ça n'empêche pas. Les gens adorent les sportifs, ce sont les derniers aristocrates du pays... et des Français célèbres, à admirer, il n'y en a pas tant que ça...

— Tom racontera sa vie quand il sera dans les dix premiers mondiaux, rétorqua fermement Jacques, le coach. On en reparlera le jour où il battra Rafa...

La tablée s'arrêta net. Des fourchettes tombèrent dans les assiettes. Jacques avait prononcé le prénom imprononçable. Le sujet tabou absolu.

— Oh non, pas lui, pas maintenant, murmura Léonard, le type de chez Lacoste, en regardant le ciel étoilé.

— Écoutez, reprit Aurélie-Connie cherchant à calmer les esprits. Qui bat les Espagnols dans le sport en général ? En ce moment, pas grand-monde... Je crois qu'il y a largement de quoi écrire sur la vie de Thomas qui est, je pense, très intéressante...

— Il faut demander à Sébastien, le *padre*, annonça Léonard. On doit savoir ce qu'il en pense...

— Si tu écris, tu diras bien que je lui suis indispensable, s'écria Henry, le physiothérapeute. Je ne compte pas le nombre de massages qui l'ont remis d'attaque et le nombre de tendinites que j'ai dû soigner et...

— Idem pour moi, le coupa Lila, en s'adossant à son siège. Je me rappellerai toujours de notre premier entretien pour Canal Plus Sport, il y a cinq ans. Il savait à peine parler et...

— Sans ma gym du matin, il n'est rien, l'interrompit Michel, le préparateur physique. Tu pourras le dire ! Toute sa musculature, c'est moi...

— Et ses pubs et sponsors, c'est moi ! ajouta Vincent, l'agent. Hein, Thomas, combien de pubs t'as fait cette année ? Son contrat pour Lacoste : qui lui a décroché ?

— Ça va, répondit Thomas en riant. Et qui joue ? C'est moi.

— Mouais, dit Jacques, le coach.

— Quoi ? demanda Thomas.

— Non, rien... C'est dur de passer sa vie entière à apprendre à quelqu'un à jouer au tennis. À être un vrai champion !

— Je sais, dit Tom en tendant la main vers l'avant-bras de Jacques.

La pression de la main sur son bras n'empêcha pas l'entraîneur de se couper un morceau de fromage.

— J'y aurai passé ma vie entière, reprit-il, c'est tout... J'espère que tu vas monter dans le classement. L'ambition, c'est toi et personne d'autre.

Apparemment, Thomas avait déjà eu ce genre de conversation et ne désirait pas y retourner devant ses invités. Il orienta la conversation sur la vie d'Aurélie-Connie et Jacques débarrassa quelques assiettes avant d'aller se réfugier dans la chambre d'amis qui lui était attribuée, après avoir lancé : « Bonsoir tout le monde ! »

Le reste de la bande prolongea le dîner autour de la table, finissant les bouteilles, parlant un peu fort, de tout, de rien, et de tie-break quand même un peu. Mais Lila, qui avait de la suite dans les idées, relança Aurélie-Connie et Thomas sur cette histoire de livre.

— Comment sélectionnes-tu les gens sur lesquels tu vas écrire ? demanda Lila en se penchant vers son champion et sa voisine.

— C'est mon éditeur en général, inspira Aurélie-Connie, et on en discute. Il propose, je dispose... Je n'ai pas fait de sportifs encore. Tous les gens dont j'ai raconté le destin avaient plus de soixante ans dans l'ensemble. Là, c'est différent. Je pense que pour un joueur de tennis, c'est particulier. Il faut le diviser en plusieurs thèmes : l'enfance, l'apprentissage, les grandes déceptions, l'analyse des grands tournois qui ont changé sa vie, raconter comment le mental reprend toujours le dessus et laisser entrevoir un avenir plus que prometteur, le tout agrémenté de quelques anecdotes croustillantes, un peu marrantes... Ses relations avec les autres joueurs, l'argent, les filles, tout ça quoi ! Pour que ce ne soit pas non plus trop consensuel parce qu'il n'y a rien de plus politiquement correct qu'une bio de sportif, en général !

— Tout à fait d'accord ! s'exclama Lila. Tu crois qu'il y a quelque chose à faire avec Thomas ?

— Pourquoi pas ?

— Je ne sais pas, soupira Thomas, en repoussant son assiette et en s'enfonçant dans sa chaise, ses grandes jambes prenant le pouvoir sous la table.

— Allez ! l'encouragea Lila.

— Je sais qu'il y a des sujets que Tom ne veut pas aborder, dit Aurélie mais on peut tenter de les comprendre, de les effleurer sans pour autant être lourds. Ne pas mettre de mots sur les maux, c'est ajouter du malheur au monde. Je ne sais plus qui a dit ça.

— Non, il n'y a rien dont je ne veux pas parler, reprit Thomas.

Lila leva les yeux au ciel, genre : Tu parles !

— Je me demandais simplement si ce n'était pas trop tôt, comme l'a dit Jacques, réfléchit Thomas tout haut.

— Je ne crois pas, déclara Lila. Ce n'est pas un mauvais timing. Et si tu allais en Normandie avec Connie juste un week-end, pour voir ? Tes parents ont un cottage très sympa, à quarante bornes de Deauville. Là, pendant quelques jours, vous pouvez discuter gentiment de ce que vous allez raconter. Connie peut voir si elle a de quoi faire un livre et une fois qu'elle tient son plan, elle peut commencer à en parler à son éditeur. Ça ne coûte rien d'essayer... Si le livre se fait, je t'aurai toutes les émissions, je te le garantis ! s'excita Lila. Bon, j'espère qu'à côté de ça, tu gagneras tes matchs sinon Jacques va me tuer !

— Moi, je suis partante, lâcha Aurélie.

Elle attrapa son verre de rosé et pria pour ne pas tomber dans les pommes de bonheur. Les jeunes du staff se dirigèrent vers le salon pour jouer aux fléchettes et Aurélie put rester quelques instants discuter avec Thomas, tandis que Lila débarrassait mollement la table.

— Moi, en Normandie, j'y vais quand je veux, commença Thomas, c'est ma deuxième maison. Mais toi ?

— Moi, j'y vais quand tu veux aussi, enfin je veux dire, quand je veux aussi, pareil… tout pareil !

— Et tu te sentirais prête à ce que je te raconte toute ma vie ?

— Ah oui. Oui, oui… heu… oui… Je crois que oui…

— Tu pourrais commencer quand ?

— Le plus vite possible.

— Bon, dit Thomas en réfléchissant. Je vais regarder si je peux y aller ce week-end. Ce sera un week-end studieux, alors ?

— Bien sûr ! Oui… Oui, oui… Il faut juste que je voie si j'ai de quoi faire un livre, enfin qu'on voie ensemble…

— OK. Ça ne coûte rien d'essayer…

— Voilà !

Lila referma une baie vitrée et revint vers la table :

— Tu veux que je te dépose à Paris ? demanda l'attachée de presse à la journaliste. J'ai la Smart.

— Je veux bien, ma chérie ! répondit Aurélie.

Elle se ressaisit illico, se demandant ce qui lui avait pris d'appeler Lila de façon si familière. En plus, c'était la première fois qu'elle appelait une femme de la sorte, mais Lila ne parut pas s'en étonner du tout. Bien au contraire, elle bâilla sans relever :

— Les enfants, il fait frisquet là, d'un coup, non ? Ça s'est un peu refroidi ? Où j'ai foutu mon pashmina cachemire ? Oh, j'ai hâte d'être en vacances…

— Après Wimbledon, lança Thomas.

— Ouais, approuva-t-elle, en bâillant de nouveau. On y va, Connie ?

— D'accord.

Les filles passèrent dans le salon dire au revoir à l'équipe qui hurlait autour d'une cible de fléchettes et les filles se dirigèrent vers la Smart de Lila à l'entrée de la maison, suivies par Thomas.

Tandis que Lila cherchait ses clés dans son Lancel, elle s'écria devant sa voiture :

— Mais ce n'est pas vrai, Connie, ton cahier encore ! L'interview !

— Oh, oui tu as raison ! Dis-moi où il est ! J'y vais !

— Non, attends, c'est moi qui l'ai rangé, je vais te le chercher...

Elle abandonna les deux sous le clair de lune en trottant vers la maison. On entendait ses pas dans les graviers, puis plus rien...

Thomas s'avança vers Aurélie-Connie.

— C'est sympa que tu sois venue. C'était un super dîner...

— Merci à toi...

— Je t'appelle demain pour le week-end en Normandie. On fixe ça ? Il faut que j'en parle avec mon père...

— Pas de problème. J'attends que tu m'appelles. Je vais aller m'acheter un super dictaphone pour t'enregistrer pendant des heures et des heures...

— Sans qu'on soit dérangés par ton ex, rit Thomas.

— Exactement...

Il avança ses deux bras vers les épaules d'Aurélie-Connie et les ramena près de lui. Elle se retrouva plaquée contre ses pectoraux ; au-dessus de leur tête, la demi-lune ne regardait qu'eux.

— Au revoir, murmura Tom.

— À bientôt, répondit-elle.

Elle ferma les yeux. Tom observa quelques secondes ce joli visage offert, les yeux clos et... plaqua ses lèvres contre les siennes, fermant les yeux à son tour. C'était la première journaliste qu'il embrassait en sept ans de carrière pro mais, après tout, pourquoi pas ?

Les pas dans le gravier revinrent... plus vite que prévu. Les lèvres se séparèrent. Lila tendit le cahier. Aurélie prit place sur le siège avant, légèrement tremblante. Thomas se pencha pour saluer les filles. Il suivit la petite auto jusqu'à son portail. Les filles continuaient à faire coucou de la main. Le tennisman regarda la Smart tourner à gauche devant chez lui et s'éloigner...

Et ce n'est qu'une fois sur l'autoroute que Lila balança, très à l'aise, comme toujours :

— Dis-moi, j'ai rêvé ou quoi ? Mais quand je suis revenue, il m'a semblé que Tom était en train de t'embrasser.

— C'est à toi de me dire si je n'ai pas rêvé, répondit Aurélie.

Lila se retourna vers elle et éclata de rire.

— Remarque, je te préfère largement à cette pute russe qu'on a dû se taper pendant... Mannequin ! Pardon, pardon... J'ai dit mannequin. Mets jamais ce que je viens de dire dans l'interview ou dans un de tes bouquins, si tu en fais un...

Aurélie éclata de rire :

— Ne t'inquiète pas, je ne trahirai jamais !

— Tant mieux... Si tu avais vu ! Elle parlait une espèce d'anglais avec un accent ruscov à couper au couteau. La mère de Tom s'en méfiait comme de la peste ! Tatoune, c'est comme ça que l'appelait Thomas, pensait que les tailles s'arrêtaient au 36. Je ne pouvais plus la voir, non plus ! Et Jacques, je t'en parle même pas ! Oh lui, si tu avais vu ! À chaque fois qu'ils s'adressaient la parole, c'était épique ! Je te dis pas ce qu'il inventait pour qu'elle ne vienne plus sur les tournois du Grand Chelem !

Aurélie ne savait pas quoi ajouter. Elle ne pouvait plus s'empêcher de rire. Elle enlaça à grands bras Lila quand elle la déposa en bas de chez elle, enfin devant l'immeuble du petit frère. Pour un peu, Aurélie aurait presque pu l'embrasser, celle-là aussi !

Fred n'arrivait pas à dormir. Il attendait sa sœur comme leur mère lors de leur première boum, et bondit quand il entendit l'interphone alors qu'elle avait ses clés.

Bon, en bas, elle n'arrivait pas à les retrouver. Aurélie grimpa les étages très vite et avisa son petit frère qui se tenait à la porte, inquiet. Elle se précipita dans ses bras :

— Fred, je crois que j'ai été géniale, mais un peu folle quand même !

— L'un va rarement sans l'autre !

Elle s'écroula dans ses bras.

— Fred, tu ne vas pas le croire : il m'a proposé d'écrire sa bio ! Je dois partir en Normandie avec lui pour en discuter...

— OK. Là, ça va trop loin, admit Fred en retenant sa sœur d'un bras et en refermant sa porte de l'autre.

Aurélie se redressa :

— Fred ?

— Quoi ?

— Il m'a embrassée. Ce soir. Un vrai baiser !

Ce fut au tour de Fred de s'écrouler sur le parquet.

Réponse à la question en tête de chapitre : Guy de Maupassant.

13

Qui a dit ?

Ce n'est pas à cause de l'attraction terrestre que les gens tombent... amoureux.

La vraie Connie Pinson était de forte méchante humeur. Allez donc confier vos chats à la voisine et vous en retrouvez un avec une pelade ! Non mais allez-y donc ! Il y a de quoi s'angoisser, non ? Merde à la fin ! Furibarde ! Elle s'était pris le chou avec son véto qui avait trop de monde ! Il avait toujours trop de monde celui-ci ! Presque obligée de le menacer de faire un article assassin sur sa clinique dans le *Figaro* s'il ne lui trouvait pas une place aujourd'hui !

« Une pelade, avait dit le véto au téléphone, c'est peut-être la teigne ! »

— C'est moi, la teigne ! avait mugi Connie Pinson en reprenant sa voix de Hulk en pleine mutation.

— Bon, venez à midi !

Elle avait très mal dormi. C'est vrai que lorsqu'on se fait cinq émissions à la suite *Des Chiffres et des Lettres*, on s'endort à pas d'heure...

Ah, non vraiment ! En plus le taxi osait rouspéter parce qu'elle avait un chat alors qu'il était dans sa petite caisse.

— Elle est enfermée ! hurla-t-elle. Je l'emmène chez le véto !

Le taxi avait enfin accepté !

Connie posa Iphigénie dans sa cage de transport à l'arrière du taxi et monta à côté d'elle. Elle donna l'adresse de la clinique véto. Elle était près de la Maison de la Radio. Pas très loin.

Dans la voiture, Connie se pencha vers la petite cage d'Iphigénie.

— Maman est là, chérie. Ne flippe pas. Je te jure qu'on va m'expliquer pourquoi t'as une pelade…

Iphigénie miaula.

Connie se redressa et soupira. Ça lui faisait du bien de voir un peu cette belle tour Eiffel, c'était toujours un bonheur pour les Parisiens, et surtout en taxi sur les quais…

Connie se pencha de nouveau vers la cage de transport de la chatte qui miaulait.

— On est presque arrivées ! Maman comprend, chérie, tu es derrière un horrible grillage comme ces pauvres Afghanes, maman sait bien que ça doit être atroce, *darling* ! Personne ne traiterait ses animaux comme ça, ici. Je te jure. Ne t'en fais pas. C'est bientôt fini !

Connie se redressa et avisa le regard du chauffeur de taxi dans le rétroviseur. Un beau regard noir et oriental. Connie Pinson tourna la tête vers les quais et la Seine.

Du côté d'Aurélie, la sérénité s'installait doucement. Fred rentra dans le salon en calfouette pour ouvrir les rideaux bleus, comme d'habitude. Radio Nostalgie, sans en éprouver aucune. Rolling Stones, ce matin. Expresso avec Fred dans le canapé en tirant sur la couette. Ouverture du Mac. Acceptation de plein d'amis sur Facebook ! Allumage du portable et enfin le message qui allait la mettre en joie, contrairement aux cinquante derniers de Marc et de sa pseudo-inquiétude. Ce matin, il y avait du nouveau, du beau, du terrible.

« Heu, Connie, c'est Thomas. Mon père est OK pour la Normandie. Je pars avec un chauffeur, en fin d'après-midi. De toute façon, je devais y aller depuis un bout de temps, pour récupérer des raquettes cordées neuves et des baskets, et heu… pour voir mon poney. Enfin bref, tu peux me rejoindre quand tu veux pour qu'on discute de notre projet. Je t'envoie l'adresse par texto. Appelle Lila pour le train, elle, elle sait comment on fait, moi pas trop. À vrai dire, j'y vais souvent en hélico, là-bas ! Heu, je t'embrasse. Je t'attends. »

Aurélie découvrit un matin d'avril la définition du mot « pâmoison ». Elle était allongée sur le canapé dans un état proche de l'Ohio quand Fred entra dans le salon :

— Ça va ? demanda-t-il.

Comme les filles, il avait une serviette autour de la tête, alors qu'il n'avait que deux centimètres et demi de cheveux blonds sur le crâne.

— Fredo, viens voir !

Aurélie lui fit écouter le message du petit dieu de la terre battue, une fois, deux fois, trois…

Fred se releva. C'est bon, il avait compris. Il ne put s'empêcher de rire :

— Demande à Lila pour le train, dit Fred en imitant la voix de Tom, parce que moi je ne connais pas trop, je n'y vais qu'en hélico…

Aurélie lui balança un de ses coussins jaunes dans la figure et Fred partit s'habiller dans sa chambre en gloussant…

Au même moment, dans un autre quartier de Paris.

Pas sympathique pour deux sous, ce chauffeur de taxi ! Connie remonta la rue avec Iphigénie qui n'arrêtait pas de miauler dans sa caisse.

— On est presque arrivées ! lui lança Connie en s'arrêtant devant une vitrine d'ameublement. *Elles sont drôlement belles, ces baignoires !* Elle avait bien envie de refaire faire sa cuisine et sa salle de bains, mais ce n'était peut-être pas le moment avec tous ces problèmes de...

— Connie ! entendit-elle.

Elle se retourna. Oh, Dieu... Marion Lickert ! La femme de son ami Patrick Lickert.

— Connie ? Qu'est-ce que tu fais là ? demanda Marion en l'embrassant sur les deux joues.

— J'emmène Iphigénie chez le véto !

Il fallait qu'elle fasse bonne figure et Connie Pinson détestait les femmes de ses potes. De ses potes, de ses relations et de ses ex. Ce ne sont pas les femmes entretenues les mieux conservées, ricanait-elle sans cesse. Elle ne savait plus de qui c'était, mais ça la faisait rire...

— Tu vas bien ? demanda-t-elle à Marion. Celle-là ne lui avait rien fait.

— Oui, je sors de la Maison de la Radio...

— Ah, dit Connie en regardant l'immense bâtisse. T'as fait une interview ? Combien j'en ai fait, moi, là-dedans !

— Non, j'étais à France Musique pour écouter un concert de Mozart...

— Ah, oui c'est vrai que tu ne travailles pas !

— Je vais m'y remettre, mais j'attends que Charlotte soit plus grande...

— Mmmh, bien sûr !

— Elle a eu une otite la semaine dernière !

« Pitié, pas les gosses et pas les maladies des gosses surtout ! » pensa Connie Pinson.

— Je n'en ai jamais eu mais ça doit faire mal ! dit-elle, polie malgré tout.

— C'était horrible. Mon pauvre bébé a souffert, surtout qu'elle sortait de la varicelle !

« Oh, non ! » songea Connie en s'abstenant de la relancer.

— Dis donc, reprit Marion, Patrick m'a dit qu'il t'avait retrouvée sur Facebook ! Enfin, tu t'y es mise, pas trop tôt !

— Ah, non ! Certainement pas ! Rien à secouer ! Parce que déjà que mes amis en chair et en os, j'ai du mal... Alors, heu... non ! Aucune envie de comptabiliser des amis FB comme un portefeuille d'actions en bourse.

— Mais, dit Marion songeuse, alors tu n'es pas sur Facebook ?

— Non, Marion, je viens de te dire que non...

— C'est bizarre, Patrick m'a dit qu'il t'avait retrouvée sur ce réseau. Il t'a même envoyé un message pour t'inviter à la soirée de *Stars et Actus*, tu sais ? Ils ont fêté leur un an sur une péniche, la semaine dernière...

— Ah, s'étouffa Connie, plutôt crever ! Je déteste ce journal !

— C'est bizarre, continua Marion... Patrick m'a dit que t'avais accepté de faire des piges pour eux !

— Et pourquoi pas pour *Oops* ou *Public*, tant que tu y es ?

— Pour leur site Internet...

— Pour leur site, en plus ? Ah, ah, ah...

— Ils payent bien !

— Je m'en branle !

— C'est Thierry Vergance qui s'en occupe. Tu le connais ?

— Vaguement. De nom. Encore une semi-fiotte prête à se prosterner devant n'importe quelle vedette de merde, y compris de télé-réalité... J'ai arrêté avec tout ça Marion, tu sais ! Quand tu as un QI qui dépasse largement la moyenne nationale, c'est trop de souffrance !

— C'est bizarre, Patrick m'a dit qu'il t'avait ratée à deux minutes à la fête sur la péniche !

— Marion, je suis rentrée hier soir de Miami ! Je ne pouvais même pas y être physiquement sur ta putain de péniche !

— Ah... ça alors, c'est bizarre !

— Écoute Marion, je te laisse, je ne comprends rien à ce que tu me racontes (« Comme d'hab », pensa-t-elle) et il faut que j'emmène Iphigénie chez le véto, à côté…

— Qu'est-ce qu'elle a ?

— Je ne sais pas. Je pense que le fils de ma voisine a essayé de raser ma chatte !

— Ah, lâcha platement Marion, qui ne savait plus trop de quoi on parlait non plus…

Les deux femmes se firent la bise dans la rue.

— Connie, redonne-moi ton téléphone, demanda Marion en s'emparant du sien dans son sac. T'en as changé dernièrement, non ?

— Oui. Personne ne l'avait, c'était le bonheur !

— Non, je te le demande parce qu'il y a quelque chose de bizarre, là-dessous…

— Si tu veux, soupira Connie.

Elle s'exécuta, donna son numéro à Marion et prit le sien.

— Au fait, on a vu ton téléfilm avec Patrick, sur Napoléon à Sainte-Hélène. Drôlement bien !

— Merci.

— Il a vraiment été empoisonné ?

— Disons qu'il avait de l'arsenic plein les cheveux, mais ça pouvait tout aussi bien venir du papier peint de sa foutue baraque. D'autres questions, Marion ?

— Non, non…

— Tant mieux. Enfin, je me mets à la place d'Iphigénie qui attend dans son petit caisson, tu vois ?

— Je t'appelle, Connie, dès que j'ai réussi à éclaircir cette histoire de FB avec Patrick, parce que c'est bizarre…

— O.K., embrasse-le pour moi ton mari, ça fait une éternité que je ne l'ai pas vu !

— D'accord ! À bientôt, ma belle.

— Salut !

Réponse à la question en tête de chapitre : Albert Einstein.

14

Qui a dit ?

La campagne, cet éternel remède des affections auxquelles la médecine ne connaît rien.

« C'est bizarre, quand même. Pourquoi est-ce vous voulez écrire un livre sur moi ? » Je suis pris de court mais je réponds, sincèrement : parce qu'il a – ou parce qu'il a eu, je ne me rappelle plus le temps que j'ai employé – une vie passionnante. Une vie romanesque, dangereuse, une vie qui a pris le risque de se mêler à l'Histoire. Et là, il dit quelque chose qui me scie. Avec son petit rire sec, sans me regarder : « Une vie de merde, oui... »

Emmanuel Carrère à propos d'Edouard Limonov.

Aurélie sourit en découvrant ces lignes, un *post* publié sur FB par un de ses très récents amis. L'avantage d'être Connie Pinson, auteure, résidait dans le fait de recevoir des demandes d'amis de gens plutôt intéressés par la littérature. Pas de lourdaud dans le lot... Pour l'instant. Elle cliqua sur « J'aime » et faillit mettre un commentaire : « Je l'ai lu le livre d'Emmanuel Carrère sur Limonov, je le recommande c'est génial », mais elle s'abstint au dernier moment. Inutile de se faire trop remarquer, pour l'instant. Elle rangea son iPhone et observa le paysage à travers la vitre du train qui l'emmenait en Normandie. Elle était folle de joie. Depuis qu'elle avait débarqué chez Fred, l'imposture lui avait fait vivre de sacrées émotions, et tout le monde n'y avait vu que du feu.

Les réponses aux messages de l'ami Patrick : du feu.

La fête sur la péniche : du feu

L'entretien suivi du dîner chez le jeune prodige : du feu, du feu et du feu.

Mais maintenant, c'est elle qui s'enflammait. Et ça, ce n'était pas prévu. Certes, elle aurait préféré que cette nouvelle vie s'adressât directement à sa petite personne, Aurélie Blenack, mais aujourd'hui elle était prête à enlacer Connie Pinson pour lui dire : « Merci de m'avoir prêté ta vie pour quelques jours. » Évidemment, elle espérait de tout cœur ne jamais avoir à prononcer ces mots, n'étant que très moyennement sûre de l'humour et de la réaction de la « vraie Connie ».

Certains paysages normands lui rappelaient sa Bretagne chérie. Elle se posait mille questions sur les deux jours qu'elle était supposée passer avec Thomas. Primo : serait-elle seule avec lui ? Elle avait vu à deux reprises qu'il était sacrément entouré et son staff ne semblait pas lâcher prise facilement. Combien seraient-ils dans la maison ? Et puis surtout : ce baiser au clair de lune était-il...

1. Regrettable ?

2. Prometteur ?

3. Rien du tout. Je ne sais pas trop ce qu'il s'est passé. Elle a tendu son visage vers moi les yeux fermés, après le dîner, alors bon... Deux kilos de viande blindée aux hormones plus du vin rouge, elle peut s'estimer heureuse que je ne l'ai pas prise de force sur l'un des capots de mes bagnoles de sport...

(Non, ce n'était pas Thomas, ça !)

Sur les quais de la gare, une pancarte annonçait « Mlle Pinson », et Aurélie traça son chemin sans y prêter attention. Ce n'est qu'une fois au milieu de la petite gare qu'elle s'arrêta net pour rebrousser chemin et remonter jusqu'au monsieur aux cheveux blancs et à la pancarte qui attendait sagement.

— C'est moi ! s'excusa-t-elle.

— Ah, bonjour mademoiselle, dit-il en la délestant de sa petite valise. Je suis Max, le chauffeur de la famille Vassy.

— Aur… Connie. Connie Pinson.

— Enchanté. Vous avez fait bon voyage ?

— Oui, merci.

Elle le suivit jusqu'à la voiture dehors et fut étonnée que Max lui ouvrit la portière arrière de la CX bleu marine aux vitres teintées. Oui, c'était un vrai chauffeur, donc… En dehors des quelques taxis pris dans sa vie, elle n'était jamais montée seule à l'arrière d'une bagnole de ministre quand un type conduisait. La voiture démarra pour l'emmener vers son week-end studieux, traçant au milieu des champs, des vaches, des pommiers, des bourgeons qui fleurissaient, d'une nature qui se réveillait, d'une verdure qui apparaissait. Le chauffeur conduisait paisiblement sans lui adresser la parole inutilement. Mais pourquoi donc avait-elle en tête le générique de *L'Amour du risque*, une série qu'elle n'avait pas vue depuis des lustres ? Elle comprit. Parce que le chauffeur de cette série s'appelait Max. Oui, le chauffeur de Jonathan et de Jennifer, les justiciers milliardaires. C'était de bon augure. Dieu qu'elle aimerait bien être la Jennifer de Thomas ! Elle essaya de ne pas y penser. Mais, si elle refusait de songer à cette vieille série, lui revenait immédiatement des questions telles que :

1. Comment réagirait le champion en apprenant qu'elle n'était pas la vraie Connie Pinson ? (Horrible, penser à autre chose, vite !)

2. Comment réagirait la vraie Connie en apprenant qu'une inconnue avait fait une interview à sa place ? (Encore plus horrible, penser à autre chose, vite !)

Il fallait se calmer les palpitations cardiaques. Comment c'était le nom de famille de Jonathan et Jennifer ?

« Hart. Un truc comme ça. Il me semble... »

Le vieux Max lui adressa un petit sourire gentil dans le rétro. Elle lui rendit un large sourire blanc et éclatant, travaillé dernièrement avec tous les dentifrices de son frangin.

Tandis que la campagne s'épurait, Max ralentit la voiture soudainement. Un portail. Encore un. Quoi qu'il arrive, Aurélie se souviendrait à jamais de ces moments. Juste des petits moments où son cœur battait plus vite qu'à l'accoutumée. La voiture s'enfonça dans la propriété normande, fidèle à l'architecture du coin. Le chauffeur sortit la valise du coffre et entra dans le manoir avec. Dans l'immense salon rustique, personne. Max monta les escaliers, suivi de la jeune femme, et ouvrit une porte au premier étage. La troisième en partant de la droite. Aurélie pénétra dans sa chambre et remercia le vieux chauffeur qui s'éclipsa poliment. Après avoir observé les tableaux un peu naïfs aux murs qui représentaient la plage, la fausse reporter prit place sur le vieux lit en bois, rebondit une ou deux fois dessus pour évaluer la literie et finit par s'allonger dessus. Elle resta les yeux au plafond quelques secondes. Comment s'appelait le chien de Jonathan et Jennifer ? Son regard tomba sur la grosse armoire devant le lit. « Il faut que je range mes affaires. »

Allez, mieux que l'éternité, elle avait deux jours.

Elle descendit quelques minutes plus tard. La maison, qui lui évoquait l'intérieur d'un chalet, était vide et silencieuse. Aurélie se dirigea vers le jardin et entendit immédiatement ce bruit sec et profond de frappes de balles en provenance du court à l'extérieur. Thomas s'entraînait... encore. Aurélie empoigna son cardigan comme pour s'enrouler dedans et s'avança vers le court. Elle reconnut aussitôt Michel, son préparateur physique, derrière le haut grillage vert. C'est lui qui lui renvoyait la balle aujourd'hui. Jacques, le sévère coach n'était pas là. Aurélie était persuadée qu'il ne devait pas être très partant pour son projet de bio sur Thomas. Elle s'arrêta pour regarder jouer son champion. Il faut dire qu'elle adorait le tennis depuis quelques jours. Même quand il tapait les semelles de ses baskets avec sa raquette pour dégager la terre rouge, c'était beau. D'accord, tout le monde le faisait mais lui c'était plus beau. Comment l'expliquer ? Après quelques échanges, Thomas s'avança vers le filet pour se plaindre de drôles de vibrations qu'il ressentait dans le bras. Michel s'empara de la raquette et examina le cordage. Le tennisman se retourna et découvrit Aurélie.

— Tu viens taper quelques balles ? cria-t-il dans sa direction.

— Non, non, non ! répondit-elle en riant, avec un petit signe de la main.

Chez lui, les frappes étaient longues, belles, passant à ras du filet. Chez Aurélie, elles étaient soit dans le filet, soit quatorze mètres au-dessus, voire même au-delà du grillage qui clôturait le court et, immédiatement, elle imagina une vache laitière du champ voisin en train de recevoir une balle de tennis sur la tête et s'arrêtant de brouter en se demandant ce que c'était.

— Non, non, reprit-elle. Moi, c'est le stylo, toi c'est la raquette.

Thomas sortit du court en s'essuyant le front avec ses protège-poignets et s'avança au petit trot. Une fois devant elle, il passa un bras derrière ses reins pour la rapprocher de lui :

— Alors, bonjour le stylo, dit-il.

— Bonjour la raquette, répondit-elle, les yeux fermés, en lui rendant une bise sur sa joue humide. Elle ouvrit doucement ses bras pour recouvrir ses épaules.

— T'as fait un bon voyage ? murmura-t-il dans son oreille.

— Oui, souffla-t-elle.

— Ta chambre te plaît ?

— Oui.

— Tout va bien alors ?

— C'est peu de le dire...

Michel sortit à son tour du court et, à les voir tendrement enlacés tous les deux, il ne put s'empêcher de marmonner en passant à leur hauteur :

— Eh ben, ça devrait pas trop mal se passer, ce bouquin...

Aurélie se ressaisit :

— Oh, ce n'est pas fait. On est là pour en discuter. Salut, Michel !

— Tu veux qu'on en discute quand ? demanda Thomas.

— Tout le temps... Enfin, quand tu veux...

— Bon, je prends une douche et je te rejoins pour le goûter...

— Le quoi ?

— Le goûter...

— Ah ?

Bien qu'elle n'eût pas entendu ce mot depuis le CM2, Aurélie s'extasia. Elle allait goûter ! La vie réservait de ces surprises !

En réalité, elle n'allait pas partager un paquet de Choco BN avec sa star, car à peine Thomas fut-il entré dans sa maison que l'on installa, sur une petite table d'extérieur, du jus d'orange pressé, jus de pamplemousse, du thé noir de Chine et des tartines. Une sorte de petit déjeuner bis. Aurélie passa dans sa chambre prendre son matériel, cahier de notes, dictaphone tout neuf et redescendit dans le jardin d'Éden.

Cinq minutes plus tard, Thomas sortit de la maison en jean, pull noir et baskets blanches. Il passa les deux mains dans ses cheveux mouillés, un peu trop longs pour les mettre en arrière et prit place à la table du « goûter » devant Aurélie. Elle le trouva beau comme un dieu. Alors ils discutèrent, enfin lui surtout, mais ne dit-on pas de l'amour que c'est une longue conversation qui ne s'étiole jamais ? Certes, elle mélangeait un peu sentiment et objectif professionnel, mais l'un n'avait jamais empêché l'autre et puis c'est lui qui avait commencé. N'est-ce pas lui qui l'avait embrassée l'autre soir ?

Tom ne vivait pas comme un moine. Le tennis, pour lui, c'était un boulot et point barre. Un travail, qu'il faisait très sérieusement, c'était certain, mais il ne s'interdisait aucun plaisir, à côté. Aurélie l'écouta, la tête légèrement penchée, légèrement béate, et pensa avoir un orgasme cérébral. C'était possible ?

La vraie Connie Pinson était de fort méchante humeur. Allez donc appeler votre banque un samedi matin, ça vous gâche tout le week-end ! Ah, non mais allez-y ! Surtout quand une voix assurée et insolente à l'autre bout du fil vous explique que lorsqu'on a explosé trois fois son autorisation de découvert, il n'est pas INCROYABLE que votre Carte bleue cesse de fonctionner ! Ah non ! Le toupet des gens ! Non mais ce culot ! Furibarde ! Elle tourna en rond dans son salon, l'idée de cesser d'être une acheteuse compulsive la rendait malade. Puisque c'était comme ça, elle ne mangerait rien ce soir.

Non. Rectification : puisque c'était comme ça, elle allait appeler son père pour lui dire qu'elle ne mangerait rien... plus jamais... s'il ne lui donnait pas de l'argent très vite. Elle avait souvent fait des chantages à l'anorexie à ses parents, depuis toute petite, ça marchait toujours fort bien... Elle s'écroula sur son canapé. Force est de constater qu'elle devait arrêter les voyages hors de prix au bout du monde et les piges pour des sites prestigieux qui payaient très mal ou pas du tout. Il fallait faire le contraire, maintenant. D'ailleurs, à ce propos, Marion, qu'elle avait croisée dans la rue, ne lui avait-elle pas dit que le magasine *Stars et Actus* était prêt à l'engager ? Marion avait ajouté qu'ils « payaient bien » et Connie l'avait envoyée valser... mais après avoir eu sa banque au téléphone, elle revoyait ses ambitions à la baisse. S'il s'agissait de refaire ce qu'elle avait déjà fait pour son hebdo TV, ça ne posait aucun problème. À l'époque, elle était chargée d'interviewer les gens qui faisaient la couverture. Son boulot consistait à passer quelques heures avec eux, rentrer chez elle pour rédiger sur son ordinateur, et envoyer le tout à la rédac, ce n'était pas hypercompliqué. Elle se remémora ses derniers entretiens : l'après-midi qu'elle avait passé avec Patrick Sébastien, ils avaient bien ri... Christophe Dechavanne l'avait reçue dans ses bureaux à Coyote Production pour qu'elle fasse un papier sur les prime times qu'il allait présenter sur TF1. La chanteuse Jenifer qu'elle avait rejointe après un concert, etc. Bon, d'accord, ce n'était pas une vie désagréable... Certes, maintenant elle se la pétait depuis qu'elle avait écrit ses entretiens avec une femme politique et fait ce téléfilm sur Napoléon et puis... snober ses collègues resterait toujours un de ses passe-temps favoris, mais elle pouvait toujours revenir aux interviews ! Si on était prêt à l'engager, après tout, elle pouvait y retourner... Cathy sa meilleure amie, qui boudait actuellement et l'avait envoyée sur les roses quand elle l'avait appelée de l'aéroport, était restée là-bas, à la rédac TV, chargée des pages Culture. Cathy avait protégé son boulot comme la prunelle de ses yeux. Connie était partie comme une diva, expliquant qu'elle pouvait faire du roman, des scénarios... et elle l'avait prouvé d'ailleurs, mais par les temps qui couraient une proposition de boulot ne se refusait pas...

Et si lundi matin, elle passait un petit coup de fil à *Stars et Actus* ? Pour leur dire qu'elle était rentrée à Paris et avait entendu parler de leur proposition ?

Du côté normand, l'on n'aurait su dire quelles étaient les intentions de Thomas Vassy. En réalité, impossible à savoir. Au bout de deux heures de discussions ininterrompues sur le pourquoi du comment d'un parcours sportif, Aurélie, elle-même, ne le savait pas. Il attendait d'elle quelques exploits intellectuels : qu'elle arrive à transformer ses platitudes en récit palpitant ; ses matchs en suspense haletant ; ses pensées en préceptes philosophiques ; ses fiancées en James Bond girls ; et ses analyses post-matchs en éditos de Frédéric Lenoir dans *Le Monde des Religions*. Oh, c'était jouable. Mais elle… Elle attendait de lui quelques exploits physiques, qu'il remonte à nouveau les manches de son pull, caresse encore son avant-bras gauche sans s'en rendre compte, tape sur sa cuisse quand elle le faisait rire, croise et décroise ses jambes comme un ado impatient, ou s'arrête subitement de bouger et la regarde intensément. C'était jouable aussi. De temps en temps, Tom interpellait Michel, le préparateur physique, qui n'était jamais loin, et confirmait à coups de « Carrément ! » tout ce que le sportif confiait à sa journaliste et nouvelle amie…

En fin de journée, lorsque Michel annonça qu'il montait dans sa chambre pour un plateau-télé, Aurélie comprit assez vite qu'elle allait dîner en tête à tête avec son héros. Elle ordonna à son cerveau de ne pas déclencher trop d'endorphine, mais son cerveau ne l'écouta pas. Max, de son côté, annonça qu'il dînait au village et qu'il serait là demain matin de bonne heure. Thomas le remercia pour tout. Un rêve. Le seul faux pas du rêve éveillé eut lieu quand Aurélie alluma une cigarette vers 19 heures et que Thomas lui lança un regard tel un militant de Greenpeace à qui l'on annonce : « En fait, le wagon de déchets nucléaires auquel tu t'étais attaché, finalement, on va le mettre dans ton salon parce qu'on n'a pas trouvé de place ailleurs ! » Aurélie l'éteignit assez vite et se demanda qui allait préparer le dîner de ce soir si tout le monde filait dans sa chambre. Pourvu qu'il ne comptât pas trop sur elle… Mais, en entrant dans la maison, elle comprit que Thomas tenait aussi à lui dévoiler ses dons de cuisinier. Il déboucha une bouteille de chablis et en servit un verre à son invitée qui avait pris place derrière le bar de la cuisine américaine, avec cahier et dictaphone. À son tour, Tom plongea son nez dans le verre à vin, parut satisfait, et commença à parler cuisine. Plutôt italienne. Tomate mozzarella et risotto, tel était le menu du soir pour une Aurélie qui avait décidé de savourer chaque seconde de sa vie nouvelle. Elle regardait ses mains couper les tomates en fines rondelles, elle finissait ses phrases, et avait la sensation de ne jamais avoir vécu ailleurs que dans cette maison. Elle apprit qu'il était bouddhiste. Il l'était devenu après son accident de ski. C'était sa mère qui l'avait initié. Quand on a vu la mort de près, la réincarnation est de loin l'idée la moins angoissante qui soit. Quoi qu'il arrive, on est obligé d'être mieux loti que dans la vie précédente. Au pire, on redouble comme à l'école. Pour Thomas, la chose la plus importante, ce n'était pas d'être riche ou célèbre, ni même d'être en bonne santé. La chose la plus importante, c'était de s'entraîner à être noble. C'est-à-dire faire de son mieux pour avoir des comportements vertueux.

— Plus tu seras honnête, respectueux, et bienveillant, plus tu seras apprécié par les autres et plus tu seras protégé de toutes sortes de problèmes. En plus, tu te sentiras bien dans ta peau.

Aurélie se convertit dans la seconde, assise sur le grand tabouret du bar. Mais…

Respectueuse et bienveillante, Aurélie avait l'impression de l'avoir toujours été, c'était intrinsèque à sa personnalité, mais honnête ? En ce moment ? En réalité, Thomas ne connaissait même pas son vrai nom. Il fallait lui dire, lui raconter cette histoire de journaliste dont elle avait pris la place.

Cette pensée lui gâcha l'instant présent. Après tout, elle avait la moyenne, deux sur trois. Retarder le moment. Lui dévoiler la vérité au moment où il aurait suffisamment d'humour et d'amour pour elle, et là, c'était trop tôt pour l'aveu et trop tard pour la gare, il n'y avait plus de train. Et puis, elle s'aimait dans cette peau-là, et lui aussi apparemment. Alors *enjoy* !

L'écouter parler, picorer une tomate cerise, boire un coup de blanc et éclater de rire. Voilà qui suffisait à son bonheur. Certes, ce n'était que le bien-être d'une soirée, peut-être pas d'une vie... Mais il se construit sur quoi le bonheur d'une vie ? Thomas avait le bouddhisme, le tennis, une famille équilibrée. Sa mère écoutait les Doors dès le matin, dansait le flamenco sur le parquet et bronzait nue l'été, pendant les vacances. Son père écoutait France Info à peine levé, avait fait installer de la moquette sur le parquet et ne prenait jamais de vacances. Mais tous deux se brûlaient la paume des mains en l'applaudissant à chaque tournoi...

Lui était structuré, stable, avec des convictions, un chemin paisible et tracé. Le contraire des jeunes hommes d'aujourd'hui. Elle, elle n'était que doutes et tremblements de terre internes. Le symbole des jeunes femmes d'aujourd'hui. Paumée et précaire. Et surtout, il fallait changer de sujet car Thomas venait de se lancer dans une dissertation sur tous les malheurs qu'engendrait le mensonge. Dans le bouddhisme, c'était graaaaave, le mensonge.

— Tu ne le dis pas trop en interview que tu es bouddhiste, l'interrompit Aurélie, je veux dire... Dans ton dossier de presse, il ne m'a pas semblé que c'était mentionné...

— Non, pas trop. Mais il faudra bien en parler si je fais un livre. Et ça ne me dérange pas. Tu t'y connais ?

— Je suis plutôt catho à la base, mais j'aime bien le bouddhisme. Je ne suis pas militante, mais sympathisante, on va dire...

— Mon ex, qui était mannequin, ne correspondait pas vraiment aux préceptes de Siddharta Gautama...

— De qui ?

— Bouddha...

— Oui, bien sûr...

— Tout ce qui est à proscrire, l'envie, l'orgueil, la jalousie, les biens matériels, elle se roulait dedans. Le seul Dieu qu'elle ait jamais eu, c'est Karl Lagerfeld. Sa religion : Chanel.

— Tu es resté un bout de temps avec elle. Comment est-ce possible si elle ne correspondait pas à tes critères ? tenta de comprendre Aurélie.

— Je me le demande encore. Mais ça ne veut pas dire qu'elle avait mauvais fond pour autant. En fait, elle était plutôt marrante, c'est la seule fille que je connais qui faisait des régimes à base de champagne... Quand elle riait, son petit nez se retroussait, elle se coupait les cheveux elle-même ; le matin, elle se brossait les dents en jean slim, bottes, et torse nu...

— O.K. Stop, c'est bon ! le coupa Aurélie.

Elle allait, à son tour, se rouler dans la jalousie et c'était contraire aux principes de Siddharta.

— On va pouvoir y aller, annonça Thomas en goûtant le risotto qui cuisait.

Il ôta le torchon de son épaule, plaça les assiettes et couverts sur un plateau qu'il alla déposer sur le tapis devant la cheminée. Aurélie le vit se saisir d'une bûche et de quelques branchages qu'il disposa dans l'âtre. Il alluma le feu à l'aide d'un papier journal froissé qu'il embrasa. Le champion et sa jeune amie prirent place, assis sur le tapis, adossés à la table basse, les plats et la bouteille de vin à leur côté, ils commencèrent à manger en regardant le feu qui grandissait sous leurs yeux.

— C'est beau, lâcha-t-elle.

— Mmmh, répondit Tom la bouche pleine.

Ils écoutèrent le silence interrompu par les crépitements et craquements du bois qui pliait sous les flammes.

— Tu pleures ? demanda Tom, en lui resservant un verre.

— Pas du tout !

— T'as les yeux drôlement brillants.

— Oui, ça doit être le feu...

— Tu n'es pas allergique à la fumée. Je t'ai vue cloper.

— Ben si.

Elle attrapa une petite serviette en papier et se tapota les joues sous les yeux. Elle en profita, tandis que Tom allait chercher le poivre, pour se tapoter aussi la nuque et un peu sous les aisselles, discrètement.

— T'as déjà dîné avec une journaliste venue t'interviewer ? demanda Aurélie, alors que Tom venait de se rasseoir, étendant ses grandes jambes devant la cheminée.

— Non, en fait, non... heu... Enfin, en tête à tête comme ça, ou côte à côte je devrais dire, seul chez moi, t'es la première. Sinon, j'ai déjà dîné avec des journalistes pendant les tournois, mais il y avait tout mon staff. On était une dizaine autour de la table. Et toi, t'as déjà dîné avec des gens que tu devais interviewer ?

Connie Pinson l'avait sûrement fait.

— Oui, admit-elle.

— Qui ?

— Je ne te le dirai pas.

— T'as déjà eu une aventure avec des gens que tu devais interviewer ?

Connie Pinson l'avait sûrement fait.

— Oui.

— Qui ? Tu ne me diras pas.

— Voilà...

— Donc, tu peux mélanger l'amour et le boulot ? s'amusa Tom.

— Heureusement ! s'écria Aurélie en réalisant qu'elle ne l'avait jamais fait, en vrai...

Il faut dire qu'aucun de ses collègues ne lui avait mis les hormones au plafond jusqu'à présent.

À son tour, Aurélie tenta de raconter sa vie succinctement, se lança sur son parcours : la première partie de sa vie en Bretagne était vraie ; la seconde, à Paris, supposée durer dix ans et qui n'avait duré que treize jours en réalité, était savamment mélangée à la vie professionnelle de Connie. Juste ce qu'il faut et sans rentrer dans les détails.

Tom se rapprocha d'elle et lui essuya délicatement le front avec sa serviette :

— T'as chaud ? demanda-t-il doucement.

— Je suis en feu... en nage je veux dire. En nage ! Oui, il fait un peu chaud, hein ? C'est normal, on est à moins d'un mètre de ta cheminée...

— Oui, bien sûr, s'amusa-t-il.

Il lui ôta son verre des mains qu'il posa sur la table basse derrière lui et bascula Aurélie sur le tapis. Il s'étendit à côté d'elle et déboutonna trois boutons de son cardigan pour y glisser sa main.

— C'est sympa les littéraires, ça change des mannequins...

Il plaqua ses lèvres sur les siennes et fit durer le baiser. Quand il se détacha de son visage, Aurélie rouvrit les yeux :

— Excuse-moi, t'as dit : « des » mannequins ? J'en étais restée à une, moi...

— Ça change quoi ?

— Rien. Mais je crois que le bouddhisme recommande de ne pas avoir une vie amoureuse trop désorganisée...

— C'était très bien organisé, rassure-toi, chuchota-t-il.

— Tu me provoques, là ?

— Oui ! rit-il.

Elle adorait son rire.

— Thomas, dit-elle dans un murmure en lui caressant les cheveux.

— Quoi ?

— Écoute-moi, c'est important.

— Je t'écoute.

— Il faut que je t'avoue quelque chose...

— Dis-moi...

— Je ne suis pas celle que tu crois !

— Oh, non, ne te cherche pas d'excuses, chérie, tu vas y passer quoi qu'il arrive...

Et il s'allongea sur elle en l'embrassant. Dans la cheminée, le feu continuait ses crépitements...

À Paris, au même moment et dans une ambiance moins glam...

— J'en ai marre que tu me prennes pour une demeurée quand je te parle ! criait Marion à son mari Patrick Lickert.

— Je ne te prends pas pour une demeurée, chou !

— Si, je le vois bien. Je te répète que ton histoire de pigiste pour ce journal, elle n'y entendait rien ! Et elle n'a jamais mis les pieds sur la péniche !

— Mais arrête Marion, tu n'as pas dû comprendre, c'est tout...

— Voilà, tu recommences, je suis débile !

— Mais non, je te dis depuis une heure que j'ai vu Thierry vendredi, et il m'a dit que Connie avait envoyé son interview par mail et, d'ailleurs, il en semblait très satisfait...

— Viens voir, Patrick !

Marion avait ouvert son petit ordinateur sur sa coiffeuse au milieu de ses brosses et parfums.

— Regarde, voilà ta page FB ! Mon Dieu ce que tu peux poster comme conneries !

— Viens-en au fait, Marion !

— Regarde ta messagerie, voilà vos échanges...

— Et donc ?

— Regarde le numéro de portable qu'elle t'a laissé...

— Oui, et alors ? soupira Patrick.

— Eh bien, ce n'est pas le même qu'elle m'a donné, À MOI, quand je l'ai croisée l'autre jour, annonça Marion en vérifiant son téléphone.

Patrick tourna l'ordinateur vers lui, puis saisit le portable de sa femme pour comparer. Effectivement, ce n'était pas le même 06...

— Bizarre, dit-il. Elle en a peut-être deux...

— Quand est-ce que tu vas comprendre que tu t'es fait couillonner, Patrick ?

— Ce n'est pas possible...

— On va les appeler toutes les deux maintenant. Celle de mon portable, je la connais, je sais qui c'est... En revanche, la tienne, je ne sais absolument pas qui c'est ! Dans les deux, il y en a une qui n'est pas celle qu'elle prétend être et c'est la tienne andouille, parce que moi je sais encore à qui je parle !

Marion reprit fermement son téléphone des mains de son mari et commença par la Connie de Facebook, la suspecte...

Puis la Connie du portable, la vraie, leur amie...

Aucune des deux Connie ne décrocha... Non, aucune des deux.

La première Connie était occupée à faire l'amour devant un feu de cheminée en Normandie et son portable était au fond de son sac, lui-même dans sa chambre, à l'étage. En aucun cas, elle ne pouvait l'entendre et quand bien même.

La seconde Connie était affalée sur son canapé, les pieds recouverts de grosses chaussettes sur sa table basse, dévorant un poulet thaï dans une barquette, entre ses deux *cats girls*, elles-mêmes affalées sur elle. Lorsqu'elle vit le prénom MARION s'afficher sur son iPhone, elle leva les yeux au ciel d'exaspération et balança son téléphone sur le fauteuil d'en face, décidant ainsi que personne ne l'emmerderait ce soir devant *Les Experts : Miami*, saison 7, épisodes inédits. Non mais... merde à la fin !

Marion Lickert ne fut pas plus avancée dans son enquête. Mais quelque chose clochait, et elle était bien décidée à percer ce mystère.

Réponse à la question en tête de chapitre : Honoré de Balzac.

15

Qui a dit ?

Ne faites jamais l'amour le samedi soir,
s'il pleut dimanche,
vous ne saurez pas quoi faire...

Et... il ne pleuvait pas. Non. Et, elle ne rêvait pas non plus. Et, elle se réveilla avec un soleil froid et normand qui transparaissait au travers les grands rideaux blancs de la chambre. Elle sut tout de suite qu'elle avait très peu dormi. L'adrénaline, en raison de ce nouvel amour, ne l'avait guère laissée en paix. Elle ne l'aurait jamais avoué sous la torture, mais elle l'avait regardé dormir cette nuit... Elle n'avait plus confiance en les rêves du sommeil, elle préférait le rêve de sa vraie vie. Elle avait encore un peu de mal à réaliser ce qu'il se passait. Ils étaient montés à l'étage, après leurs exploits devant la cheminée, et Tom avait insisté pour qu'ils dorment ensemble. Elle posa la tête sur le torse de son nouvel amour et fit quelques dessins imaginaires sur son ventre. Chatouillements qui, au final, finirent par sortir le champion du sommeil.

— Ça va ? demanda-t-il, la voix pâteuse, en se frottant les yeux.

— Oui...

— Bonjour !

— Bonjour, amour !

Elle regretta immédiatement ce surplus, mais tant pis. Tom se leva, enfila son caleçon resté à terre, ouvrit la porte de la chambre et disparut. Aurélie ne savait plus trop comment la jouer, et elle en était à se poser mille questions quand la porte se rouvrit et elle vit Tom sauter à nouveau dans le lit :

— Max va nous faire le petit-déj ! Je lui ai dit que tu prenais du café... J'ai eu raison ou pas ?

— Oui, tout à fait...

— Café, tartines et jus d'orange, c'est OK pour toi ?

— C'est le bonheur.

Il la bascula de nouveau dans le lit pour s'allonger sur elle.

— Tu me plais vraiment, souffla Tom dans son cou.

— Je crois que mon cœur va lâcher tellement je t'aime, répondit-elle dans son cou.

Elle regretta immédiatement ce surplus, mais tant pis. Oui, c'était peut-être un poil *too much* mais Tom n'eut pas de réaction particulière, comme s'il entendait ce genre de phrase tous les jours. Ils recommencèrent à faire l'amour, mais le vieux Max frappa à la porte à peine six minutes plus tard. Tom se releva, s'enroula d'une serviette pour aller ouvrir, se saisit du plateau en s'excusant, et Max comprit en s'éclipsant. Tom abandonna le plateau du petit déjeuner au pied du lit et retourna sur son amante. Aurélie lui empoigna les cheveux en riant. Voilà un dimanche qui commençait bien...

Alors qu'ils prenaient leur petit déjeuner au lit comme des châtelains, Tom lui annonça qu'il y avait un salon des antiquaires au village voisin et qu'il désirait y faire un tour. Aurélie lui répondit qu'il n'y avait aucun problème. Elle l'aurait suivi jusqu'en enfer, ce matin. Tom espérait dénicher un petit Bouddha, en terre cuite, en cuivre ou en plaqué or, peu importe. Il en voulait absolument un pour sa maison, mais n'avait jamais trouvé la perle pour l'instant. Aurélie trouva l'idée épatante. Un Bouddha, bien sûr, quelle bonne idée dans ce beau manoir normand ! Ils flânèrent au lit tandis qu'Aurélie écrivait sur son cahier tout ce qu'elle avait entendu la veille. Elle mettait les événements en forme, histoire d'avoir un plan. Tom faisait le clown en se lavant les dents, en tournant autour du lit, en s'habillant et en lui parlant de son poney Shetland, qui se prénommait Ascott et qui était magnifique. Il fallait qu'elle le voie ! Aurélie promit.

Néanmoins, peu de temps après, et une fois seule dans la salle de bains, elle ouvrit la petite armoire au-dessus du lavabo, et découvrit toutes sortes de poudriers, fonds de teint, Rimmels et crayons. Ces babioles *girly* sentaient l'ex à plein nez. Inutile d'être détective pour comprendre que tout ceci appartenait à la mannequin. Des produits de maquillage haut de gamme. Il y en avait partout : Chanel, Yves Saint Laurent, etc. Sans compter les magazines dont la fameuse Tatiana faisait la couverture et qui restaient sous le lit. Ça aussi, elle l'avait vu tout de suite. Aurélie voyait tout et le visage de cette fille, c'était déjà une insulte aux autres visages. Blonde, coiffée un peu en pétard, elle souriait avec ses deux dents de devant écartées. Resplendissante de santé, une sorte de Cameron Diaz des Carpates d'un mètre quatre-vingts. Bonne chance ! Le contraire d'Aurélie. Tout va bien, on inspire, on souffle, on inspire...

Faut-il toujours que le sentiment amoureux soit lié à la souffrance ? Et pourquoi la grande bringue avait-elle laissé son parfum au bord de la baignoire ? La mémoire olfactive est la plus subtile et performante de toutes, l'odorat n'oublie jamais. Qu'il subsiste des fragrances de l'autre dans l'air et c'était comme si elle rôdait... Elle était là sans l'être et chuchotait à la maisonnée : « Ne m'oubliez pas trop vite, je vais revenir... parce que je peux revenir quand je veux ! » Aurélie en serait volontiers tombée malade dans la seconde, mais décida de n'en rien laisser paraître. C'est toujours le cas des nouvelles qui prennent la place des anciennes. Que dire de toute façon ?

Au salon des antiquaires, sur la place du village normand, Aurélie ne cessait de tout commenter.

— Regarde, Amour (tant pis pour ce surplus), tu vois ce tableau ? C'est l'école hollandaise ! On dirait du Adam Willaerts, 1577-1644.

— Entièrement d'accord avec toi, lançait Tom en mettant son bras derrière ses épaules.

Les gens arrêtaient parfois Tom pour lui faire signer un bout de papier et le prendre en photo avec le portable, mais la plupart des autochtones l'avaient vu grandir et le connaissaient par cœur... On ne le dérangeait pas. Sauf certains. Aurélie put apercevoir quelques ados les prendre en photo sans rien leur demander. Maintenant, ils les avaient tous les deux, main dans la main, en train de chiner et de commenter les tableaux, vases, lustres, miroirs et vieux secrétaires Louis XV devant les stands...

Tom discutait avec les antiquaires qui pouvaient l'orienter pour sa recherche du petit Bouddha. Il acheta un chandelier maintenu à la base par un petit ange doré et l'offrit à Aurélie qui, très surprise, s'étouffa pour s'empêcher de pleurer. Il acheta aussi deux tableaux de l'école hollandaise, devant une troupe de touristes agglutinés qui lança : « Alors Thomas, Roland Garros, on y va cette année ? On va enfin le passer ce deuxième tour ? »

Le seul faux pas eut lieu (ou faillit avoir lieu) quand Aurélie s'éloigna pour voir quelques vieux bijoux et que Thomas, resté au stand précédant, l'appela pour qu'elle lui donne son avis sur un fauteuil intéressant. Thomas héla, appela, apostropha, s'époumona autant qu'il le pouvait :

— Connie, Connie, Connie viens voir !

À aucun moment, Aurélie, devant l'étal de bagues, ne se retourna. Son inconscient venait de zapper ce prénom. D'ailleurs, ce prénom commençait à l'énerver. Tom la rejoignit en s'écriant :

— Mais je t'appelle depuis un quart d'heure ! Tu m'ignores ou quoi ?

Aurélie jura sur ses livres et sur la tête de tous ses éditeurs qu'elle ne l'avait pas entendu ! Thomas rétorqua qu'il n'était pourtant qu'à cinq mètres. Sa chérie promit d'aller voir un ORL dès qu'elle rentrerait à Paris. Thomas n'en parla plus...

La magie se prolongea après un déjeuner de rêve quand ils rendirent une petite visite au box du poney Ascott et qu'ils l'emmenèrent en balade sur les petites routes de campagne. Tom racontait ses souvenirs d'enfance avec ce Shetland. Le poney est toujours lié à l'enfance, il est lui-même une symbolique de l'enfance, c'est un cheval qui a refusé de grandir.

— Je me rappellerai toujours la première fois que je l'ai vu, c'était pour mes cinq ans et ma mère lui avait mis des petits rubans rouges dans la crinière... Il est tellement gentil, tu ne peux pas imaginer. C'est lui qui a fait naître ma passion pour l'équitation. S'il meurt, je serai trop mal, balbutia Tom, en empoignant l'encolure de l'animal pour l'embrasser.

Aurélie l'embrassa aussi pour conjurer le sort, car si un poney peut vivre en moyenne trente ou quarante ans, celui-là avait déjà douze ans de plus que Thomas, c'est-à-dire trente-sept ans.

Ce n'est qu'en raccompagnant Ascott dans son box deux heures plus tard qu'Aurélie réalisa qu'on était dimanche soir. Elle n'avait pas réservé son billet de retour, n'avait pas vu le temps passer. Elle avait la sensation de marcher sur l'eau, de courir dans la neige sans laisser de trace, de sautiller d'un nuage à l'autre depuis qu'elle était arrivée. Pas de panique, pour Thomas, si elle n'avait pas de rendez-vous le lendemain matin, elle pouvait très bien rentrer avec lui et Max en voiture.

— On n'est pas aux pièces ! lança-t-il.

L'avantage des gens comme Thomas, c'est qu'ils pouvaient rentrer de week-end le lundi à 16 heures après y être parti le jeudi, à 16 heures aussi.

Aurélie venait de gagner une soirée supplémentaire. C'était tout ce qui comptait. Quelques heures de plus sur son nuage.

Pour fêter ça, ils prirent un bain ensemble. Au milieu de la mousse, dans la grande baignoire éclairée par quatre bougies zen en forme de galet, adossée au torse de Thomas qui déposait de légers baisers sur ses doigts, Aurélie ferma les yeux, elle ne ressentait ni peur ni angoisse, elle parvint à libérer son esprit pour savourer chaque seconde.

Ils firent l'amour dans la chambre et une partie d'échecs dans le salon avant le dîner. Michel, le préparateur physique, leur avait préparé des pâtes. Il protesta un peu en raison de l'absence d'entraînement de Thomas aujourd'hui. Tom lui promit de faire trois heures le lendemain matin. Devant son assiette de tagliatelles, Aurélie réalisa qu'elle ne pouvait rien avaler. Et puis, surtout, qu'elle était épuisée. Elle avait dormi deux ou trois heures la nuit dernière et les promenades au grand air, leur bain qui avait duré plus d'une heure, l'amour et la partie d'échec gagnée avaient achevé de lui asséner un violent coup de barre. Tom s'aperçut de ses petits yeux et lui caressa le visage. Ils ne burent pas de vin ce soir-là, ils en avaient assez bu la veille et ils s'éclipsèrent à l'étage assez rapidement, laissant la vaisselle à Michel, qui rouspéta encore mais tout seul. Ce soir, ce fut au tour d'Aurélie de s'endormir la première sur le bras de Thomas tandis qu'il zappait de l'autre sur les chaînes infos, histoire de se maintenir un peu au courant de l'actualité. Il éteignit la télévision, la lumière de sa table de nuit, s'enfonça dans son lit en retournant Aurélie contre lui, et déposa un baiser dans ses cheveux.

— Je t'aime, souffla-t-elle endormie.

Thomas resta les yeux ouverts dans l'obscurité quelque temps. Il n'arrivait pas non plus à prendre conscience de tout ce qui s'était passé depuis une semaine. Ce dont il était sûr, c'est qu'il n'y avait pas de temps de perdu…

Réponse à la question en tête de chapitre : Sacha Guitry.

16

Qui a dit ?

Un amant ne donne pas seulement la vie à tout. Il fait aussi oublier la vie...

Le lundi matin dans les bureaux de *Stars et Actus*, Marielle, l'assistante de Thierry Vergance, frappa doucement à la porte de son patron.

« Entrez ! » entendit-elle. Elle ouvrit la porte, Thierry était derrière son ordinateur.

— Ça va ? demanda-t-il sans détacher son regard de l'écran.

— Oui. Heu, je viens te voir parce qu'on a un problème avec Connie Pinson...

— Quoi, déjà ?

— Non, en fait... Comment dire ? Je viens de l'avoir au téléphone, elle m'a dit qu'elle avait entendu parler de ta proposition et qu'elle l'acceptait volontiers. Elle est prête à faire des papiers...

— Ben, je sais. Elle m'en a fait un la semaine dernière...

— Oui, c'est ce que je lui ai répondu. Alors, c'est là que ça se corse. Elle m'a dit qu'elle n'était pas à Paris la semaine dernière, qu'elle n'avait jamais travaillé pour nous et qu'elle ne te connaissait même pas !

— Mais elle est folle ou quoi ? cria Thierry en s'adossant au fauteuil. Je l'ai vue à la péniche et elle vient de me faire un papier sur Thomas Vassy ! Je l'ai son interview, elle l'a envoyée vendredi ! Pas mal d'ailleurs, un peu technique, on va couper, mais bon...

— Oui, alors c'est là que ça devient amusant. Elle ne l'a jamais vu non plus...

— Qu'est-ce que c'est que cette histoire, Marielle ?

— C'est ce que je me demande. Et surtout si ce n'est pas elle, qui a-t-on envoyé chez Thomas ? Qui nous a fait cet entretien ?

L'œil rond, Thierry Vergance se frotta les joues, mi-pensif, mi-affolé et décrocha son téléphone.

En Normandie, dans le jardin, Aurélie avait installé sa petite table de travail face au court de tennis. Thomas s'entraînait, ce matin. C'était là, en face, qu'elle voulait commencer à rédiger les premières pages du livre. À son bureau, munie de son cahier de notes et d'un Bic quatre couleurs, elle regarda le ciel et songea que son idée du bonheur se rapprochait sûrement de ça. L'avant-veille, elle se demandait sur quoi se construisait le bonheur d'une vie. Elle savait maintenant. Le bonheur d'une vie, pour Aurélie, c'était cet instant tout bêtement : elle, en train d'écrire à une petite table dans un jardin, face au court de tennis sur lequel s'entraînait son mari champion avec son préparateur physique. Voilà : pas compliqué ! Elle avait trouvé son idéal de vie ! Ouf... Enfin !

Et on pouvait très bien se concentrer malgré le bruit des balles...

À Paris, Connie Pinson était de fort méchante humeur. Allez donc appeler une bonne femme pour un boulot et elle vous répond que c'est déjà fait ! Non, mais c'était à n'y rien comprendre ! Marielle, l'assistante de Thierry à *Stars et Actus*, devait la rappeler pour démêler cette pelote de laine. Soi-disant, elle avait fait un article sur un tennisman la semaine dernière. Pourquoi pas ? Après tout, elle aurait préféré faire ça plutôt que de partir en vacances avec cette demi-fiotte de Chris ! Oh, il ne fallait pas qu'elle y pense à celui-là ! Cela dit, elle n'avait jamais fait d'interview de sportifs. Qu'est-ce qu'on a à savoir d'un jeune tennisman ? Trois questions :

1. Où êtes-vous domicilié fiscalement ?
2. Avec qui couchez-vous ?
3. Vous êtes-vous déjà dopé ?

Voilà, il y a rien d'autre à savoir. Le reste, on s'en tape, non ?

Selon Marielle, l'interview qu'elle avait rendue était assez sophistiquée, tennistiquement parlant. Mais... Enfin, elle en était bien incapable. Soit elle devenait folle, soit il y avait une plantade dans l'espace-temps. Elle s'était dédoublée pour se perdre dans la quatrième dimension. Elle se relevait peut-être la nuit pour bosser ? Sans s'en rendre compte ? C'était elle ou les autres qui devenaient dingues ?

À *Stars et Actus*, l'enquête fut menée tambour battant surtout que toute la rédaction, apprenant l'histoire, avait décidé de s'en mêler alors que Thierry leur avait crié de continuer à faire leur travail. Impossible : l'instinct de Sherlock des journalistes venait d'être vivement émoustillé ! En moins d'une minute, la fiche de renseignements de la fausse pigiste fut sortie sur imprimante et photocopiée. Elle n'avait pas tout rempli, la garce, et n'avait pas donné de RIB, préférant un chèque. À la rédaction, deux personnes connaissaient la vraie Connie, mais n'avaient pas vu la fausse. Ceux qui avaient vu la fausse ne connaissaient pas la vraie, et le brouhaha s'intensifia dans les locaux. Joël, le directeur de la publication qui l'avait engagée, s'enferma dans le bureau de Thierry avec Marielle en essuyant son crâne chauve avec un petit mouchoir en papier.

— Qu'est-ce qu'on fait ? s'affola Jo.

— Bon, déjà on prévient Connie Pinson, la vraie, que c'est bien elle qui est engagée et pas l'autre. L'autre, il faut la retrouver, et trouver qui c'est ! Qu'elle arrête ses conneries ! Je suis sûr qu'elle n'a même pas de carte de presse ! Et heu... Jo, j'aimerais que tu préviennes Vincent, l'agent de Thomas Vassy, pour lui révéler l'imposture, lui dire qu'on est désolés même si on garde l'interview, ça ne change rien. Mais on ne sait jamais, imagine que la fausse ait envie de les revoir pour une raison quelconque en se faisant encore passer pour Connie, je préférerais qu'ils soient prévenus...

— D'accord ! C'est la première fois de ma carrière que je vois ça...

— Moi aussi, on n'a pas été très vigilant sur ce coup-là, c'est Patrick Lickert qui m'a conseillé de... Tiens, il faut que je l'appelle tout de suite, lui !

Thierry appela Patrick, Jo appela Vincent, Marielle rappela Connie.

Sidéré, Patrick avoua qu'il n'avait pas vu en chair et en os la personne avec qui il avait communiqué sur FB. À contrecœur, il lâcha :

— Ça alors, Marion avait donc raison !

Au téléphone avec Marielle, Connie Pinson, qui semblait fort mécontente, annonça qu'elle allait porter plainte pour usurpation d'identité. Marielle voulut la calmer, la fille n'avait pas volé ses papiers pour contracter des crédits, elle avait juste emprunté son nom pour faire un article, ce n'était pas non plus...

— Bande de tas de nouilles ! hurla Connie. Comment vous avez pu engager quelqu'un sous mon nom ? Vous n'avez pas vu que ce n'était pas moi ?

Marielle lui répondit qu'elle avait sûrement une petite notoriété dans son milieu, mais qu'elle n'était pas Céline Dion, non plus ! Pardon ! Sa tronche n'était pas connue du monde entier !

— Tas de nouilles ! avait répété Connie.

Mais des trois du journal, ce fut Joël qui avait les plus mauvaises nouvelles à annoncer. Les derniers cheveux de son crâne venaient de se dresser et l'affaire prenait une tournure inédite. On avait dépassé le stade du simple entretien. La fille avait dîné avec eux et l'idée d'un livre avait germé (Vincent, l'agent, s'était bien gardé de dire que l'idée venait de lui) et résultat des courses : la fille avait passé le week-end chez Thomas pour en discuter. Et, elle y était encore...

— Tu veux dire qu'elle est en ce moment chez lui, avec lui ? avait dit Thierry en se laissant tomber dans son fauteuil.

— Oui. Vincent va appeler Sébastien, le père de Thomas, parce que là, ça change tout... Il faut passer à l'action. On ne sait pas qui est cette fille.

L'effervescence fut à son comble et la rédac se transforma en volailler. Tout le monde se rappela encore et encore, sauf Marielle qui refusa de rappeler Connie pour lui raconter ce souk. Thierry n'avait qu'à le faire et bonne chance !

De son côté, Vincent, l'agent, avait reformulé encore et encore les phrases dans sa tête avant de parler au patriarche. Au téléphone avec Sébastien, le *padre*, il tenta de prendre un ton assez désinvolte, genre « vous allez rire », mais il comprit très vite en lui narrant les derniers événements que Sébastien n'allait pas rigoler du tout. D'ailleurs, il entendit même sa respiration s'accélérer quand le père comprit que son fils était toujours en compagnie de cette fille qui n'était pas celle qu'on croyait... Qui était-ce ? Une psychopathe ? Une sociopathe ? Une fan harceleuse qui avait réussi à s'infiltrer dans la famille ? Thomas était-il à l'heure actuelle en train d'être séquestré dans la cave et torturé par une sorte de Katy Bates dans *Misery* ? « Non, quand même pas ! avait répondu Vincent avant d'ajouter : Enfin... je ne pense pas... » Heureusement, Michel et Max étaient là-bas, c'était la seule chose à laquelle le père se raccrochait. Très angoissé, il mit un terme à la conversation pour appeler sa maison normande.

À la maison, Michel, le préparateur physique, achevait son rangement et replaçait les six raquettes du champion dans leur housse. De sa chambre, il entendait Thomas et sa biographe prendre leur douche ensemble. (Oui, ça faisait sérieux !) Depuis une demi-heure, il les entendait chanter, rire et glousser sous l'eau. Mais Michel fut interrompu dans son rangement par son portable. Tiens, c'était le père de Thomas, il appelait sûrement pour savoir à quelle heure ils comptaient décamper de la maison. Il décrocha, mais n'eut guère le temps de parler de leur retour imminent.

Oui, bien sûr que Thomas allait bien, non il n'était pas dans la cave, il se douchait, bien sûr qu'il l'avait vu, il s'était entraîné trois heures ce matin, pleine forme, oui super heureux même ! La fille ? Oui elle était là, très gentille… Pourquoi ?

Michel se sentit blêmir en entendant ce que Sébastien avait à lui annoncer. Machinalement, et tandis que le père parlait, Michel ouvrit son ordinateur portable et tapa le nom de Connie Pinson sur Google. Immédiatement des photos apparurent. Effectivement, ce n'était pas la fille qu'ils avaient hébergée. Une autre plus âgée, la mine plus dure et renfrognée se présentait. Mais alors, qui était sous la douche avec Thomas ?

— Voilà ce qu'on va faire, dit Sébastien. Écoutez-moi attentivement Michel…

— Je vous écoute, monsieur…

À trois mètres de là, mais à cent lieues d'imaginer ce qui se tramait, Aurélie poursuivait sa recherche du temps perdu, sa découverte du bonheur, l'art d'être heureuse, son bien-être intérieur, la mise en place de son idéal et sa passion pour la vie. Thomas, qui la shampouinait, s'amusait à faire des sculptures avec ses cheveux, tandis qu'elle lui crachait au visage l'eau de la douche. Jamais toilette ne fut plus joyeuse...

Quelques minutes plus tard, Michel entrait à pas de loup dans la chambre d'ami. Le lit impeccable présentait traversins et coussins, disposés exactement comme ils l'étaient samedi matin. La garce n'avait pas dormi une seule fois dans sa chambre, Michel s'en doutait fortement, maintenant il en était sûr. Elle était juste passée en coup de vent prendre quelques vêtements, c'était tout. Au pied du lit, Michel ramassa son sac à main, fouilla à la recherche de son portefeuille, le trouva rapidement et l'ouvrit. Elle avait bien une carte d'identité. Michel s'en empara, un peu tremblant. Il était préparateur physique de grands sportifs et pas agent secret. À l'affût du moindre bruit en provenance de la salle de bains et chambre de Thomas, il s'arrêta. Il fallait se dépêcher. Après la douche, elle viendrait sûrement ici s'habiller. La carte d'identité dans les mains, il lut : Aurélie Blenack. Avec une adresse dans le Morbihan. Elle était née en 78. Selon Internet, Connie Pinson était née en 71. Mais qui était cette fille ? Certes, on aurait pu croire que c'était sa petite sœur mais... Un bruit. Vite, il replaça la carte dans le portefeuille qu'il remit dans le sac, et qu'il balança au pied du lit. Il s'enfuit sans faire craquer le parquet et referma la porte en douceur. À peine eut-il fait quelques pas dans le couloir qu'il tomba nez à nez avec la suspecte qui sortait de la chambre du champion enveloppée d'une serviette blanche. Elle hurla en le découvrant juste derrière lui, il en fit de même !

Ils se calmèrent en se toisant :

— Heu pardon ! se lança Michel le premier. Bien, heu... on ne va pas tarder !

— On s'habille et on est prêts, nous ! répondit la... (Michel ne savait plus quoi).

— Super, dit-il en s'enfuyant vers les escaliers.

Elle ne manquait pas d'air, celle-là ! Il attendrait qu'ils soient prêts et, par la suite, il annoncerait ce que le *padre* lui avait demandé de dire.

Des dizaines de journalistes étaient venus faire des interviews de Thomas depuis six ou sept ans. Personne n'avait jamais rien demandé ou dû vérifier quoi que ce soit. Maintenant, il fallait quoi ? Leur demander leur carte de presse à l'arrivée ? Voir à quoi ils ou elles ressemblaient sur Google. Et pourquoi pas appeler Interpol aussi ? Ou le FBI, pendant qu'on y était ?

À *Stars et Actus*, l'effervescence énerva fortement Thierry Vergance qui demanda à la volaille de sa rédac de se calmer. Michel, un proche de la famille, en place dans la fameuse maison, venait d'envoyer au père de Thomas, le vrai nom de la fille par texto : Aurélie Blenack.

(Sébastien l'avait transféré à Vincent, l'agent, qui l'avait envoyé à Jo, qui l'avait répété à deux ou trois personnes de confiance au bureau !) Bref, tous les journalistes du magazine *people* étaient au courant et partaient en recherche comme des bergers allemands à qui on faisait renifler un tee-shirt…

— Ça suffit ! cria Thierry dans l'*open-space*. Continuez à bosser normalement. C'est à nous (sous-entendu en haut lieu) de prendre en charge cette affaire ! On va régler cette histoire d'imposture dès ce soir.

En Normandie, dans le salon, Michel déglutit en voyant les amants se pointer en haut de l'escalier avec leur petite valise qu'ils traînaient. Celle qui s'appelait Aurélie sur sa carte d'identité avait enfilé un pull bleu marine de Thomas. Elle le caressait et respirait l'encolure. « Je veux garder tes ondes sur moi » disait-elle.

Michel toussota. Il n'attendit point qu'ils soient en bas pour leur annoncer :

— Bon, les amis... On va rentrer tranquillement à Paris. Mais, heu... Tom, je voulais te dire : il y a ton père qui nous invite au restaurant, ce soir. En fait, lui et Vincent voudraient te parler de quelque chose...

— Ah, bon ! Mais de quoi ? demanda Tom.

— Je ne sais pas. Il ne m'a rien dit. On a rendez-vous à *La Méditerranée*...

— Je vais vous laisser en famille, dit doucement Aurélie.

— Non, non, tu viens ! réagit vivement Michel. Ils veulent te voir aussi.

— Ce doit être à propos du livre ! s'exclama Tom.

— Probablement, lâcha Michel.

— On va leur dire que ça prend une bonne tournure, dit Thomas en enlaçant son invitée. C'est sérieux.

— Et nous deux, c'est sérieux ? murmura Aurélie.

— Et nous deux aussi. On va l'annoncer à mon père.

Il se pencha sur son visage pour l'embrasser.

Au journal, les infos arrivaient au compte-gouttes, l'on croisait les dernières *news*, les vérifiait, les entrecoupait, les commentait, tout le monde s'appelait et terminait les conversations téléphoniques en disant : « Je te rappelle ! »

Plus tard. Dans la CX bleu marine, direction Paris, c'était le contraire de l'excitation croustillante. Le silence s'imposait. À l'avant, Max conduisait tranquillement.

À ses côtés, Michel donnait l'impression d'avoir avalé un panneau Stop. Droit sur son siège avant, pas très bavard, il mit RTL pour se changer les idées et en fit profiter l'habitacle. De son côté, à l'arrière, Tom s'assoupit...

Deux heures plus tard, Aurélie reçut un texto de Fred, qui s'inquiétait de ce week-end prolongé : *T OU ?*

Aurélie lui répondit sans abréviation et sans faute qu'elle se rendait à *La Méditerranée*, un resto place de l'Odéon (pas très loin de chez lui !) pour dîner avec son fiancé et son père. Elle rentrerait plus tard.

À la radio, Philippe Bouvard demandait à ses invités :

— Qui a dit : « Les chanceux sont ceux qui arrivent à tout. Les malchanceux, ceux à qui tout arrive ? »

— Eugène Labiche, répondit Aurélie à l'arrière de la voiture.

Michel se retourna furtivement vers elle en se demandant quelle profession elle pouvait exercer « en vrai ». Aurélie, quant à elle, se demandait comment rester dans la catégorie des chanceux le plus longtemps possible. Légèrement inquiète, elle ressentait comme des ondes étranges autour d'elle. Max déposa Michel chez lui dans le XIVe. Il ne parut pas mécontent de rentrer, n'ayant aucune envie d'assister à la surprise que Sébastien avait fomentée toute l'après-midi. Après son départ, Tom passa à l'avant et la voiture prit la direction du VIe arrondissement…

Rien ne vaut la convivialité d'un bon resto en famille.

Les mains d'Aurélie et de Thomas se séparèrent devant l'entrée du resto. Ils avisèrent Sébastien et Vincent qui les attendaient, et furent étonnés de voir que la table contenait plus de places que les quatre prévues. Thomas demanda à son père si son équipe allait venir. « Oui, son équipe ou des gens qu'il avait invités », répondit évasivement Sébastien en l'embrassant. Il serra la main d'Aurélie. Elle trouva que le ponte de l'immobilier (spécialisé dans les maisons haut de gamme des Yvelines, à commencer par la sienne) n'avait pas un regard du tout sympathique sur elle. Vincent, l'agent de Thomas, ne disait rien, picorant des olives nerveusement, le regard fuyant et préférant disparaître derrière le grand menu. Aurélie n'eut guère le temps de se poser plus de questions. Elle vit Thierry Vergance et Jo, le directeur de la publication du magazine *people*, entrer dans le resto et s'asseoir à leur table après avoir salué tout le monde.

— Tiens, tes patrons ! s'exclama Tom.

— Oui, répondit Aurélie. En quel honneur ? demanda-t-elle, mais tellement bas que personne ne l'entendit.

Elle comprit. Une minute plus tard, elle reconnut Patrick Lickert alors qu'il entrait dans le resto et s'avançait vers eux. En l'honneur de son imposture. Et voilà, on y était ! Il dévisagea longuement Aurélie, qui sentait ses muscles se contracter pour se paralyser les uns après les autres. Le fameux Patrick était accompagné par une femme qui se présenta sous le nom de Marion. Sa femme. Elle aussi, son regard s'attarda sur Aurélie, et elle émit un petit rire étouffé. Sébastien s'expliqua. Patrick était un ami de Thierry et de Connie. C'était lui qui les avait mis en relation pour qu'ils travaillent ensemble.

« Et alors ? » se demanda Tom, mais il n'osa rien dire. Son père avait sûrement organisé une soirée éditoriale pour parler littérature, c'est-à-dire de son livre. Il lui sembla néanmoins que pour des amis, les retrouvailles entre Patrick et sa chérie ne furent pas ce qu'il avait vu de plus chaleureux dans ce bas monde... Pourquoi tout le monde s'épiait-il comme ça ? Il n'arrivait pas à lancer de vraies conversations, on lui répondait par onomatopées ou pas du tout et Connie donnait l'impression de lutter contre une attaque cérébrale. Instinctivement, il posa sa main sur la sienne, comme pour la protéger, mais il ne savait de quoi... Sébastien commanda une bouteille de vin blanc et c'est là que le sang d'Aurélie s'échappa de son cerveau à toute vitesse comme s'il y avait le feu. Il restait une place en bout de table et la personne qu'Aurélie ne voulait surtout jamais rencontrer de sa vie s'avança vers la table. Elle venait de balancer un coup de pied dans la porte restée coincée et d'envoyer sur les roses le serveur qui voulait la débarrasser de son manteau. Arrivée devant les convives, elle ôta ses lunettes noires, adressa une grimace à tous qui pouvait passer pour un sourire et recula sa chaise pour s'asseoir en laissant tomber son sac à ses pieds :

— *I need a drink ! and quick !*

À ses côtés, Sébastien lui servit un verre de blanc en souriant. Il prit son temps pour déclarer à voix haute :

— Thomas, mon garçon...

— Oui ?

— Je te présente Connie Pinson !

Réponse à la question en tête de chapitre : Honoré de Balzac.

17

Qui a dit ?

N'attendez pas le jugement dernier.
Il a lieu tous les jours.

— Je ne comprends pas, dit Thomas. Elles ont toutes les deux le même nom ?

Marion étouffa un rire.

— Non, expliqua Patrick. La demoiselle ici présente a fait un *fake* sur Facebook… Croyant avoir affaire à mon amie, je lui ai envoyé un message lui disant de prendre contact avec Thierry, il recherchait des journalistes…

— Et la demoiselle s'est pointée comme une fleur en se faisant passer pour Connie, enchaîna Thierry. Comme je ne savais pas exactement à quoi ressemblait la vraie Connie, je l'ai crue et…

— Encore bravo ! coupa l'intéressée le nez dans son verre.

— Et on l'a engagée, poursuivit Jo en s'adressant à Thomas. C'est moi qui lui ai parlé de toi la première fois. Je l'ai envoyée faire ton interview, désolé !

— Non contente d'en rester là, il semblerait qu'elle soit revenue à la charge, continua Marion. On ne sait pas combien de temps aurait pu durer cette imposture. Heureusement, entre-temps, J'AI croisé Connie par hasard dans la rue. J'AI tout de suite compris que Patrick ne s'était pas adressé à la bonne personne sur FB, triompha Marion.

Elle avait joué un rôle important dans cette histoire, personne ne l'empêcherait de se mettre en valeur, ce soir. Pour une fois qu'elle avait des choses à raconter à un dîner…

— Le vrai nom de la demoiselle est Aurélie Blenack, renchérit Vincent, elle nous vient de cette belle région du Morbihan. Personne ne sait ce qu'elle y faisait exactement avant de débarquer dans nos vies…

Blême, Tom venait d'enlever sa main de celle d'Aurélie. Elle savait désormais qu'elle ne la sentirait plus jamais sur la sienne. Les larmes, qui montaient, la brûlaient comme de la lave. Le cœur de Thomas venait de se refermer… à jamais. Après un week-end de rêve, le plus sexy, magique et romantique qui soit. C'était fini. À jamais. Sortez du paradis, mademoiselle, votre place est désormais en enfer, avec son lot d'humiliation et de mépris qui vous attend. Les yeux de la tablée restaient fixés sur elle. Qu'avait-elle à dire pour sa défense ? Aucun son ne put sortir de sa gorge trop serrée et asphyxiée. Son regard se plongea dans celui de Sébastien, qui lui avait tendu ce piège effroyable et qui assistait à son bannissement avec satisfaction, semblait-il.

— L'interview va tout de même paraître ? demanda Connie, mettant un terme au silence accusateur et recentrant la conversation sur elle et son travail.

— Oui, répondit Thierry.

— Signée de mon nom ?

— Oui.

— Ah bon, tant mieux ! La fille aura travaillé pour moi, balança Connie, tandis que Sébastien lui resservait un autre verre.

La fille ! Elle était juste à côté et elle connaissait son vrai prénom maintenant !

— Pour une fois que c'est moi qui ai un nègre ! déclara la vraie Connie en levant son verre.

Elle trinqua avec Sébastien Vassy et Patrick Lickert. Marion avança son verre aussi mais trop tard, Connie avalait déjà goulûment le liquide… Un serveur arriva pour prendre les commandes. Oui, ils allaient dîner. Sébastien avait retrouvé l'appétit et sa bonne humeur maintenant que ce mystère était dénoué et son fils en sécurité. Il déclara qu'ils allaient tous choisir un bon poisson, sauf Aurélie qui, supposait-il, ne pourrait rien avaler maintenait qu'elle était démasquée. À présent, le père attendait sans doute qu'elle se lève et parte. Elle l'aurait fait volontiers, mais elle ne sentait plus ses jambes. Elle n'arrivait plus à bouger, ni à parler, ni à penser, à peine à respirer et certainement pas à avaler, en ça il avait raison… État de choc ! Oui, on pouvait faire un coma post-traumatique à table, devant tout le monde.

Les invités commandèrent autour d'elle, comme si de rien n'était. Des soles grillées ou meunières, des turbots en veux-tu en voilà… Et du sancerre, de l'eau pétillante, ainsi que de l'eau plate.

« C'est bon pour tout le monde ? » Les invités refermèrent chacun leur menu en le tendant au serveur qui repartit avec…

— Et sinon, c'est quoi cette histoire de bouquin ? demanda Connie Pinson.

Vincent, l'agent, se lança dans l'explication :

— Eh bien, comme elle était supposée écrire des… heu, pardon comme TU écris des biographies…

— Je t'en prie, dit Connie.

— Comme tu écris sur la vie de personnalités, on avait lancé l'idée qu'elle pourrait… que TU pourrais écrire la bio de Thomas parce qu'il a un très joli parcours pour l'instant. Tu as vu les tournois qu'il a gagnés récemment ? Il revient de blessures graves, son mental est très fort ! Quarante tournois par an, c'est un grand champion…

— Ouais, pourquoi pas ? répondit Connie. Je peux le faire… sans problème…

Le ton sur lequel elle avait prononcé ces mots. À croire qu'elle écrivait des livres comme d'autres faisaient des tartes au citron. Elle s'adressa à Thomas :

— T'as déjà envie d'avoir ta bio dans les bacs, toi ? Jeune comme t'es ?

Oh, ce tutoiement ! Comment osait-elle ?

— Je ne sais pas... Je ne sais plus, répondit Thomas.

Lui aussi semblait avoir pris un coup de batte derrière la nuque.

— Non, mais il n'y a pas de soucis, continua-t-elle en parlant fort. Il était temps, de toute façon, que je récupère ma vie, mon nom et mes projets, enfin !

La tablée éclata de rire sauf une... enfin deux. Thomas n'était pas à la fête non plus.

— Tu m'as menti tout ce temps ? murmura-t-il à sa voisine qui n'arrivait plus à fabriquer de salive en raison d'un triple nœud marin dans la gorge et dans l'estomac.

— Ben apparemment, oui ! s'écria Connie en répondant à sa place.

Aurélie était dans un cauchemar, ce genre de rêve où l'on doit hurler mais où l'on a chopé subitement une méchante laryngite sans savoir comment.

— Pourquoi m'avoir choisie, moi ? lui demanda Connie.

Aurélie observa sa rivale de ses yeux mouillés, brouillés, brûlants et désespérés.

— Bien, on n'en saura pas plus ce soir, conclut Connie devant les silences répétés d'Aurélie.

Heureusement, les soles préparées arrivèrent et les convives se mirent à déguster le poisson en oubliant l'intruse, que l'on aurait pu remplacer par une statue de cire de chez Grévin, une poupée gonflable ou même un ours en peluche, tant sa conversation était exaltante. Oui, ils mangèrent autour d'elle, sans un regard pour elle et se mirent à discuter de politique étrangère. Connie qui revenait des États-Unis se lança dans un discours enthousiaste sur le parti démocrate américain. Aurélie (ou son fantôme ?), qui pensait ne plus pouvoir sombrer plus bas dans l'humiliation, comprit que le record n'était pas encore franchi. Elle allait encore dégringoler de quelques échelons quand elle vit Fred se pointer dans le resto, suivi de... Oh, non : Marc ! « Au secours ! » sans qu'elle s'en rendît compte, son nez se mit à saigner et quelques gouttes tombèrent sur la nappe blanche, la seule place de la table où il n'y avait pas d'assiette. Son petit frère arriva devant l'assemblée et comprit très vite qu'il y avait un énorme malaise. Les convives, quant à eux, se demandèrent qui était ce petit blond suivi de ce grand brun. Un nouveau rebondissement ?

— Je suis désolé, s'écria Fred en direction d'Aurélie. C'est lui qui m'a forcé ! C'est lui ! Il est arrivé à Paris cet après-midi et m'a forcé à t'envoyer ce texto pour savoir où tu étais. Il m'a dit qu'il allait te récupérer et te rapatrier *manu militari* !

Marc, le regard sévère, se présenta. Sa femme s'était échappée de leur maison, pour une raison obscure, et il était bien normal qu'il se lançât à sa recherche.

— De mieux en mieux ! s'amusa Connie.

Fred eut le souffle coupé en la reconnaissant, celle-là. Il n'était pas prévu dans le plan que les deux Connie se retrouvent un jour à une même table. C'était arrivé plus vite que prévu, finalement.

Fred s'avança vers Thomas, le fameux champion dont il avait tant entendu parler, tandis que sa sœur se mettait une serviette de table devant le nez.

— Bonsoir, je suis le frère de... heu... (Alors comment l'appelait-on maintenant ?)

— Aurélie... enfin je crois, dit Thomas.

— Oui, c'est ça. Enchanté.

Fred serra la main au tennisman, enthousiaste.

— Vraiment désolé de vous déranger, continua Fred. Je sais que ma sœur est tombée très amoureuse de vous... J'aurais tellement aimé vous avoir pour beau-frère plutôt que cette brute épaisse !

Marc lui envoya un bon coup dans l'omoplate. Fred faillit tomber dans les soles grillées, Thomas arriva à le retenir de justesse.

— C'est bon, on y va ! parvint à articuler Aurélie en ôtant la serviette de table de son visage.

— Ah, le son est revenu ! apprécia Connie.

Marc empoigna sa fugueuse de femme par le bras assez méchamment. À ses côtés, Thomas se leva aussi ; malgré tout ce qu'il avait entendu, son instinct protecteur continuait à agir.

Marc toisa le trop jeune et trop beau tennisman :

— Je te mettrais bien mon poing sur la gueule !

— N'y pense même pas, répondit Thomas, son regard plongé dans le sien et pas près de le baisser.

Aurélie flageolait sur ses jambes. Sébastien intervint :

— Ça suffit, sortez-moi cette catastrophe ambulante ! s'écria-t-il, en faisant mine de la chasser d'un revers de la main.

L'horreur. Néanmoins, Aurélie parvint à réunir des forces qui arrivèrent de l'au-delà en renfort. Elle stoppa la poigne ferme de Marc qui l'embarquait vers son ancienne vie pour s'arrêter en bout de table devant la vraie, majestueuse et triomphante Connie Pinson :

— Je voulais juste te dire que dans ta peau, sous ton nom et avec ton CV, j'ai passé une semaine de rêve absolu !

Puis, elle fut sortie du restaurant devant tout le monde par le bras sous la poigne ferme de Marc, le tout en saignant du nez. Plus humiliant était difficilement envisageable, mais n'avait-elle pas gagné, tout compte fait ? Au même instant, la vraie Connie songeait : « Voilà qui est des plus étrange. Moi, sous mon vrai nom et dans ma vraie peau, j'ai passé une semaine de merde… »

Devant le resto, la CX de la famille Vassy attendait et le chauffeur faisait des mots croisés à l'intérieur.

Max sortit quand il vit Aurélie et sa mine défaite arriver. Elle venait récupérer sa petite valise dans le coffre. Max la lui donna et en profita pour lui tendre quelques mouchoirs en papier pour son nez sanguinolent. Elle en déchira de petits morceaux qu'elle se glissa dans les narines et ne put s'empêcher de serrer le vieil homme dans ses bras. Max n'osa rien demander devant les deux garçons qui l'accompagnaient.

— Au revoir, mademoiselle, dit-il.

— Adieu, lui répondit-elle en larmes.

Le trio s'éloigna. Fred s'empêcha de poser mille questions à Aurélie : quand, comment, pourquoi et par qui s'était-elle fait gauler ? Il comprit que la soirée avait dû être douloureuse et qu'il venait d'y ajouter la cerise finale. Ce n'était pas de sa faute.

L'« officiel » de sa sœur l'avait effrayé en débarquant chez lui pour le menacer de mille maux. Fred avait été obligé de tout lui raconter. Non loin de là, la Clio noire de Marc attendait, garée sur une place de livraison dans la rue de Fred. Désespérée, Aurélie n'avait plus rien d'autre à faire que de suivre son compagnon. Il était inutile que la fugueuse repasse par l'appartement de Fred. Elle était arrivée sans rien et la plupart des vêtements que lui avait achetés son frère se trouvaient dans la petite valise. Marc voulait rentrer le plus vite possible en Bretagne et préférait encore trouver un hôtel sur la route plutôt que de dormir à Paris. Il prit la valise d'Aurélie et la jeta dans son coffre.

Aurélie serra son frère longuement dans ses bras :

— Arrête de pleurer sinon je vais m'y mettre aussi, hoqueta Fred. On aura passé de bons moments ensemble… hein, ma chérie ?

— C'était génial, murmura Aurélie dans son cou.

— T'es pas en train de me foutre du sang plein le col de ma chemise ?

— Si.

— C'est bon, là ? demanda Marc, qui avait froid sur le trottoir.

Les deux corps se détachèrent.

— Prends soin de toi, dit Fred en essuyant les larmes de sa sœur d'un revers de pouce.

Aurélie l'embrassa encore et encore, puis Fred la vit doucement partir à reculons avec ses bouts de papier blanc qui lui sortaient des narines pour monter dans la voiture. Aurélie songea qu'elle quittait Paris comme elle y était arrivée, en saignant du nez...

— Salut, pompier ! lança Fred à Marc.

— Salut, pédé ! lui répondit le pompier.

Il monta dans sa Clio et referma la porte énergiquement.

Fred regarda la voiture s'éloigner dans la rue parisienne. Il ne voulait pas se l'avouer, mais sa sœur allait drôlement lui manquer...

Au même moment, au restaurant :

— Comment ça, elle est tombée amoureuse de toi ? demanda Sébastien, le père de Thomas.

La tablée retint son souffle. Thomas regarda les convives, il n'avait plus rien à perdre :

— Eh bien peut-être ! Oui et alors ? On a passé un week-end génial. Elle est adorable. Dans la maison et à force de se parler, on s'est... découverts (oui, il pouvait le dire !). Et puis, je... je ne vois pas en quoi ça vous regarde, bordel ! conclut Tom.

(Rien de mieux qu'un homme pour résumer une histoire d'amour. En général ils ne dépassent pas les dix-sept mots, là on était déjà au grand max pour résumer un week-end d'amour !)

— Et toi, tu... l'aimes ? demanda son père, refoulant une note d'amertume.

La tablée (re)retint son souffle.

— De toute façon, c'est mort maintenant ! Alors bon...

Thierry et Jo se regardèrent. Merde, s'ils avaient su ça plus tôt, ils auraient envoyé quelques paparazzis devant la baraque.

— Ça alors ! s'exclama Patrick Lickert.

— Alors ça ! reprit Marion.

— Ça va aller ? demanda Vincent en étendant sa main pour la poser sur celle de son protégé.

Tom ôta sa main vivement. Ils l'énervaient, tous !

— T'es content de toi ? demanda-t-il à son père.

— Écoute-moi, mon poussin. Toute ma vie, j'ai lutté contre les menteurs, les escrocs, les mauvais payeurs. Croyez-moi dans l'immobilier, j'en ai rencontré quelques-uns, dit-il en s'adressant aux autres.

— On s'en doute, approuva Marion.

— À chaque fois qu'un cas s'est présenté, poursuivit le père, j'ai toujours pris un malin plaisir à les coincer, à leur mettre l'évidence sous les yeux, le nez dans leur m... C'est moi, avec l'aide de Vincent, qui ai mis au point ce dîner piège en invitant tous les gens qu'elle avait manipulés. Je ne savais pas ce qu'il se passait entre vous. Je n'avais aucune idée de la psychologie de cette fille. Si elle s'avérait folle et nous faisait un scandale, j'étais prêt à appeler la police. Il se trouve que, pétrifiée et tétanisée, elle n'a pas bougé un cil, pas dit un mot. Bon, j'avoue que sans le savoir, j'y ai peut-être été un peu fort...

— Peut-être ? demanda Tom.

— Non, non, non, c'était parfait ! coupa Connie Pinson. Bravo à vous, Sébastien ! C'était formidable ! Épatant ! Sublime ! Fabuleux !

Elle prit un regard langoureux et avança son décolleté vers la table en s'adressant à Thomas :

— Si je comprends bien, tu croyais sortir avec moi ?

— Oui, répondit Tom sèchement en appuyant son regard.

Les pupilles de Connie s'illuminèrent :

— C'est le meilleur dîner de ma vie !

— C'est le pire pour moi, répondit le champion.

— Oh, tu vois, Thomas ? Je suis sûre qu'on va bien s'entendre tous les deux ! déclara-t-elle devant la petite assemblée.

« À mon tour de reprendre la vie de l'autre maintenant, ce serait la moindre des choses ! » pensa-t-elle.

Thierry et Joël se regardèrent. Il n'était peut-être pas trop tard pour les paparazzis, s'il se tapait celle-là aussi...

« Zut, il faut s'arrêter pour prendre de l'essence », songea Marc, un œil sur la jauge. Dans la Clio, sur l'autoroute, Aurélie venait juste de s'endormir. Après avoir pleuré trois heures sans prononcer le moindre mot, elle avait maintenant la bouche légèrement entrouverte en raison de son nez bouché et la tête tournée vers la vitre. Marc retraça dans sa tête les derniers jours qu'il venait de vivre. Certes, il n'avait pas pu s'empêcher d'aller la récupérer *manu militari* comme il l'avait dit à Fred, mais maintenant il fallait voir les choses en face : quelle allait être leur nouvelle vie conjugale ? Leur seconde chance ? Elle allait pleurer et dormir, comme un nouveau-né à longueur de temps ? Bravo, ça allait être sympa ! Sans compter qu'elle avait eu le temps en quinze jours de tomber amoureuse de quelqu'un d'autre, selon son frangin ! Non vraiment, bravo ! En réalité, c'était le fait de ne pas savoir qui l'avait rendu fou. D'accord et maintenant qu'il savait, avait-il eu raison de se pointer et de l'embarquer comme ça en plein dîner ? On était en droit de se poser la question. Sa mère allait dire que Tristoune revenait encore plus dépressive que lorsqu'elle s'était tirée en courant, et ce n'était pas peu dire ! Son amour n'était-il pas juste une habitude de petit couple ? Amour et vieilles habitudes n'ont rien à voir. Marc l'observa une dernière fois en hochant la tête. Quelle soirée épouvantable, entre son frère qu'il avait dû se coltiner et son soi-disant nouveau mec, tête de liste de première série ! Franchement, le dernier endroit où il aurait dû se trouver ce soir était bel et bien ce resto... Marc décéléra sur l'autoroute en voyant le panneau annonçant une station-service à un kilomètre.

L'aimait-il vraiment son Aurélie, ou détestait-il que les vieux us et coutumes de sa modeste petite vie soient chamboulés ?

Réponse à la question en tête de chapitre : Albert Camus.

18

Qui a dit ?

Vous trouvez l'aventure dangereuse ?
Essayez la routine, elle est mortelle.

Une semaine plus tard. Du côté breton...

Cette garce allait le rendre fou ! Marc vivait un véritable cauchemar. Mais pourquoi avait-il été la rechercher ? Sa petite Aurélie, son petit rat de bibliothèque, si mignonne, si discrète, si élégante et si désireuse de toujours bien faire s'était transformée en... en... en quoi ? Marc avait du mal à trouver les mots. Imaginez la vie avec un zombie qui ne vous adresse plus la parole et quand, par hasard, vous tombez sur son regard, vous n'y lisez que de la haine et du mépris. Imaginez que, dans l'appartement, elle jette systématiquement des coups de pied dans tout ce qui vous appartient. Qu'elle dorme sur le canapé, enroulée dans le pull de « l'autre », qu'elle refuse de manger avec vous, en face de vous, ou de manger tout court. Que vos yeux n'aient même plus le droit de se poser sur elle car ils sont trop répugnants ! Et si, pour une raison quelconque, votre main s'approche de sa peau, elle se met à hurler comme si on l'amenait au bûcher et met une demi-heure à se calmer. Vous imaginez ?

Marc savait qu'elle sortait d'un week-end qui s'apparentait à de l'idyllique car, au début, elle avait pris un malin plaisir à lui en raconter quelques bribes. Voulant jouer au bon prince à son tour, Marc avait alors lancé l'idée :

— Tu veux qu'on se fasse un week-end tous les deux ? Pour se retrouver ? En Normandie aussi, si ça te fait plaisir ?

C'est alors qu'agenouillée dans un coin du salon, elle avait vomi sur la moquette. Pauvre Marc ! À la caserne, les pompiers volontaires avaient eu la gentille idée d'organiser une petite fête pour le retour d'Aurélie. Mais Marc s'était rendu seul à la fiesta au grand désarroi de ses collègues et, lorsqu'on lui demandait des nouvelles, du style : « Alors comme ça se passe ? Comment va-t-elle ? », il répondait à chaque fois : « Vous vous rappelez la meuf dans *L'Exorciste* ? »

Si Marc ne la ramenait pas, c'était parce qu'elle avait pris le pouvoir. Le lendemain de leur retour de Paris, elle avait révélé à Marc qu'elle l'avait vu au café avec Cristal, la petite vendeuse. Il lui avait donné cette réponse toute prête, qu'ont tous les hommes dans ce cas-là :

— Je... mais... Enfin, ce n'est qu'une amie...

Le mot « amie » chez les hommes englobe toutes les femmes qu'ils ne détestent pas. Il se peut que ce soit réellement une amie d'enfance (rare), mais, en général, c'est souvent une ex-maîtresse. Il se peut que ce soit une vieille maîtresse avec qui ils couchent encore de temps en temps (plus courant) ou simplement leur petit coup du moment (très courant) voire même une fille rencontrée dans un bar, la veille. Oui, ils ont beaucoup d'amies, du moins le pensent-ils...

Le mot « amie » chez l'homme sert à mélanger amour, amitié, affection, désir, pulsion. C'est pratique. Après tout, l'homme n'a pas tort, c'est toujours la même case qui s'allume dans le cerveau pour tous ces sentiments. Les seuls hommes sur cette planète qui ont de vraies amies (ES) sont les gays. Les hétéros, quant à eux, font semblant d'ignorer que leurs vraies amies (ES) sur cette planète ne peuvent être autre chose qu'une femelle Labrador.

Aurélie avait eu un rire dédaigneux quand elle avait entendu cette explication. Avant, elle avait un petit rire charmant, depuis qu'elle était rentrée, elle perfectionnait une espèce de rire satanique très étrange.

— C'est une amie que tu galoches dès le matin devant un cappuccino, avait balancé Aurélie.

— Je... quoi ?

— Je t'ai vu !

— Et... je... hein...

— Ce n'est pas grave, Marc. Moi aussi j'ai un ami à qui j'ai roulé des tonnes de pelles. Mon ami m'a même sautée pendant un week-end entier... Devant la cheminée, dans le lit et même sous la douche...

— Tais-toi ! Ferme-la, Aurélie !

(Rire satanique encore, elle lui foutait les jetons !)

Une adultère qui a honte, qui regrette, qui pleurniche, on éprouve un malin plaisir à lui sortir les vers du nez : Où, quand, comment ? Combien de fois ? C'était mieux qu'avec moi ? Tu l'aimes plus que moi ? (Quand on sait que la réponse est non.)

À une adultère qui se vante et éprouve jubilation voire plaisir sadique à tout vous raconter, on ne lui demande surtout rien.

Marc tentait de sauver quelque chose, mais quoi ? Que restait-il à sauver dans cette relation ? Il avait ramené une bonne bouteille, l'autre soir, juste pour essayer de discuter, mais normalement cette fois ! De mettre les choses à plat, mais gentiment. De voir comment œuvrer, sans animosité, pour l'amélioration de l'ambiance, de la communication et de la vie de couple.

— Je ne bois pas de rouge, avait dit Aurélie. Le rouge me rappelle les grands crus de Bordeaux chez mon frère et tous nos moments de bonheur à se parler, à refaire le monde, à tout commenter et analyser. À tous nos fous rires, nos chorégraphies sur le parquet…

— D'accord ! D'accord, j'ai compris ! Je redescends, je vais acheter du rosé…

— Je ne bois pas de rosé. Le rosé me rappelle l'apéritif que j'ai pris avec Lila, l'attachée de presse de Tom, devant sa piscine, le soir du barbecue du bonheur au coucher de soleil… C'est le soir où il m'a embrassée la première fois…

— D'accord, d'accord. Je vais chercher du blanc.

— Je ne bois pas de blanc. Le blanc me rappelle le chablis de Tom, pour notre premier dîner du bonheur en amoureux devant la cheminée…

— ARRÊTE AURÉLIE ! Arrête, s'il te plaît… Bon, qu'est-ce que tu veux ? Dis-moi ce que tu veux boire ?

— Du cidre.

— Hein ?

— Oui, le cidre me rappelle toi et ta mère dans cette crêperie à Rennes, il y a un mois et demi après le ciné. La merde, quoi. Je veux bien du cidre…

— Tu n'y mets pas du tien, Lili, avait soupiré Marc.

Dieu qu'il était las de cette atmosphère.

— Je sais, avait-il (re)tenté, il faudrait qu'on voie un psy, tous les deux, un thérapeute pour couple. Tu lui expliqueras toutes tes histoires, là, et il aura peut-être des trucs à te répondre parce que moi… épuisé…

C'était à ce moment-là qu'elle avait accompli son rituel.

Tous les soirs, elle faisait les mêmes gestes. Elle allait chercher son chandelier. Le chandelier que Tom lui avait offert à la braderie des antiquaires. Elle s'agenouillait avec l'objet dans un coin. En bas de la colonne, il y avait un petit ange doré qui tenait le chandelier d'une main. On aurait dit que le petit ange se balançait autour de l'objet. Chaque soir, Aurélie le nettoyait : « C'est notre petit ange à moi et à Tom, c'est lui qui nous réunira, un jour… » Ensuite, elle allumait la bougie et s'emparait du pull de Tom qu'elle serrait fort quand elle ne le portait pas et se mettait à prier. Que Marc assiste à cette cérémonie ou pas lui était complètement égal. La plupart du temps, il était là, et décontenancé, impuissant, il la regardait prier les yeux fermés, psalmodier devant sa bougie, le pull dans les bras...

Il n'en revenait pas. Ce n'était pas possible :

— FOLLE ! FOLLE ! Complètement cinglée et surtout en train de me rendre dingue aussi !

Il avait balancé un coup de poing dans la porte.

— Je vais dormir à la caserne ! avait-il hurlé.

Aurélie s'en trouvait ravie... et continuait ses incantations au ciel, au Christ, à Marie, au Saint-Esprit, à ses parents et grands-parents dans l'au-delà et à tous les petits anges qui allaient œuvrer pour les retrouvailles entre elle et son grand amour. Vu l'intensité de ses prières, il y a fort à parier que toutes les forces du royaume des cieux venaient de recevoir leur lettre de mobilisation pour la mission.

Le soir, dans la cage d'escalier de la résidence, on entendait le pompier qui dévalait les escaliers en criant : « COMPLÈTEMENT DINGO ! »

Ça aussi, ça devenait un rituel.

Une semaine plus tard. Du côté parisien...

— Dis donc tu t'es bien collée à moi devant les photographes, ce soir ! s'écria Thomas à Connie, réfugiée dans sa salle de bains.

Depuis une semaine et ce fameux dîner de la honte, Thomas avait revu à trois reprises la vraie Connie Pinson. Ce soir, elle l'avait invité à l'avant-première d'un film, et relativement rare à ce genre d'événement, Thomas Vassy avait fait la joie des photographes, à peu près autant que les acteurs présents.

— C'était sympa comme tout, *darling* ! répondit-elle de la salle de bains.

Tom hocha la tête. Elle lui mettait sévèrement le grappin dessus. Autant c'était lui qui avait franchi le pas avec la menteuse, son avatar, autant depuis qu'il fréquentait la vraie, il se laissait flatter et séduire avec volupté, il fallait bien le reconnaître. Ce n'était jamais désagréable. Tom avait déjeuné avec Connie le lendemain du dîner de la honte. Pas seul, une partie de son staff était présente dont Lila, qui n'avait pas desserré les dents, furieuse de s'être laissée abusée par la *fake* ou alors parce qu'elle n'aimait pas la vraie, nul n'aurait su le dire... Ils avaient parlé de la bio éventuelle. À vrai dire, cette histoire de bouquin commençait à agacer la *team* de Tom. Pas lui, cette histoire l'avait ouvert sur l'extérieur et fait rencontrer des filles pas banales... Non, lui ne s'en lassait pas. Et contrairement à ce pensaient les gens du staff, non, il n'avait pas perdu de temps.

Il avait dîné en tête à tête avec la vraie Connie, trois jours plus tard pour faire plus ample connaissance. Elle lui avait raconté sa vie. Certes, Tom avait été quelque peu échaudé par la descente émotionnelle qu'Aurélie lui avait fait subir, mais lui seul pouvait comparer les deux Connie. Et c'était jubilatoire. Constater comment la *fake* s'était emparée de détails de la vraie et écouter comment la vraie racontait ces mêmes détails sans le savoir, c'était assez amusant ! Pour l'instant, il ne s'était rien passé avec Connie. Il est vrai que, dans la rue, il aurait juré qu'elle était prête à l'embrasser, mais, au dernier moment, Max avait surgi d'on ne sait où et demandé si monsieur avait besoin de lui. Il avait le don pour ça, Max. En riant, Tom lui avait répondu que oui ! De toute évidence, il n'allait pas rentrer dans les Yvelines à pied.

Et puis ce soir : l'avant-première du film réalisé par un de ses potes. Le mot « pote » chez Connie englobait tous les hommes qu'elle ne détestait pas. C'était aussi bien des ex, que des futurs, des types qu'elle admirait, désirait, qui lui serviraient un jour ou alors de vieilles connaissances, relations du passé ou même de vieux amis dont elle n'avait plus rien à secouer, peu importait…

Ce soir, elle avait tenu à venir ici, à dîner avec lui, à Plaisir. Et elle espérait secrètement que Max n'aurait pas à la ramener, peut-être plus jamais… Pour l'instant, elle n'avait pas encore eu droit à son baiser de comédie romantique alors que l'autre, la fausse, avait eu bien plus à ce qu'on racontait… Il fallait bien égaliser la balance, niveler les histoires, remettre à jour les émotions. Connie était persuadée qu'elle devait être follement plus intéressante et plus drôle que cette petite provinciale qui avait déboulé à Paris en empruntant sa vie. Elle l'avait bien dit à Tom mais n'avait guère insisté quand ce dernier avait répondu : « Oh, ne crois pas ça ! » Non, il valait mieux ne pas insister. En tout cas, ce soir, elle pouvait dormir ici. Elle avait anticipé l'accident : mini-nuisette mauve, préservatifs et Stilnox au fond du sac Chanel noir. Plus parée à la coucherie qu'une première année d'UCLA lors du *Spring Break*, Connie sortit de la salle de bains avec une mine contrite :

— Je ne savais pas que tu ne voulais pas faire de photos avec moi !

— Mais attends, ce n'est pas ce que j'ai dit, Connie.

Tom avait beaucoup de mal à l'appeler par le même prénom que l'autre. Il avait juste du mal à voir celle-là beaucoup et à ne plus voir l'autre du tout. Du mal à enchaîner deux histoires si différentes mais supposées être la continuité l'une de l'autre. Tout ça était quelque peu étrange pour un homme de son âge.

— Et je pensais que ça te ferait plaisir, dit-elle en s'asseyant sur le lit.

— Mais si ! Ça m'a fait plaisir !

— Tu as aimé le film ?

— Oui, je te l'ai dit. Beaucoup.

— Tu as passé une bonne soirée, mon ange ?

— Oui.

Il se pencha pour déposer un baiser dans ses cheveux.

— C'est tout ce que je désire, révéla Connie en levant vers lui de grands yeux émus. On va dîner ?

Trois minutes plus tard, ils étaient tous deux dans la grande cuisine blanche et ultramoderne de la maison quand, subitement, il entendit Connie hurler, le nez en bas du réfrigérateur :

— Quoiaaaaaa ? T'as du caviaaaaaaaar ?

— Heu... ah bon ? dit Tom.

— Mais oui ! s'exclama Connie en sortant une boîte de cent grammes de Beluga !

— Ce doit être à mon père...

— J'espère qu'il ne sera pas fâché, dit-elle en la dévissant pour plonger son nez dedans. Caviar, blinis et vin blanc, ça va être parfait ! Tu vois que t'avais de quoi faire à dîner chez toi !

— Si tu veux, soupira-t-il.

Tom s'arrêta :

— Il est tué le poisson, non ? Je veux dire l'esturgeon ?

— Bah, les œufs étant à l'intérieur, je pense. À moins que les pêcheurs se mettent à les recoudre... Pourquoi ?

— Non, rien... Je suis bouddhiste.

— Oh, je t'en prie, Tom ! Les bouddhistes ne font pas la différence entre Mozart et une fougère !

Elle s'empara des blinis qu'elle déposa dans le four. Tom ne répondit rien. Elle avait beau être très pétillante avec ses yeux noirs en amande, elle avait une façon d'avoir un avis sur tout prodigieusement agaçante de temps en temps. Elle se retourna vers lui et lui tendit la bouteille de blanc pour qu'il l'ouvre.

— Je peux te demander quelque chose, Tom ?

— Oui, répondit-il.

— Tu trouves qu'elle me ressemble, cette pauvre fille ?

— Je t'ai dit que je ne voulais plus en parler.

— Je sais, tu es furieux et tu as bien raison. Tu as été abusé, meurtri, blessé, trahi jusqu'à la moelle. Mais tu trouves qu'on se ressemble ?

— Je ne sais pas. Peut-être physiquement, pas de caractère en tout cas...

— Oui, j'imagine qu'elle devait être un peu gourde.

Tom s'arrêta de déboucher la bouteille quand son regard tomba sur l'étiquette. La dernière fois qu'il avait vu ce mot, chablis, c'était en Normandie, durant ce fameux week-end, le soir du pique-nique avec *happy end* devant la cheminée. Il n'aurait su comment l'expliquer, mais il sentit son estomac se serrer. Il déboucha la bouteille et la repoussa sur la table :

— Je ne vais pas boire de vin. Je m'entraîne demain. Et non, Aurélie n'est pas gourde.

— Sur Facebook, ça se sait maintenant qu'elle a fait un *fake*. Il paraît qu'elle se fait insulter... C'est Patrick et Marion qui m'ont raconté. Quand tu penses qu'elle a été jusqu'à utiliser mes vieilles photos. C'est terrible les gens qui font une névrose obsessionnelle sur vous. Hein, c'est dingue, non ?

Thomas la regarda sortir les blinis du four, ouvrir les placards pour prendre des assiettes, comme si elle était chez elle. Prendre la crème fraîche et le citron dans le réfrigérateur...

— Je ne crois pas qu'Aurélie ait été obsédée par toi, annonça Tom.

— Comment tu expliques cette histoire ? s'arrêta Connie.

— Je ne l'explique pas...

— Patrick m'a dit qu'il commençait à en avoir ras-le-bol de FB. Juste après le dîner organisé par ton père pour démasquer l'autre, il a été demandé comme ami dès le lendemain par une certaine Virginia Woolf. Patrick m'a dit qu'il était tellement excédé qu'il a posté sur son mur : « Comment vas-tu depuis ton suicide en 1941 ? »

Connie éclata de rire toute seule en pressant le citron sur son blini revêtu de petits grains noirs. Quand elle s'aperçut que son histoire ne rencontrait pas le succès escompté, elle s'arrêta pour demander à Thomas face à elle :

— Tu sais qui est Virginia Woolf quand même ?

— Oui, oui…

— Une écrivaine anglaise fantastique, préféra préciser Connie. Elle s'est suicidée en se jetant dans le fleuve à côté de chez elle, l'horreur dans cette histoire c'est qu'elle avait rempli les poches de son manteau de petits cailloux. Je ne connais personne de plus bouleversant que Virginia Woolf…

Thomas se frotta les joues. Si elle le disait…

— Enfin bref, elle est sur Facebook maintenant, celle-là aussi ! conclut Connie en croquant son blini.

— Connie ?

— Oui…

— Je ne vais pas tarder, tu sais. Jacques et Michel arrivent à 9 heures demain matin et je sens que ça va être sévère…

— Bien sûr, je comprends !

— Max va te raccompagner…

— Pas de problème. Je sais très bien que la vie d'un sportif de haut niveau c'est sévère !

— Ça l'est !

— Je me doute. Si je veux passer un peu de temps avec toi c'est juste pour notre livre, se justifia Connie en tamponnant sa bouche à l'aide d'une serviette.

— Bien sûr.

Thomas coupa un petit morceau de son blinis au Beluga et se lança :

— Je suis désolé que tu aies entendu ce que le frère d'Aurélie m'a dit le soir du dîner, qu'elle était tombée amoureuse de moi…

— Aucune importance.

— J'ai eu la sensation que tu voulais reprendre l'histoire où je l'avais arrêtée avec elle...

— Pas du tout !

— C'est l'impression que ça donnait.

— Non, pas du tout ! rougit-elle.

— Alors, excuse-moi...

— « Vous n'êtes pas assez drôle pour que je vous prenne au sérieux », mon ami !

— Sympa ! répondit Tom.

— Pardon, c'est une phrase de Sacha Guitry, je n'ai pas pu m'empêcher. Si, tu es drôle, Tom, pardon... Enfin tu es plus beau que drôle mais peu importe et je te prends au sérieux, ainsi que notre projet. Mais quoi qu'il en soit, tu es trop jeune pour moi. On a quoi ? Dix ans d'écart !

— Seize, claqua froidement Thomas. (Il s'était renseigné ce coup-ci !)

— Dieu du ciel, je pourrais être ta mère... en Somalie ! Ta grand-mère au Yémen !

Tom plongea son visage dans ses mains et se massa les arcades sourcilières avec les doigts. Il ne savait pas si elle l'excitait ou si elle l'énervait...

— Je n'ai pas l'âge d'être cougar, reprit Connie. Enfin, avant je n'avais pas l'âge mais maintenant... À vrai dire, je ne sais plus.

Elle termina cette phrase le nez dans le chablis, c'était préférable.

Une demi-heure plus tard, Tom raccompagnait son invitée dehors, tandis que Max allait chercher la voiture. Il faisait bon et le clair de lune lui rappela la première fois qu'Aurélie était venue dîner ici après avoir oublié ses notes. Comme ce soir, il l'avait raccompagnée jusqu'à la voiture de Lila. Il entendait le bruit de ses pas dans les graviers, exactement comme ce soir, quand...

Connie Pinson se retourna vers lui :

— Bon, on fait comme on a dit ?

— Voilà !

— Ça reste professionnel !

— Exactement !

Elle monta les deux marches de perron qui la séparaient de Tom et lui tendit la main.

— Au revoir, monsieur !

Tom attrapa sa main, l'attira vers lui et déposa une bise sur sa joue, correcte. Moins correcte, Connie s'attarda le long de cette joue imberbe, les yeux fermés, et descendit langoureusement vers ses lèvres pour en attraper le coin.

— Qu'est-ce que tu fais ? demanda Thomas.

— Rien.

Elle déposa de nouveau un baiser sur ses lèvres.

— Je crois que t'essayes de m'embrasser, dit-il.

— Ne commente pas ce qu'il t'arrive.

Elle continua de plaquer sa bouche sur la sienne, prenant soin de l'ôter avant qu'il ne la repousse. C'était une tentative en plusieurs étapes, une rafale de petits bisous sur la bouche qui devait leur rappeler leur première fois en fin de CP, à tous les deux, à deux époques bien différentes.

— On avait dit professionnel, murmura Tom.

— C'est un baiser de professionnelle, répondit-elle en plaquant ses lèvres sur les siennes.

Longuement cette fois. Il ne bougea pas.

Réponse à la question en tête de chapitre : Paolo Coelho.

19

Qui a dit ?

Je crois que le bonheur existe.
La preuve est que soudain, il n'existe plus.

Du côté breton, l'on dépérissait... Aurélie venait de recevoir une grande enveloppe en provenance de Paris. Fred lui avait fait suivre son courrier. Tout d'abord, elle avait reçu le petit chèque pour sa pige au journal. Elle avait embrassé ce petit chèque et l'avait mouillé de ses larmes. Mais le pire, c'est que Laurent, le photographe qui avait fait le reportage avec elle, lui avait fait parvenir les clichés d'elle et de Thomas, le jour de l'interview. Et notamment, la fameuse photo où Tom la chaussait de son escarpin, agenouillé devant elle. Bouleversée, son cœur avait fait moult bonds avant de chavirer encore... Elle avait punaisé toutes les photos dans un coin du salon. À terre, se trouvait le petit chandelier offert par Tom et son pull : en un mot, elle avait érigé un temple à Thomas Vassy dans tout un coin de l'appartement. Là, agenouillée ou allongée dans une chemise de nuit blanche, telle sainte Blandine, elle passait ses journées, prostrée et recueillie, son chandelier dans les mains, le pull comme oreiller, au milieu des photos de Tom. La plupart représentaient des moments où Thomas s'élançait pour son service, torse nu...

La vision d'horreur qu'eut Marc, le soir, en découvrant ce spectacle lui causa, à lui aussi, quelques soubresauts cardiaques et nausées. Les flammes qu'il avait éteintes le matin même avec sa brigade dans un vieux hangar n'étaient rien comparées aux flammes de l'enfer qu'elle lui faisait vivre chaque soir. Et c'était de pire en pire.

— Je vais dormir à la caserne, avait-il lâché, l'œil ahuri devant les nouvelles photos au mur.

Allongée au milieu de son temple, Aurélie ne s'était même pas retournée.

Ce soir-là, tout l'immeuble avait encore entendu le pompier dévaler les escaliers, en filant des coups de poing dans les murs : « COMPLÈTEMENT DINGO ! »

Du côté parisien, l'on embellissait et s'illuminait... Tout d'abord, Connie Pinson avait reçu un beau virement de la SACD pour son téléfilm diffusé. Certes, elle devait partager ses droits d'auteur à cinquante-cinquante avec le vieil historien avec qui elle l'avait écrit, mais elle se trouva ravie de cette somme et eut une pensée émue pour son coauteur, ce vieux schnock avec ses poils qui lui sortaient du nez. Son compte en banque remis à niveau, Connie Pinson recommença à se pavaner, à faire sa belle, et surtout à se faire aimanter par les affriolantes boutiques de vêtements du boulevard Saint-Germain. C'est bien simple, entre le métro Mabillon et le café Flore, elle les fit toutes en oubliant ses retards d'impôts. Elle avait rendez-vous avec Cathy, son amie. Il fallait bien renouer avec ses vieilles copines pour pouvoir raconter ses derniers exploits. Connie avait commencé à lui narrer ses aventures par mail et Cathy avait accepté qu'elle les poursuive en *live* devant un café.

Connie entra au café, encombrée de tous ses sacs de vêtements neufs, et se précipita vers la table de son amie.

— Ma Cathy ! Ma Cathy ! Cathy !

— Salut, Connie.

— Tellement heureuse que tu ne boudes plus !

Elle prit trois sièges pour déposer ses paquets tandis que Cathy lui balançait un regard noir par-dessus son thé vert. Connie se musela pour ne pas lui envoyer : « Arrête de souffler sur ton eau chaude, on dirait une vieille mémé ! C'est cafardant pour quelqu'un qui rajeunit à vue d'œil comme moi ! » Non, autocensure aujourd'hui.

— Ah, ma Cathy ! dit-elle en s'asseyant et en relevant ses manches. Tellement contente ! Comment tu me trouves ? Heu comment vas-tu ? Je voulais dire...

— Ça va... Et t'as l'air en forme.

— Oui, je le suis.

— C'était sympa, Miami ?

— Je me fous de Miami, ce sont les Yvelines que j'adore. Le sept huit !

— Tiens ! Voilà autre chose, grommela Cathy de sa voix rauque.

Les yeux de Connie balayèrent la baie vitrée et se fixèrent sur un point dans la rue :

— Cathy, le dernier mec que j'ai embrassé est né en 1987. Je ne savais même pas qu'on pouvait naître en 1987.

À son tour, le regard de Cathy se promena le long des trottoirs.

— L'année du bac, émit-elle, ça devrait être interdit.

— Exact.

Elles restèrent silencieuses quelques instants, car, dans ces cas-là, il y a deux écoles. La numéro 1 étant : mais c'est génial, formidable ! Toi, quand tu avais vingt-cinq ans, tu étais amoureuse d'un type de quarante, alors à ton tour ! À toi ma chérie ! Et que la vie te rembourse au centuple, il n'y a pas de raison ! Quoi ? Ton Jules en avait cinquante, à l'époque ? Ah, dis donc, ça ne se voyait pas... trop. Comment passe-t-on de gérontophile à petit-jeunot-phile ? T'as mis combien de temps ? Hein ? En six mois, on change du tout au tout ? C'est vrai ? De goût, de genre, d'âge, de tout ! Tu sembles rayonnante, en tout cas, ma poulette. Il a un copain, ton jeunot ?

Seconde école : Ma pauvre biche, c'est de pire en pire. Ce désastre que tu appelles ta vie sentimentale ne s'arrange vraiment pas avec le temps. C'est donc ça que l'on appelle le démon de je ne sais plus quelle heure... C'est pathétique. J'ai vu un reportage sur cette île, tu sais : Saint-Domingue. Il paraît que sur la plage, ils louent de jeunes éphèbes avec les matelas. Je suis étonnée que tu n'y sois pas, déjà. Dis-moi, tu lui mets son quatre-heures dans son sac à dos, à ton petit copain ? Quand je pense que je me suis demandé : « Mais qu'est-ce qu'il lui prend à cette vieille bique de se balader en rollers avec une sucette dans la bouche ? » Hein ? C'était donc ça ! Ce sont les fringues de ton amoureux que tu portes ? Tu peux enlever ta capuche de ta casquette, s'il te plaît ? Intéressant ce sac Hello Kitty en période de préménopause. Tu comptes garder tes écouteurs quand je te parle ? Il faudrait que je te présente ma fille : elle a treize ans et demi, exactement en plein âge con, comme toi !

Oui, deux écoles et on ne sait trop laquelle adopter quand une copine de la quarantaine vous annonce que son amoureux est né quand vous révisiez le bac.

Cathy préféra éviter le sujet :

— Suite à ton mail Connie, se lança Cathy, je suis allée hier soir sur le site de *Stars et Actus* jeter un œil à l'interview de ton...

— De mon clone, la *fake*...

— Voilà oui, approuva Cathy.

— Elle n'est pas mal son interview, hein ? demanda Connie comme si la *fake* était son élève.

— Oui, approuva Cathy. Assez technique. Tu sais que le papier est signé de ton nom ?

— Oui, j'ai vu. Mais mon nom est écrit en tout petit.

— Connie, tu n'as jamais participé à cette interview, ni de près, ni de loin...

— C'est vrai, répondit-elle. Pour être franche, j'en aurais été incapable. T'as vu combien de fois elle utilise des expressions comme revers slicés ou coup droit lifté ? Je ne sais même pas ce que ça veut dire. Je vais demander à mon père qu'il me réinscrive avec lui à son cours de tennis. J'ai abandonné il y a neuf ans, quand le prof m'a fait ramasser toutes les balles sur le court en me disant que mes Converses n'étaient pas des chaussures de tennis, que je ne savais pas courir, que mes biceps lui rappelaient le dernier flan aux pruneaux qu'il avait bouffé, que je ne comprenais rien à la direction de la balle, que je me positionnais n'importe comment, que le filet n'était surtout PAS l'endroit où devait se retrouver la balle et que j'étais juste bonne à balayer le court. Quand tu payes une fortune pour un sport et que t'as l'impression que c'est toi qui devrais être rémunérée pour subir cette torture, c'est là que tu arrêtes, non ? Je n'ai plus aucun souvenir de ce sport, pour rien te cacher. C'est affreux parce que…

— Parce que quoi ? demanda Cathy, en avalant une gorgée de thé.

— Parce que je suis supposée écrire l'autobiographie de Thomas Vassy ! Et que je ne connais plus un seul terme technique ! J'ai été traumatisée par ce prof. Ça faisait presque dix ans que je vivais super bien sans le tennis ! Et là, boum, subitement je ne pense plus qu'à ça ! Oh, Cathy ! Si tu pouvais sentir les muscles de Thomas dans son dos ! J'ai descendu ma main le long de son pull l'autre soir…

— Arrête, Connie !

— Je comprends, ma chérie. Toi qui ne connais pas de champion de tennis né en 87, mes histoires doivent t'apparaître comme des tortures aussi, j'imagine…

— Oh, inspira Cathy, je n'irais pas jusque-là…

— Évidemment pour écrire sur lui, je devrais commencer par l'écouter…

— Ça me paraît pas mal !

— Quand je suis avec lui, c'est moi qui raconte ma vie !

— C'est assez stupide pour une biographe.

— Je sais. Je ne peux pas m'empêcher !

— T'as de quoi faire ton premier chapitre ?

Connie réfléchit :

— Alors, je sais que... heu, son premier doudou s'appelait Lapinou le Lapin...

— Mmmh, commenta Cathy de sa voix rauque. Ça me semble pas mal du tout pour un début de bio...

— Il a eu un vélo à quatre ans !

— Hou ! Un rebondissement dès le départ, nickel !

— Il a gagné son premier tournoi à sept ou huit ans mais je ne sais plus ce que c'était, ni où c'était, ni contre qui...

— Parfait.

— À la fin du CM2, il a pleuré parce qu'il changeait d'école pour passer en sixième...

— Voilà, voilà... Bon, moi ça me paraît impec pour un premier chapitre ! On est au taquet ! Il n'y a pas à dire.

— Je sais. Je n'ai rien, rien, rien de rien, soupira Connie.

— Mais si, ma choute ! Quand je pense que je viens de me taper 489 pages sur la vie de Maurice Barrès et les écrivains de l'entre-deux-guerres ! Ah non, je t'assure : j'attends cette bio avec impatience !

— Je sens un poil d'ironie. Cathy, c'est moi la meilleure pour les sarcasmes, ne te fatigue pas...

— Ah, non ! Quand on sait que Maurice Barrès n'a même pas eu de doudou, ce n'était pas leur truc en 1862, on se rend compte à quel point sa vie a mal démarré. À côté de ça, il a écrit : « Nous ne sommes jamais si heureux que dans l'exaltation », et c'est ce qu'il t'arrive en même temps.

— Non. Un : je ne suis pas exaltée. Enfin peut-être un peu. Et deux : je ne vais jamais y arriver...

— Mais si ! On a hâte, je te dis ! Tu en as parlé à ton éditeur, Olivier ?

— Non, pas encore. J'ai peur qu'il me dise non...

— Oh, ce serait tellement dommage...

— En fait, c'est une catastrophe, Cathy ! Pourquoi me suis-je lancée dans cette histoire ? En même temps, je me dis que... Il se trouve que Michel m'a raconté que la petite...

— Je ne sais pas qui est Michel !

— Michel, c'est son préparateur physique, avec qui Tom fait sa gym chaque matin : abdos, cuisses, bras... avant son hydromassage de préparation à l'entraînement, dans le Jacuzzi aux jets d'eau intensifs...

— Mon Dieu, que j'ai hâte de lire cette vie ! Je vais me précommander tout de suite ce book sur Amazon !

— Arrête Cathy ! Bref, Michel m'a raconté que mon clone, la petite intruse, avait trois heures de cassettes complètes sur son dictaphone. En plus, elle aurait presque un demi-cahier de rempli. Je ne sais absolument pas ce qu'elle a pu écrire mais... ce que j'aimerais, c'est qu'elle me refile ses cassettes et son cahier de notes... J'ai son numéro, tu vois, Patrick me l'a envoyé, mais je ne sais pas comment la convaincre de tout me donner maintenant...

— Dis-lui que la littérature du XXIe siècle a trop à perdre si elle ne te refile pas ses notes...

— Arrête, Cathy ! Tu m'énerves. Tu es jalouse. Jalouse comme un pou, parce que ta vie est chiante, plate et conformiste comme un roman de François Weyergans préfacé par J.M.G Le Clézio ! D'ailleurs, tu es toujours mariée...

— Oui, toujours mariée depuis vingt ans à un Nicolas, né en 63. Et je suis consciente que plein de gens sont nés en 63.

— Tu vois ? cria Connie.

— Quoi ?

— Tu plombes toujours tout ! D'entrée de jeu ! Tiens, je vais me prendre un Bloody Mary, tu me fous le cafard avec ton thé. Monsieur, s'il vous plaît ? s'écria-t-elle en levant la main. Et on va appeler la *fake* maintenant ! Il me faut ses notes !

Cathy leva les yeux au plafond, tandis que le serveur s'approchait.

Quelque part dans le Morbihan, sainte Blandine était toujours allongée à même la moquette quand elle entendit son portable sonner. Elle se releva et se dirigea vers sa chambre espérant que c'était Fred. Thomas ? Oh non, elle n'attendait plus ce miracle, mais juste quelqu'un qui aurait été témoin de ses jours heureux, peut-être…

Ce n'était pas Fred. Un numéro qu'elle ne connaissait pas s'affichait sur l'écran du téléphone. Aurélie décrocha, plus piquée par la curiosité que par l'envie de parler :

— Allô ?

(Brouhaha d'un café bondé en fond sonore.)

— Allô, la mini-moi ? Hi, hi, hi… Merde, comment elle s'appelle déjà ? Amélie ?

— Aurélie…

— C'est ça, bonjour. Connie Pinson à l'appareil. Je t'appelle parce que, figure-toi que j'ai repris tes dossiers là où ils en étaient, hein ? Tous tes dossiers en cours, donc… Et Michel m'a dit que t'avais pris pas mal de notes ! En fait, j'aurais aimé voir si je peux en faire quelque chose : tes cassettes, ainsi que le cahier. Michel m'a dit que t'avais un cahier, c'est mignon. Est-ce que tu pourrais rédiger tout ça sur ordinateur et me l'envoyer par mail ? Je te file mon mail, c'est : c point pinson arobase…

— Jamais, tu m'entends ? JA-MAIS !

— Pardon ?

— Rien, tu n'auras rien ! Jamais ! Rien. Jamais.

— Mais ça ne va pas, non ?

Connie mima une toupie de sa main près de sa tempe devant Cathy pour l'informer que son interlocutrice était folle.

— Non, ça ne va pas, pas du tout ! Ma santé te préoccupe maintenant ? put-on entendre en provenance du portable jusqu'à la table voisine.

— Non, reprit calmement Connie, mais si tu ne me donnes rien, j'aimerais bien savoir ce que tu vas en faire ?

— J'ai de quoi commencer à rédiger, moi, si je veux...

— Ah oui ? Pour qui ? Pour quoi ? Tu n'as pas de contrats avec des maisons d'édition, Madame Je-vis-une-vie-imaginaire !

— Ça se trouve des éditeurs !

— Oh, ne crois pas ça, Amélie ! En plus un môme de vingt-cinq ans, même champion, c'est très dur à caser... Les bios intéressantes sont les fins de carrière, pas les débuts. Même si dans le tennis, ça ne dure pas hyper longtemps, non plus. Le seul qui y est parvenu c'est Rafa Nadal, qui a fait écrire sa vie par un scénariste d'Hollywood, en plus !

— Le mec qui a écrit *Die hard 4*, chuchota Connie en s'avançant vers Cathy.

— Ah oui, j'ai vu ça ! répondit Cathy, en piochant une olive dans la soucoupe que l'on venait d'apporter à Connie avec son Bloody Mary.

— Pourquoi est-ce que tu écrirais sur Tom, toi ? demanda Aurélie d'une voix caverneuse.

— Parce que comme je te l'ai dit, j'ai repris les choses là où tu les avais laissées. Thomas veut bien et après tout, c'est peut-être faisable...

— N'y compte pas. Jamais. Thomas ne se livrera qu'à moi, souffla Aurélie en essayant de calmer ses palpitations cardiaques.

— Ha, ha, ha !

L'éclat de rire de Connie lui fit plus mal à l'estomac qu'un quatre-quarts à la mort-aux-rats.

— Ma pauvre, se calma un peu Connie. Ah, ce que c'est *fun* !

— Je ne vois pas ce qu'il y a de drôle, parvint à articuler Aurélie. Sa salive commençant à se faire rare comme le soir du dîner de la honte.

— Parce que Tom se livre très bien, justement ! ricana Connie (en face d'elle, Cathy leva les yeux au ciel). On se parle beaucoup. Tout se passe merveilleusement...

— Ce n'est pas vrai... pas possible, hoqueta Aurélie.

— Ben si, reprit Connie d'une voix assurée, j'ai dîné avec tout son staff, comme toi. Je sais que tu l'as fait aussi. Par la suite, on a dîné en tête à tête, c'était très sympa, romantique et cool comme tout ! Et puis, il y a deux jours, nous sommes allés à une avant-première ciné ensemble, ensuite on est rentrés tous les deux chez lui : caviar, blinis et chablis dans sa cuisine, enfin je ne te fais pas un dessin, quoi... Un rêve, cet homme !

— Je ne te crois pas, suffoqua Aurélie.

Maintenant, elle avait mal physiquement partout.

— Ben tu peux vérifier. Demande à Michel. Ou même à Sébastien, son père, je m'entends très bien avec lui...

— Pas vrai...

Aurélie lâcha le téléphone et tomba à genoux, dans sa chambre.

— Allô ? continua Connie. Allô ? Allô !

Au café, Connie raccrocha avec une moue d'interrogation en fixant l'écran de son portable.

— Qu'est-ce qu'il se passe ? demanda Cathy.

— Je ne sais pas. J'ai entendu un boum et puis plus rien...

— Quel besoin de lui raconter tout ça !

— Oh, ça va Cathy ! Je te rappelle que c'est une fille qui a fait un *fake* à ma place !

— Bon ben d'accord, ça s'est su très vite, elle est repartie chez elle et tout est rentré dans l'ordre maintenant... Pourquoi Connie ? Elle est tombée amoureuse de lui, c'est ça ?

— Grave. Et je n'ai plus envie qu'elle le soit, tu comprends ? Cathy, viens avec moi fumer une cigarette dehors, s'il te plaît ?

Cathy se leva tandis que Connie enfilait son manteau à la recherche de son paquet.

— J'espère qu'elle ne va pas se suicider. On va me mettre ça sur le paletot encore, tu vas voir ! s'inquiéta Connie. Hein ? Si je suis la dernière personne à lui avoir parlé...

Cathy hocha la tête tristement et suivit son amie vers la sortie.

— Je vais lui envoyer un texto ! déclara Connie en poussant la porte, une clope au bec.

— Pour lui dire quoi ?

— « *Please,* te suicide pas tout de suite, Amélie ! » Qu'est-ce que t'en penses, Cathy ?

Réponse à la question en tête de chapitre : Françoise Giroud.

20

Qui a dit ?

Il y a deux sortes d'amour :
l'amour insatisfait qui vous rend odieux
et l'amour satisfait qui vous rend idiot.

Cristal, la jeune vendeuse, s'était attendue à la rupture. Quand Marc lui avait annoncé qu'il partait à la recherche de sa femme à Paris, il tombait sous le sens qu'une fois la Pomponnette rentrée, Marc cesserait de la voir. C'était le contraire qui s'était produit. Depuis qu'Aurélie était rentrée au bercail, jamais Marc ne lui avait paru aussi amoureux et attaché : « Je t'en supplie, Cristal, ne me laisse pas ! Ne me quitte pas ! Cette fille est folle, c'est un cauchemar, elle a décidé de me faire payer je ne sais pas quoi au juste, mais je le paye très cher ! etc. » Malgré son tatouage de dragon vert dans le creux des reins, Cristal lui apparaissait comme une première communiante, une sœur, une amie aimante, un cœur d'or, une sorte de perfection à côté de la méga-dépressive qui restait allongée par terre toute la journée et qui ne se lavait plus, ni ne mangeait...

Cristal entra dans le salon de coiffure de sa copine Madeleine pour faire ses mèches. Quelle ne fut pas sa surprise de découvrir Gisèle, la mère de Marc, en pleine conversation avec Liliane, la crémière, qui tenait un petit commerce, au coin de la rue, de très bons fromages qui sentaient jusque derrière la poste, à la sortie de la ville. Évidemment, Gisèle n'était pas au courant que son fils, le héros de la région, avait une liaison. Cristal embrassa son amie coiffeuse et attrapa un *Paris Match* avant de s'asseoir juste à côté de la mère de son amant agrémentée de rouleaux violets dans les cheveux. Gisèle lui adressa un petit sourire de bienvenue dans le miroir auquel Cristal répondit poliment, puis la commère se retourna de l'autre côté, vers Liliane, la plus fidèle et honnête des commerçantes :

— Et puis, je ne t'ai pas dit, Liliane, mais en plus elle est au chômage. Alors t'imagines ? Enfin, elle devrait y être ! Si au moins elle avait pris le temps de s'inscrire, mais tu penses... Elle devrait se bouger, envoyer des CV partout, rappeler toutes ses relations et rien ! Rien de rien. Elle reste par terre comme une mourante !

— Mais pourquoi par terre ? demanda Liliane.

— Mais c'est ça que je ne comprends pas. Il y a deux canapés chez eux, un grand lit et des fauteuils... eh bien non, elle est à même le sol. Allongée sur la moquette. Hier soir, Marc l'a retrouvée évanouie...

— Évanouie ?

— Oui, mais il me dit qu'elle fait exprès de tomber dans les pommes, maintenant...

— Moi si j'étais toi, Gisèle, je ferais quelque chose. En tout cas, moi je ne laisse pas ma belle-fille comme ça !

— Mais je ne sais pas quoi faire, Liliane ! Marc lui a proposé mille fois de voir un conseiller conjugal, un thérapeute, un psy, un médecin, tout ce que tu veux, elle refuse à chaque fois...

— C'est une dépression sévère !

— Mais très sévère, approuva Gisèle. Ah, je me rappelle l'époque de mes parents, tu pouvais appeler l'asile comme ça et les blouses blanches, ils venaient chercher les gens !

— Oh, époque bénie, murmura Liliane.

— Aujourd'hui, je sais plus ce qu'il faut faire. Je crois qu'il faut l'accord d'un juge pour faire enfermer quelqu'un... Parce que ce n'est pas l'envie qui m'en manque, Liliane, tu te doutes bien...

— Ben oui, ma pauvresse !

— Marc dit qu'elle ne mange plus. En même temps, il me dit que s'il la découvrait un soir en train de faire une quiche ou une tarte ce serait sans doute qu'elle y aurait écrasé une plaquette entière de barbituriques, soit pour le tuer, lui, soit pour se suicider, elle. Mon pauvre bichon m'a dit qu'il était plutôt content qu'elle ne touche pas à la bouffe, vu son état...

— Eh ben, dis-moi !

— Ah vi, vi, vi, c'est à ce point-là ! Plus tenable. Mon fiston, un soir sur deux, il va dormir à la caserne !

« Non, il vient dormir chez moi ! » songea Cristal en fixant Gisèle dans le miroir.

— À notre époque, on n'aurait jamais osé se comporter comme ça avec nos maris ! reprit Liliane.

— Jamais, tu penses...

— On a eu, nous aussi, des coups de mou, des moments de fatigue et de déprime. On n'est jamais restées des jours et des nuits, allongées comme ça par terre sans parler. Il y avait toujours à s'occuper pour tenir la maison...

— Bien sûr... On n'aurait jamais osé !

— La dépression, on la mettait dans notre poche avec un mouchoir par-dessus !

— Évidemment ! s'écria Gisèle.

— Maintenant, les filles, elles sont capables de tout pour montrer leur malheur ! Plus aucune pudeur. Dès que le moindre truc ne va pas comme elles veulent, ça y est, c'est les grandes eaux ! l'hystérie est de retour...

— Tu as raison Liliane, dire qu'il lui a fallu moins de quinze jours à Paris pour rentrer dingo !

— M'étonne pas, ils sont tous dingos là-bas !

— Marc m'a dit qu'elle avait rencontré quelqu'un.

— C'est qui ? C'est qui ? C'est qui ? demanda Liliane.

— Un sportif qu'il m'a dit ! chuchota Gisèle. Haut niveau.

— Dans l'équipe de France de foot ?

— Non, dans le tennis il paraît...

— Ça alors...

— Son comportement, la dépression, l'enfer qu'elle fait vivre à Marc, c'est à cause de lui, tu sais, rien d'autre. Tout ça, c'est de sa faute...

Gisèle mit fin à sa discussion et à ses confidences quand Madeleine, la coiffeuse, arriva pour lui poser le casque sur la tête qu'elle régla sur trente-cinq minutes pour une belle mise en plis ! Gisèle s'empara d'un *Closer* devant elle et Cristal retourna le *Paris Match* dans le bon sens sur ses genoux.

À Paris, chez Gap, Fred fut bien étonné quand son gérant l'informa : « Téléphone pour toi ! » Personne n'avait essayé de le joindre à la boutique depuis des lustres. Depuis la création du portable, en fait... Il se demanda si ce n'était pas les gens de chez Zadig, à qui il avait laissé un CV, il y a un an. Il pria pour que ce soit eux : « Oh, oui ! Seigneur, faites que ce soient eux ! »

Zadig et Voltaire ouvrait une nouvelle boutique à San Francisco et ils avaient besoin de lui ! Il allait tout gérer, s'occuper de tout, y compris de la soirée d'inauguration qu'il allait organiser avec un ponte de l'événementiel, un gay, pardon un gars comme lui et de son âge. Oh, le bonheur !

Fred déchanta très vite et laissa ses rêves américains de côté quand une voix féminine se présenta comme une amie de Marc le pompier, fiancé officiel de sa sœur. Cristal, oui bien sûr, il se rappelait d'elle. Elle était deux classes au-dessus de lui au lycée. Il y a quatorze ans, elle n'avait pas bougé, celle-là non plus, quand il s'était fait tabasser, à l'arrêt de bus, par un groupe composé de : un quart de skinhead-hooligan, un quart d'homophobes purs et durs, un quart de encore punks alors que c'était terminé il y a plus de dix ans, un vingtième de nullards délinquants en herbe avant d'en vendre, un dixième d'incultes suiveurs fadasses qui ne savaient pas trop, un autre dixième de vandales prêts pour le cambriolage dans toute la région...

Bref, une belle brochette de cent pour cent cons à bouffer du foin ! Peu importe, oublier et pardonner. Fred n'allait pas en vouloir à la terre entière, c'était du passé tout ça. Surtout elle, elle n'y était pour rien, la pauvre. Oui, il connaissait sa petite boutique d'ameublement. Cristal avait appris qu'il travaillait chez Gap à Paris et avait téléphoné à trois boutiques avant de trouver la bonne. « Super. Bravo ! » lâcha Fred. Immédiatement, il s'inquiéta pour Aurélie. Effectivement, c'était bien à son sujet que Cristal appelait. Elle lui narra les derniers événements, tout ce qu'elle avait entendu dire, d'abord par Marc mais surtout par sa mère. Au téléphone, Fred s'observa dans les grands miroirs de la boutique et se vit pâlir. Il s'en doutait fortement ; à vrai dire, il n'avait pas trop de nouvelles depuis son départ. Machinalement, il se mit à ronger l'ongle de son pouce. Imaginer Aurélie comme la décrivait la petite Cristal lui serra le ventre. Mais que faire ? Que faire ? Que faire ?

À Paris, chez elle, Connie Pinson acheva les préparatifs de son petit dîner, bien fière d'elle. Elle était ravie de présenter son nouvel amour à ses copines. Ça y est, elle pouvait bien leur avouer maintenant : elle était amoureuse ! L'incroyable Connie raide dingue d'un tennisman de vingt-cinq ans ! Enfin, elle aimait quelqu'un dont elle allait écrire la vie ! Ouf, pas trop tôt ! Elle n'aurait pas à le déglinguer derrière son dos à chaque fin de chapitre !

Cathy arriva la première. Comme la nouvelle Connie était dans sa phase de réconciliation avec le monde, Cathy avait prié Rebecca de l'accompagner, Connie s'étant disputée avec les deux au même moment. L'écrivaine sauta au cou de Rebecca comme si de rien n'était. Elle avait une faculté d'oubli impressionnante pour tout ce qui la dérangeait ou ne la mettait pas en valeur. Cathy et Rebecca furent suivies par Patrick et Marion Lickert, puis par celui que tout le monde attendait : l'élu ! La star ! Thomas, le sublime... qui se présenta avec son agent Vincent. Ce n'était pas vraiment prévu mais Connie, dans sa phase d'amitié pour l'humanité, rajouta un couvert en bout de table, l'air de rien. Le traiteur avait prévu large, de toute façon. Tout le monde fut réuni autour de la table basse et Connie, un peu nerveuse, vidait le champagne à vitesse grand V dans les coupes et, le premier quart d'heure, l'on joua à qui épongeait le plus vite la table basse. À Thomas, elle présenta Cathy et Rebecca comme ses deux meilleures amies, mais Tom réalisa qu'en fait, elle parlait de ses deux chattes, Antigone et Iphigénie, qui ronronnaient sur les accoudoirs du canapé. En bon mondain qui savait y faire dans ces cas-là, Patrick se mit à raconter ses derniers succès d'édition. Face à lui dans son fauteuil, Connie laissa flotter son bras dans les airs puis s'empara de la main de Thomas, assis dans le fauteuil voisin. Le jeune tennisman ne bougea pas et laissa sa main dans celle de Connie qui relançait Patrick sur tout et n'importe quoi : édition, politique, médias, salons du livre ou dernières beuveries ou les deux ensemble, tous les sujets étaient acceptés ce soir, l'important étant d'éviter les blancs et malaises au détour de la conversation. Cathy et Rebecca ne purent s'empêcher d'échanger un regard, du style : elle est vraiment avec lui alors ? Moi qui pensais qu'elle s'était monté le bourrichon toute seule !

Non, les amoureux étaient bel et bien assis face à eux, main dans la main. Rebecca sourit. À chaque fois qu'elle avait vu Connie « en petit couple trop mignon », ça s'était terminé en draaaaame...

— Et Tom voyage beaucoup aussi, expliqua Connie à Patrick, hein chéri ?

Elle cherchait à le faire participer à la conversation, ce qui était plutôt sympathique de sa part. Tom approuva d'un hochement de tête. Bon, il était meilleur sur terre battue que dans les dîners en ville.

— Il m'a raconté qu'il lui arrivait de s'endormir dans des avions et de se réveiller sans se rappeler où il allait ! raconta Connie à l'assemblée.

— Voilà quelque chose à mentionner dans sa bio, proposa Cathy.

On n'avait toujours pas de quoi faire un chapitre, mais cette anecdote des plus croustillantes arrivait à point nommé.

— Elle ne peut pas écrire ça, décréta Rebecca.

— Pourquoi ? s'enquit Connie.

— Parce que cette phrase est déjà écrite dans la bio de Fabrice Santoro, déclara Reb. Je l'ai lue.

— T'es sûre ?

— Certaine !

— Oh zut !

Vincent, l'agent, soupira :

— Si on écrit les mémoires des joueurs du circuit pro, il est fort probable qu'on y retrouve des souvenirs communs, des pensées communes, des histoires de tournois qui se ressemblent et...

— Je ne passerai pas derrière Fabrice Santoro, le coupa Connie, surtout si c'est pour écrire la même chose ! Merde à la fin ! Tu ne pourrais pas avoir quelque chose de très personnel, d'un peu moins banal, quelque chose qui ne soit pas dans toutes les bios de sportifs ? s'écria Connie.

Elle venait de lui lâcher la main.

— Si, se lança Tom, il m'en est arrivé une bien bonne ! Une fille a débarqué chez moi en se faisant passer pour une journaliste !

— Oui, alors inutile de te dire que cette anecdote ne figurera pas dans tes mémoires, mon chou ! D'ailleurs, si je pouvais moi-même te faire quelques électrochocs pour que tu l'oublies, je ne me gênerais pas !

— Je suis encore désolé, s'excusa Patrick.

— Quelle histoire ! soupira Marion.

— Ne vous excusez surtout pas, dit Tom.

— Bien sûr que si ! Je t'assure qu'il a de quoi s'excuser ! cria Connie.

— Non, répondit Tom. C'est inutile. J'ai passé des jours heureux. Très heureux.

— Tant mieux, répondit Patrick, plutôt soulagé de sa bourde.

— Ça veut dire quoi, ça ? cria Connie.

Un silence polaire s'installa, exactement comme ce qu'elle redoutait.

— Ça veut dire, commença Tom, que j'aurais pu tomber sur quelqu'un de pas bien, une folle ou je ne sais quoi, mais le hasard a fait que c'était quelqu'un de formidable, avec qui je m'entendais super bien...

Un silence encore plus glacial accueillit cette annonce. Connie se leva, alla chercher ses entrées qu'elle disposa sur la table et ordonna à ses invités de passer à table tandis qu'elle devait avoir une conversation en privé avec Tom. Ses amis obéirent, à moitié effrayés, tandis qu'elle prenait Tom par le bras pour l'emmener dans sa chambre. Elle claqua la porte et les invités s'observèrent autour de la table :

— Il semblerait qu'il y ait déjà de l'eau dans le gaz entre Demi Moore et Ashton, murmura Rebecca.

Dans sa chambre, Connie croisa les bras. Elle avait beau être bien plus petite qu'un tennisman d'1 m 87, elle parvenait très bien à le toiser :

— Ça veut dire quoi, ça ? articula-t-elle, comme si Tom n'avait pas donné la bonne réponse.

— Comme j'ai dit. Il n'y a pas de quoi s'excuser, j'ai passé de super bons moments.

— Tu te rends compte de ce que tu dis ?

— Mais quoi ?

— Mais quoi ! Tu es parfaitement humiliant pour moi, devant mes amis... On a l'impression que tu as passé de meilleurs moments avec cette idiote plutôt qu'avec moi !

— Ah, je te le confirme !

— Quoi ?

— Et, elle est tout sauf idiote, commenta Tom en prenant place sur le lit.

— Thomas, je t'en supplie... Réfléchis. Cette fille t'a menti sur toute la ligne. Tu détestes ça et moi, regarde-moi, chéri, moi je ne mens jamais. Pour mentir, il faut avoir envie de protéger des gens, j'ai aucune envie de protéger qui que ce soit, bien au contraire... Tu vois comme je suis quelqu'un de bien !

— Bizarrement, j'ai l'impression qu'elle était plus franche que toi dans bien des domaines... Toi, tu joues avec l'amour, Connie ? Tu t'amuses, non ? J'ai toujours, avec toi, la sensation d'être en compagnie d'une championne du flirt.

— L'amour n'est rien de plus qu'une pièce de Beaumarchais, et tu le sais ! Surtout dans ton cas... Thomas, je ne vais pas rompre avant que notre histoire ait commencé.

Elle prit place sur son lit face à lui et recommença à caresser son visage tout en l'embrassant. Décidément, toutes leurs conversations se terminaient par des rafales de bisous sur la bouche. Tom avait le pouvoir : elle criait certes, elle hurlait même ! Mais elle finissait toujours par se soumettre. Cette fois, Tom évinça ses baisers. Il ôta cette main qui caressait sa joue et la retint prisonnière dans la sienne.

— Je sais que cela peut paraître incroyable. Tout ce qu'elle me racontait, c'est toi qui le faisais pour de vrai et pourtant...

— Ne finis pas cette phrase, chéri...

— Par exemple, le soir où je crois que... je suis tombé amoureux d'elle, elle nous a fait tout un discours sur Napoléon et...

— Mais Thomas, c'est moi ! Moi qui ai écrit ce film : *Les Exilés de Sainte-Hélène* ! C'est moi !

— Je sais ! répondit Tom.

— Je n'arrive pas à croire qu'elle se soit approprié ça aussi !

— Et la manière dont elle en parlait, se remémora Tom les yeux dans le vague, c'était tellement...

— Tellement quoi ? hurla Connie en se relevant. C'est à moi de t'en parler ! Tu veux que je te raconte l'exil de Napoléon ? C'est ça qui te fait kiffer ? Parfait. Alors : « Terre ! Terre ! » Après soixante-douze jours de traversée sur le *Northumberland* (c'est le nom du bateau), l'on se précipita à la lorgnette pour découvrir les effroyables montagnes rouges et brunes de Sainte-Hélène qui sortaient de l'océan, tels les crocs d'un monstre marin. Ce rocher austère et menaçant, voilà l'île du bannissement que les Anglais avaient choisie pour leur pire ennemi : Napoléon Bonaparte ! Les mains dans le dos, droit et immobile sur le pont, l'Empereur observa le piton volcanique et déclara : « Ce n'est pas un joli séjour... »

— Arrête Connie !

— « ... J'aurais mieux fait de rester en Égypte, je serais aujourd'hui empereur de tout l'Orient. » C'est à moi de te raconter ça !

— Oui, mais...

— Mais quoi ?

— Je préfère quand c'est Aurélie qui raconte...

Connie se laissa tomber sur le lit, telle une enclume.

— Tu te rends compte de ce que tu dis ? s'effondra-t-elle. Tu es comme dans le film de James Cameron, tu préfères les avatars aux vraies personnes ! Je vais en mourir de chagrin...

— Non !

Tom se rapprocha d'elle et l'enlaça :

— Arrête !

— Oh, Tom, reprit Connie en levant vers lui un visage plein de larmes. Tu réalises, chéri ? C'est moi que tu aimais à travers elle !

Tom ne savait plus quoi penser...

— C'est moi, ma vie et mon travail que tu aimais ! hoqueta Connie.

— C'est vrai, admit Tom.

Il la prit dans ses bras, se posant mille questions et la serra un peu plus.

— C'est de moi dont tu es tombé amoureux, insista Connie, la tête posée sur son torse...

— Peut-être. Je ne sais pas, je ne sais plus, répondit-il en déposant un baiser dans ses cheveux.

Hou, elle tenait le bon bout ! Il était censé dormir ici ce soir, Connie avait anticipé l'accident.

Dans la pièce voisine, l'on se passait les crevettes, le concombre au yaourt et les betteraves dans une ambiance recueillie et concentrée. À vrai dire, tout le monde essayait d'entendre des bribes d'éclats de voix à côté... Quand, subitement, Connie et Thomas réapparurent, le sourire aux lèvres.

— Bon, excusez-nous, dit Connie en prenant place à son dîner, notre histoire est nouvelle, on a besoin de faire quelques petits réajustements...

— Bien sûr, approuva Marion.

— Tout cela, vous savez, c'est à cause de l'autre. Tout est de sa faute ! Vous ne pouvez pas imaginer ce que c'est : quand il faut sans arrêt se justifier et se réapproprier sa propre vie. C'est un cauchemar !

— C'est sûr, répondit Cathy, en laissant tomber quelques tomates dans son assiette.

Le roi et la reine prirent place à leur dîner et les sujets purent enfin relancer la conversation.

— J'ai vu votre dernier match sur Eurosport, commença Patrick très gentil vis-à-vis de Tom.

— Merci ! répondit-il.

— Tu regardes Eurosport ? demanda Marion, sa femme.

— Oui, en fait j'attendais le Roger-Rafa juste après...

Vincent intervint immédiatement, il connaissait les sujets tabous de Tom et il fallait relancer les esprits sur autre chose.

— Et alors, Connie, ce sont vos deux meilleures amies qui sont ici présentes : Cathy et Rebecca ?

— Si on veut répondit la reine. On ne s'était pas vues depuis longtemps...

— Ah, bon ?

— Oui, oh de vieilles histoires !

— Ah ? releva Vincent, intéressé. Qu'est-ce qu'il s'est passé ?

Cathy et Rebecca se regardèrent : était-ce le moment ?

Rebecca crut percevoir un battement de cil de Cathy et prit ça pour un acquiescement.

— Il se trouve que je suis mariée à Stanislas, le frère de Cathy, commença Rebecca. Il se trouve, continua-t-elle, que le jour de mon mariage, Connie n'a rien trouvé de mieux à faire que de draguer Stan et de lui rouler des pelles sur le gazon devant toute ma famille !

Connie s'arrêta et son regard se noircit sur Rebecca qui semblait satisfaite et soulagée.

— Bien ! souffla Connie. J'étais un peu pompette en raison du très mauvais vin de ton père. Entre Stan et un berger allemand, je n'aurais pas fait la différence.

— Sauf que n'était pas le mariage du berger allemand ! soutint Rebecca. Toute ma famille a pu voir mon mari en train d'en embrasser une autre, allongé dans l'herbe. On s'est dit : « Ça part bien ! » Et effectivement, il a passé sa nuit de noces sur le canapé dans le hall de l'hôtel. La suite nuptiale, je l'ai gardée pour moi toute seule !

— Oh, ça va ! grogna Connie. Vous n'allez pas revenir encore là-dessus ! J'en ai marre d'entendre cette histoire tout le temps...

— Connie, on n'en a jamais parlé ! reprit Rebecca. Tu as quelque chose à me dire ?

— Oui : Merde ! bougonna Connie Pinson. Cette fête était d'un convenu. Tout le monde m'a dit que j'y avais mis un peu d'ambiance !

— Tu es vraiment une enflure ! Je ne peux même pas comparer, personne n'a jamais fait ça ailleurs ! analysa Rebecca.

— D'ailleurs, comment va-t-il ton mari ? demanda Connie, qui reprenait du poil de la bête.

— J'espère que tes amies plaisantent, intervint Tom. Tu ne t'es pas conduite comme ça, j'espère ?

(On n'aurait su dire s'il s'offusquait ou s'amusait !)

— Oh ça va ! D'accord, j'ai embrassé Stan. C'est le frère de Cathy et je le connais depuis la cinquième. En réalité, c'est lui qui m'a embrassée parce qu'il a l'habitude de me rouler des pelles dès qu'il a un coup dans le nez, et ce depuis vingt-cinq ans !

— Quoi ? hurla Rebecca.

— Non, je ne pense pas, la réconforta Cathy. Je l'aurais su depuis le temps...

— Tu ne sais rien du tout ! grommela Connie avec la voix de Dark Vador.

— Quand j'y repense, Connie, tu as fait de cette superbe belle fête un cauchemar ! maintient Cathy.

— Mais non !

— Mais si ! hurla Rebecca.

— J'hallucine, déclara Thomas.

— Voilà, tu es fière de toi ? s'enquit Connie. Il ne manquait plus que ça !

— C'est vrai que par moments tu me sidères, dit Tom doucement, en se frottant les sourcils.

— Parfait ! maugréa Connie. Maintenant, mon chéri va me quitter à cause de vous !

— Arrête, Connie, reprit Thomas. Il ne s'est rien passé encore !

— Oh, je n'en peux plus ! gémit Connie, le visage dans ses mains. Tom, elles sont épouvantables toutes les deux, elles ne vont pas cesser de te raconter toutes les âneries que j'ai faites depuis le CP ! Elles sont si jalouses, si tu savais ! Mais Tom fais-moi confiance, *darling*...

— Confiance est un grand mot. En ce moment, je n'ai pas trop de chance avec la confiance, réfléchit Tom à voix haute.

— Bon, où est le dessert ? se redressa Connie.

— Quoi ? Mais on n'en est qu'aux entrées ! s'exclama Cathy ahurie.

— Oui, mais il est temps d'y aller, rétorqua Connie en se levant. Allez, si vous le désirez, vous pouvez prendre le café en bas de la maison ! Il y a un bistrot.

— Je rêve ! s'écria Cathy.

— Oui, tu rêves, allez oups ! Tout le monde dehors ! Ce n'est pas à Tom de partir mais à vous !

Tous les invités se levèrent décontenancés et Connie Pinson dégagea tout le monde de chez elle, y compris Vincent qui n'eut même pas le temps de se concerter avec Thomas sur l'issue de la soirée. Connie voulait rester en tête à tête avec le sujet de sa prochaine étude et, comme ses désirs l'exigeaient, Tom se dirigea vers sa chambre et resta planté au milieu de la pièce.

— Enlève ton pull ! s'écria Connie après avoir claqué la porte.

Thomas Vassy s'exécuta et fixa ses yeux dans les siens.

— C'est ce que tu veux ? demanda-t-il en ôtant son pull pour le jeter sur le lit.

— *Yes !* cria-t-elle en s'approchant de son torse nu pour le couvrir de baisers.

Elle l'embrassa partout avec ferveur. Thomas resta quelques instants les yeux ouverts dans la pénombre, se laissant faire, encore...

— Oh, Thomas je t'aime tellement ! susurra Connie.

— Arrête, tu ne me connais pas !

— Ça doit être pour ça !

Certes, Thomas n'arrivait pas à prendre conscience de tout ce qui s'était passé depuis une semaine. Ce dont il était sûr, c'est qu'il n'y avait pas de temps de perdu...

Réponse à la question en tête de chapitre : Colette.

21

Qui a dit ?

L'amour comporte des moments vraiment exaltants, ce sont les ruptures.

Chez elle, Aurélie resta stupéfaite en ouvrant sa porte pour tomber nez à nez avec la petite Cristal et sembla encore plus frappée par sa requête. Ce n'est pas tous les jours que la maîtresse de votre compagnon débarque chez vous pour vous emmener faire une promenade au bord de la mer. (Bon, vérifiez tout de même qu'il n'y a pas de falaises dans le coin !) Il fallait qu'Aurélie sorte, qu'elle prenne l'air et qu'elle parle. Désemparée, la recluse finit par accepter, Cristal pouvant se montrer drôlement autoritaire, si elle voulait. Elle attendit qu'Aurélie ait fini de prendre sa douche, de se laver les dents et de s'habiller.

— J'ai des semelles de plomb, lui avoua Aurélie. La moindre banalité du quotidien me coûte des efforts surhumains. Rien que de te raconter que ça me coûte des efforts, ça me coûte déjà d'autres efforts encore plus surhumains et...

— Magne-toi ! coupa Cristal.

Effectivement, chacun de ses gestes semblait filmé au ralenti : enfiler un jean, trouver la bonne ceinture, chausser ses baskets, les lacer, remettre son pull à l'endroit pouvait prendre une bonne heure.

— Dépêche-toi, s'impatienta Cristal. Mon Dieu, t'as une mine épouvantable !

Les filles quittèrent l'appartement pour une belle marche en direction de la digue. Cristal, qui se prenait pour une psychologue émérite, faisait de grandes phrases les cheveux au vent. À ses côtés, Aurélie, qui se prenait pour rien, n'avait aucun mal à se glisser dans la peau de sa patiente.

— Tu comprends, analysa Cristal, ta déprime peut être environnementale. Tu manques de soleil. Il te faut de la luminothérapie pour régler tes rythmes biologiques. Tu es lasse d'ici. Tu n'attends plus rien d'ici.

— C'est peu de le dire...

— Ici, tout te semble gris, froid, bétonné, fermé...

— Oui, et ça l'est...

— En général, il faut mettre un peu de rose pailleté dans sa vie, sinon ça ne vaut pas le coup. Le grisâtre à longueur de temps, ce n'est pas tolérable...

— J'en sors du rose pailleté. Je l'ai vécu chez mon frère... un peu, un temps. Enfin, je crois.

— Je sais, c'est pour ça que je me suis permis d'appeler Fred.

— Hein ?

— Oui.

— Mais qu'est-ce que tu lui as raconté ?

— Je lui ai dit que tu n'allais pas fort. Tu ne peux plus continuer à ne pas avancer. T'es à l'arrêt, Aurélie, tu vis et tu te roules dans les images de ta pseudo-histoire d'amour éclair et tu n'attends plus rien de personne, à commencer par toi-même, boriscyrulnika-t-elle.

— C'est Marc qui t'a raconté ça ? s'enquit Aurélie.

— C'est une petite ville, ici, tout se sait... Je peux te dire la vérité ? Marc, tu lui fais peur. Pas grand-chose ne l'effrayait jusqu'à présent, mais, en ce moment, il suffit qu'il entende ton nom pour avoir les poils dressés. Tu n'y vas pas mollo !

— Peut-être. Je ne me rends pas compte, je ne sais plus quoi faire... J'attends la mort doucement.

— Parfait pour une trentenaire ! C'est ce qu'on fait, en général ! Voilà pourquoi ton frère va venir te chercher. Tu vas descendre dans le Sud. Il y a une bonne luminothérapie là-bas, la lumière n'est pas la même, les odeurs non plus. Fred a cherché sur Internet une petite colocation, un endroit où te loger. Il a fini par trouver. À la sortie de Nice, il y a une dame retraitée qui loue une chambre au premier étage de sa maison. Il y a un escalier isolé, l'avantage, c'est que tu as ta propre entrée, tu peux aller et venir. La vieille ne fait pas à manger, en revanche, elle veut bien que tu prennes l'apéro avec elle si t'as de la conversation : après Julien Lepers et avant les infos de France 3 régions. Après ça, il y a extinction des feux.

— Qu'est-ce que c'est que cette histoire ?

— Fred t'expliquera. Il va louer une voiture et arrive demain. Vous allez descendre dans le Sud ensemble. On s'est mis d'accord, ça ne sert à rien que tu restes ici...

— Je... ah bon ?

— Tu dépéris ici !

— Ben oui, mais je voulais dépérir tranquille ! se révolta Aurélie.

— Près de Nice, tu pourras sortir, marcher, sentir les oliviers, jouir des premiers rayons du soleil du printemps, il y a le vrai soleil là-bas. Le mois de mai à Nice, c'est agréable, normalement ! La vieille a un vélo, paraît-il, il date de la libération, tu feras gaffe aux pneus et aux freins, mais tu pourras t'en servir, te balader, mener ta vie et réfléchir à ton avenir...

— Tu me fous dehors de chez moi, si je comprends bien ! s'écria Aurélie.

— C'est mieux pour tout le monde, non ? Et puis, ce n'est pas définitif. Pour l'instant, Fred s'est engagé pour un mois. Le loyer n'est pas cher. Bon, ce n'est qu'une chambre, tu me diras...

— Tu vas te garder Marc pour toi, c'est ça ? C'est rondement mené, ton affaire.

— Il faut voir les choses en face, dit Cristal en arrachant une brindille d'herbe. Tu ne l'aimes plus ?

— Non.

— Bon alors ? s'arrêta Cristal.

— Non, bah rien. Entre lui qui vient me récupérer *manu militari*, comme il a dit, et toi qui finalement me fais expulser de la ville, j'ai l'impression d'être un objet qu'on bringuebale : « Reviens ici, mets-toi là ! Oh, puis non, finalement fous le camp ! »

— Pour l'instant, ce n'est pas plus mal que ce soit les autres qui décident pour toi. Rien que pour te laver les dents, tu hésites une heure entre le robinet d'eau chaude et celui d'eau froide.

— C'est vrai, je ne suis pas au mieux de ma forme.

— Le Sud va te requinquer, crois-moi ! Sois prête à quatorze heures demain avec ta valise et viens à ma boutique. Ton frère viendra te chercher mais il ne veut pas se rendre chez toi, il m'a dit qu'il n'avait aucune envie de croiser Marc. Donc, le départ se fera chez moi.

— Mais qu'est-ce que je vais lui dire à Marc ?

— Oh, ne lui parle pas. Pour rien te cacher, il préfère. Ta voix lui fout les jetons.

Le soir venu, Aurélie ne put s'empêcher de prononcer quelques mots, tout de même, tandis qu'elle ôtait ses photos provocantes du mur. (Évidemment, elle les emportait avec elle.)

— Je vais partir quelque temps à Nice…

— Je sais, répondit Marc, en plaçant son plat préparé au micro-ondes.

Ils s'étaient bien organisés, lui et Cristal, il n'y avait pas à dire.

— Je suis désolée pour ce que je t'ai fait vivre ces derniers temps, commença Aurélie.

— Je suis désolé d'avoir rappliqué comme ça. Je n'étais pas au courant pour ton histoire avec ce... (Bon, il n'arrivait toujours pas à prononcer le nom.)

— Oh non, ne t'inquiète pas ! Quand tu es arrivé, mon histoire était terminée.

— Ah ? Ça va vite à Paris...

— Tu penses bien que si t'étais arrivé en plein milieu, je me serais emparée de la bouteille de sancerre dans le seau pour te la fracasser sur le crâne...

— Ouf, je suis rassuré !

— Oui, en fait tu es arrivé à point nommé. Je n'avais pas d'autre choix que de te suivre et de rentrer finalement...

— Ah bon, tant mieux...

— Je vais soigner ma dépression dans le Sud. La luminothérapie n'est pas la même qu'ici, elle va me rerégler mes rythmes biologiques...

— Oui, c'est qu'on s'est dit... Heu, c'est ce que je crois... Enfin, c'est bien possible.

— Je vais faire ma valise. Fred va venir me chercher demain.

— D'accord, approuva Marc.

— Je suis désolée encore pour tout ça...

— C'est moi... Je te dis au revoir maintenant, parce que je vais dormir à la caserne, ce soir.

— D'accord. On se serre la main ?

— Oh, on peut se faire la bise ?

— OK. Salut.

— Salut !

Ils se firent la bise pour un adieu, en se promettant de s'écrire pour la répartition des meubles. Pas de larmes, pas de drame. Il n'y avait pas de quoi ressusciter Corneille pour cette scène de séparation. Jamais rupture ne parut plus plate. Une vraie lettre à la poste. Un truc un peu absurde, mais déjà une brise légère se levait et soufflait dans la nuque d'Aurélie, de l'oxygène pur envahissait ses veines, la surface de l'eau se précisait après l'apnée, un vent frais s'engouffrait dans ses poumons, une tornade violente lui fouettait le visage, oui mais oui ! Ça s'appelait la LIBERTÉ !

Réponse à la question en tête de chapitre : Jean Giraudoux.

22

Qui a crié :

Freedom ! les bras en l'air, sur les marches du tribunal, après que son divorce eut été prononcé ?

Le lendemain comme convenu, Aurélie se pointa à quatorze heures avec sa valise et une crêpe au jambon dans la main à *Intérieur en Fête*, le très chic magasin d'ameublement de Cristal. Aurélie avait meilleure mine que la veille, Cristal s'en réjouit, elle-même avait très bon moral, aussi. Aurélie posa sa valise près de la caisse et se mit à admirer les beaux objets que vendait Cristal. Un peu comme au musée, elle admira certains tableaux, des mosaïques, des dessins à l'encre de chine qu'elle avait affichés. Comme une galeriste, Cristal ne se gênait pas pour vendre quelques peintres et artistes de la région en qui elle croyait. À part ça, elle proposait surtout des vases, des grands verres, des nappes, des couettes, des lampes et un petit canapé rouge sur lequel Aurélie prit place en attendant son frangin.

— Fais attention à ta crêpe, la prévint Cristal en regardant son sofa encore immaculé.

— J'ai presque fini. Tu sais, mâcha-t-elle, je voulais te dire, on s'est un peu parlé hier soir avec Marc pour notre rupture : ça a été vite fait, expédié je te dis pas...

— Oui, je sais... enfin je... Ah bon ? Écoute, si ça s'est bien passé, c'est le principal !

— Oui. Hou là, on ne s'est pas battus !

— Tant mieux, tant mieux ! Fred ne devrait plus tarder, dit-elle en regardant sa montre.

Aurélie avala sa dernière bouchée, se leva pour prendre un Kleenex vers le petit comptoir de Cristal et s'essuyer les doigts, quand subitement elle le vit : IL était là ! Oui, juste derrière l'accueil, assis en tailleur comme d'habitude, une main relevée, l'autre perpendiculaire, les yeux fermés : un petit Bouddha !

En dessous, Cristal avait écrit sur un papier rouge :

« Indispensable à votre décoration zen ! »

Le petit Bouddha était là, devant elle ! Thomas l'avait cherché en vain près de chez lui, au salon des antiquaires, et il était ici tout mignon ! Un peu gris, cela dit...

Aurélie resta immobile devant la statue. Encore trop de souvenirs lui revenaient ! Mais bon sang, elle n'avait qu'un foutu week-end en tête ! Pourquoi avait-elle l'impression que cette histoire avait duré des lustres ? Un entretien pour un coup de foudre, un dîner pour l'embrasser, un week-end pour en tomber amoureuse. Une vie pour l'oublier.

— Qu'est-ce qu'il t'arrive ? demanda Cristal en voyant Aurélie à l'arrêt, pétrifiée.

— Il me faut ce petit Bouddha !

— Arrête Aurélie, je ne t'ai pas demandé de venir ici pour que tu m'achètes des trucs ! Je sais que tu n'as plus trop d'argent...

— Quoi ?

— Tu as été renvoyée de ta bibliothèque ! Attention tout le monde sait que c'est un licenciement économique, il n'y a pas de mal !

— Comment ça tout le monde ? Mais heu... Tu sais tout de ma vie, toi !

— C'est une petite ville, ici...

— Il vaut combien ton petit Bouddha ? persista Aurélie.

— Cent dix euros.

— Il est fait en quoi ?

Cristal alla chercher un gros classeur jaune qu'elle ouvrit et annonça :

— C'est une statue en fibre de ciment et fibre de coco, coloris non contractuel, pierre naturelle, gris antique. Hauteur : 55 cm. Poids : 9,80 kg.

— Je l'aime trop !

— Arrête Aurélie.

— Je te jure ! Il me le faut. Je vais l'envoyer à un ami… à mon ami. Il est bouddhiste, il en cherchait un comme ça partout !

— Bon, si tu le dis. Et au fait, Bichette, je ne prends pas les chèques ! annonça Cristal en refermant son classeur d'un coup sec.

Fred arriva peu de temps après. Il avait loué une petite Peugeot 107 rouge. Ce n'était pas le luxe mais pratique pour ce qu'ils avaient à faire, parcourir toute la France. Aurélie l'enlaça en lui racontant qu'elle venait de trouver un beau petit Bouddha ! Fred sembla ravi et partit s'entretenir quelques instants avec Cristal, histoire de peaufiner leur plan et de faire un récapitulatif des derniers événements. Fred avait eu la vieille dame au téléphone, mais elle était sourde comme un pot et il s'inquiétait de savoir si elle avait bien tout compris, en ce qui concernait sa location. Fred semblait paniqué d'un peu tout aujourd'hui. Comment se sentait Aurélie ? Et puis comment allait-il faire mille kilomètres avec cette bagnole ? Il venait déjà d'en faire cinq cents ! Il était tétanisé, trop peur de l'autoroute ! Un type lui avait déjà frôlé le rétroviseur tout à l'heure et puis et puis… Sûre d'elle, comme à l'accoutumée, Cristal l'informa que sa sœur était bipolaire, elle pouvait passer de la joie au drame en un clin d'œil, oui, elle en était certaine, elle venait encore d'en avoir la preuve aujourd'hui. Quant à parcourir la France jusqu'à Nice, tout le monde l'avait fait au moins une fois dans sa vie. Il n'y avait pas de quoi défaillir. Allons, Fred !

Fred se ressaisit et embrassa Cristal qui leur fit des au revoir de la main jusqu'au bout de la rue ! La voiture disparue de son champ de vision, Cristal sauta dans sa boutique et fit un grand *yes* du bras. Il y avait tout de même peu de maîtresses qui arrivaient à dégager la légitime de la ville comme ça ! Mais oui, elle était un génie ! En plus, elle lui avait vendu un Bouddha à cent dix euros... Cristal se bécota la main, trop fière.

Fred s'arrêta deux cents mètres plus loin. Il fallait faire une halte à la poste pour qu'Aurélie envoyât son petit Bouddha chez Tom. Elle avait toujours son adresse des Yvelines dans son cahier et était folle de joie à l'idée de lui faire parvenir cette statue. Le petit jeune, qui travaillait à la poste, lui demanda s'il y avait une lettre, un mot, à mettre avec le cadeau. Aurélie réfléchit. C'était peut-être le moment ou jamais. Lui dire enfin, lui raconter comment cette histoire incroyable avait pu se produire. Son arrivée à Paris, son frère, le *fake* FB, le message de Patrick Lickert, l'embauche, la pige dont elle rêvait, l'interview et, au bout du compte, l'amour qui l'attendait...

Oui, oh, elle n'avait plus rien à perdre. Elle avait failli le faire cent fois alors qu'elle se laissait dépérir chez elle. Mais rien que l'idée de prendre une feuille de papier, c'était comme extirper un menhir d'un tremblement de terre alors, elle avait renoncé en se disant à quoi bon...

Mais maintenant, la feuille n'était plus si lourde que ça. Aurélie arracha des pages de son cahier et se mit à écrire.

« Amour... »

Elle sortit de la poste une demi-heure plus tard et avisa Fred qui fumait une cigarette, adossé à sa portière.

— T'en as mis du temps ! protesta-t-il en écrasant son mégot.

— Oui, je lui ai écrit un petit mot avec... Il le fallait, Fred.

— On a de la route, je suis grave stressé ! dit-il en s'installant au volant.

— Écoute Fred, on va s'arrêter tous les trois kilomètres s'il le faut ! Je ne veux pas que ça te stresse !

— Non, non. J'avais envie de faire ce voyage avec toi, pour qu'on soit ensemble, pour que tu me parles, que tu me racontes les retrouvailles, dit-il en passant la première de la Peugeot.

— Heu, les retrouvailles avec Marc ? Comment dire ? Disons que je ne me suis pas automutilée !

— Bien !

— C'était l'étape suivante. Imagine le pire, Fred. Tu y es ?

— Je pense !

— T'es bien au niveau zéro, là ?

— Je visualise.

— Bon, ben descends de quinze mètres en dessous encore ! Je te jure, je crois que je lui ai pourri la vie comme jamais. Je me suis prise pour l'héroïne du *Domaine des Murmures*, tu sais cette fille au Moyen Âge (1187), emmurée vivante, qui attendait la mort, et que les gens venaient visiter à sa petite lucarne (sa fenestrelle munie de barreaux) en lui filant un bol de soupe pour qu'elle les guérisse ! Oui, parce que les villageois la prenaient pour une sainte !

— Ah ouais, d'accord ! s'exclama Fred, concentré sur son volant.

— Oui, c'était de ce niveau-là !

— Ah, quand même !

— Sauf que les villageois ne m'ont pas prise pour une sainte, je te le dis tout de suite !

Ils éclatèrent de rire ensemble.

— Oh Fred, je me sens mieux ! souffla Aurélie, la tête en arrière, en ouvrant sa fenêtre passager. Rien que de te voir, je revis !

— Putain, mais pourquoi on est restés si longtemps sans se voir ? demanda son frère, en tapant sur le volant de sa caisse de location.

Ils prirent l'autoroute du soleil, s'arrêtèrent dans un beau Mercure, puis dans un Ibis correct près de Lyon. Par la suite, les paysages de Provence commençaient à se montrer et mirent un kilo de miel chaud dans le ventre d'Aurélie. À une station-service, en faisant le plein, Fred rouspéta que ce voyage lui coûtait un bras. Aurélie se remit à rire, sortit de la voiture pour prendre l'air frais et ferma les yeux, accoudée au toit rouge de la Peugeot dans le vent ensoleillé. Dans le supermarché de la station, ils achetèrent de petits sandwichs au pain complet. Assise sur de grands tabourets, face aux baies vitrées, Aurélie fixait l'horizon. À nouveau, l'avenir se manifestait, il était là devant elle et prenait un sens. Fred la regarda, lui sourit tout en lui déposant une petite caresse dans le dos, puis se dirigea vers les grandes machines à café, pour un grand long sans sucre.

Et puis, soudainement : ce fut à ce moment-là que…

Aurélie se leva dans le supermarché de la station-service et commença à se balader…

À ce moment-là qu'Aurélie acheta des journaux *people*. (Oui, elle n'en avait pas vu depuis des mois, à croire qu'elle vivait dans un pays communiste !)

À ce moment-là qu'Aurélie rapporta ses magazines à la table, tandis que Fred buvait son café, à côté.

À ce moment-là qu'Aurélie en ouvrit un, au hasard, et émit un tel cri de douleur que Fred en lâcha son gobelet !

Elle venait de découvrir dans les pages soirées et avant-première de la fin : son tennisman Thomas Vassy collé à la journaliste et écrivain Connie Pinson.

On était repartis pour le *Domaine des Murmures* ! Bienvenu dans la chapelle des emmurées ! (1187 sans Prozac !)

— Mon amoouuuuur ! cria Connie Pinson, juste vêtue d'un bas de maillot de bain, allongée sur la terrasse. Viens voir, *darling* !

— J'arrive, cria Tom, je finis ma séance !

Il faisait du rameur dans sa petite salle de sport. Connie profita de ces quelques minutes de solitude pour rappeler son père et tomba sur son répondeur.

— Papa, j'ai bien eu tes messages où tu me disais : « Ton copain, je le prends quand il veut au tennis. » Ah ah, très drôle ! Derrière, j'entendais tes potes du Racing qui gloussaient comme des dindes, et je te demande d'arrêter avec ça. Non, tu ne joueras pas au tennis avec Tom ! Il a vingt-cinq ans, tu en as bientôt soixante-dix et il fait des services à 211 km/heure, toi à 47 ! Mais qu'est-ce que tu espères ? Tu veux l'humiliation de ta vie ou faire un infarctus sur le court ? Thomas peut te faire avoir les deux sans problème, je te le dis tout de suite ! Alors cesse de m'énerver, la réponse est non. Arrête ou j'appelle Maman !

Il faisait bon ce matin, mais Tom qui sortait, une serviette autour du cou, ne s'attendait pas à voir Connie en monokini dehors, allongée sur un paréo, devant son ordinateur.

— Connie, commença-t-il en vérifiant que ses parents n'étaient pas dans le coin, on n'est pas au mois d'août !

— Chéri, mets-moi de la crème dans le dos. Au contraire, tu n'as pas idée de comment ça tape ! En parlant d'été, je viens de découvrir un hôtel adorable en Toscane. Regarde, chéri...

— Je pensais que tu travaillais...

— Je travaille, évidemment ! Mais je fais des pauses et j'ai encore le droit de regarder des sites d'hôtels sur Internet ! Oh, Tom, j'ai tellement envie de réserver pour nous deux dans cet hôtel charmant, fin juillet...

— Connie, tu n'es pas déjà en train de penser à cet été... pour nous deux ?

— Bien sûr que si ! Qu'est-ce qui m'en empêcherait ?

— Moi !

— Explique-toi.

— Je ne pense pas à partir en vacances avec toi, si tôt... Et puis, en général, l'été je suis chez moi en Normandie...

— Ah non, ne parle plus jamais de cette baraque où tu es allé avec l'autre ! Je n'y foutrai jamais les pieds de ma vie, tu entends ?

— Mais heu... tant mieux. Personne ne te le demande de toute façon...

— Ça suffit Thomas ! À MOI, personne ne me parle comme ça, jamais !

Elle ferma son Mac d'un coup sec, toujours sur le site de supervacances.com, et se releva pour s'enrouler de son paréo, fébrilement...

— Trop c'est trop ! dit-elle en ramassant ordinateur et sac à main, tu es encore méchant avec moi alors que je me montre la plus douce des fiancées !

— Voilà, ce sont les mots que tu utilises Connie ! À chaque fois, c'est la même chose : « Je t'aime, vacances ensemble, fiancée, mon amoooouur et je t'en passe ! »

— Ah d'accord, c'est mon vocabulaire qui te gêne, persifla Connie. C'est vrai que ce n'est pas ton truc !

— Ça veut dire quoi, ça encore ?

— Tu as fini par m'avouer – sous la torture je te l'accorde, quand j'ai menacé de brûler tes Nike et tes raquettes – que l'autre aussi t'avait dit : « Je t'aime... »

— Oui, mais bon...

— Tu ne lui as rien répondu à celle-là quand elle l'a dit ? Hein ? Tu ne lui as pas déclaré subitement : « Ton vocabulaire me dérange ! »

— Non, mais...

— C'est tout ce que je voulais savoir, coupa Connie en balançant ses cheveux en arrière, telle une crinière de lionne, pour faire sa queue-de-cheval à l'aide d'un élastique dans la bouche et sa tête d'Impératrice, le menton en l'air.

— Elle l'a dit dans un moment particulièrement intense...

— Oh, tais-toi Tom ! Tu es sur cette Terre uniquement pour me faire souffrir atrocement.

Elle plaça son Mac dans son sac et fit trois nœuds ultrarapides d'élastique dans ses cheveux.

— Et voilà, ça recommence ! soupira Tom.

— Oui, oui et oui ! cria-t-elle en se dirigeant vers la maison. Je vais me rhabiller et rentrer chez moi ! *Désespoir et Désillusions*, voilà le titre de notre livre !

Furieuse, Connie songea que c'était plus un titre d'essai politique, genre analyse et bilan d'un quinquennat sous la gauche.

Tom resta seul sur sa terrasse, pensif. Lui qui démarrait sa vie de jeune homme séducteur, il pensait déjà avoir causé pas mal de désespoir autour de lui, à vrai dire et sans le vouloir forcément...

« Tu me désespères ! » avait crié Tatiana avec son accent, alors qu'il refusait, sur les conseils de Jacques, qu'elle l'accompagne aux Masters de Paris-Bercy.

« Désespoir » faisait maintenant partie du titre de ses mémoires, selon sa biographe.

Décidément... Et Aurélie ?

Comment allait-elle ? Que faisait-elle ? Où était-elle ? Elle devait être plongée dedans, aussi. C'était certain...

Connie enfila jean et pull dans la salle de bains de Thomas rapidement et de fort mauvaise humeur. Voilà, ah bravo ! Donnez tout à un homme et il n'aura pas plus de considération pour vous que pour une déjection de Rottweiler devant l'arrêt du bus. Elle avait toujours su récupérer le coup jusqu'à présent, mais là : *enough* ! Marre. Elle ouvrit l'armoire de la salle de bains et tomba sur un très beau poudrier Yves Saint Laurent. Elle s'en empara, l'ouvrit, observa la couleur, toucha la texture, oui, il lui plaisait, il était presque neuf. Connie le balança dans son sac. Au moins, elle n'aurait pas tout perdu. Si elle pouvait se dédommager en maquillage haut de gamme, c'était toujours ça !

Elle ouvrit la porte de la salle de bains, mais la referma aussitôt. Le fidèle Max venait d'entrer dans la chambre de Tom avec un colis sous le bras. Connie n'avait aucune envie de taper la converse avec le chauffeur. Néanmoins, elle rouvrit tout doucement la porte pour l'observer. Max déposait un carton près du lit de Tom. Contre toute attente, Max se mit à ouvrir le paquet-cadeau, décollant le chatterton qui l'entourait. Le staff de Thomas était habilité à ouvrir les présents qui arrivaient par la poste, histoire de pouvoir dégager à temps un rat crevé au fond d'une boîte, un petit cercueil en guise de cadeau d'anniversaire, voire même une bombe. Après tout, seule une star a une idée précise du nombre de psychopathes en liberté. Silencieuse dans l'embrasure, Connie observa le vieux Max ouvrir le carton. Il en extirpa une petite statue assise en tailleur, un Bouddha. Max la replaça avec précaution dans son carton et s'empara d'une enveloppe qui était à l'intérieur. Elle n'était pas fermée et Max sortit la lettre, trois feuillets : des pages de cahier. Sûrement une adolescente fan qui n'avait rien trouvé de mieux à faire que de lui écrire pendant son heure de colle. Et qui avait dû piquer une sculpture chez elle pour la lui envoyer et emmerder son père. Dans l'embrasure de la porte, Connie vit Max sourire et reposer la lettre sur le carton qui renfermait le Bouddha. Max sortit de la chambre, le sourire toujours aux lèvres. Connie crut même le voir en train de jeter un regard au ciel et de croiser les doigts. Qu'est-ce que manigançait ce vieux machin ? À peine fut-il parti que Connie ouvrit la porte brutalement et se précipita sur le carton. Elle s'empara de la lettre et lut tout de suite en haut à droite le nom de l'expéditeur. ENCORE ELLE ! Oh, non…

Décidément, elle ne lâchait rien ! Connie commença à lire l'émouvante lettre d'amour et d'explication qu'avait envoyée Aurélie Blenack. (Oui, la petite pute avait signé de son vrai nom pour une fois !) Elle lui racontait ses aventures, le *fake* FB n'était pas de sa faute, c'était son frère et un copain qui avaient eu l'idée, bien sûr ! Au début, elle ne voulait rien entendre à cette histoire mais lorsqu'elle avait commencé à rencontrer les gens « pour de vrai », elle s'était prise au jeu, et nia nia nia, bref au bout du compte l'amour l'attendait et nia nia nia, ah non, mais non ! La narration laissait place à un romantisme gélatineux où Aurélie parlait de son amour, de son manque et de sa souffrance. Connie enrageait, se sentait cramoisie au fur et à mesure des lignes qu'elle dévorait. Non, non et non, ça suffisait ça aussi !

Elle déchira en deux puis en quatre ces pages de littérature dégoulinante et fiévreuse pour les jeter dans la petite poubelle de la salle de bains. Elle revint près du carton contenant la statuette et lui fourra des coups de pied dedans jusqu'à ce que l'emballage et son contenu glissent sous le lit et deviennent invisibles. Voilà, il n'y avait plus rien dans cette chambre et même elle allait partir. Si l'avenir le lui permettait, peut-être qu'elle pourrait revenir embarquer « la chose » dans un sac plus grand et la balancer dans une benne à ordures…

De fort méchante humeur, Connie chaussa ses lunettes de soleil et sortit par la baie vitrée. Elle croisa Tom dans le jardin qui jouait avec un ballon de basket. Elle se dirigea en l'ignorant vers la grille. Thomas l'aperçut, mit son ballon sous le bras, et sautilla derrière elle.

— Tu es sûre que tu n'as pas une autre idée de titre pour notre livre ?

— Je t'ai dit : *Désespoir et Désillusions* ou alors *Mémoires d'un pur trou du cul* ! C'est comme tu veux !

— Bien, je préfère encore le premier, alors...

Connie accéléra le pas pour arriver devant la grille puis, subitement, elle laissa tomber son sac à terre.

— Oh, Tom, pleura-t-elle en se cachant le visage dans les mains.

Elle tomba à genoux :

— Tom, tu me fais tellement mal ! Quelle souffrance !

Ça y est, c'était reparti ! Thomas lâcha son ballon et se précipita à ses côtés pour tomber, à son tour, à genoux dans les graviers :

— Qu'est-ce que tu as ? Allez, Connie regarde-moi, arrête !

— Tom, je t'aime tellement !

— Oui, je sais... Tu me l'as déjà dit... cent fois !

— Tom, pourquoi on se dispute à longueur de temps ?

— Parce qu'on ne s'entend pas, répondit benoîtement le champion.

— Pas du tout, on s'entend très bien ! pesta Connie.

— C'est-à-dire qu'au bout de dix minutes, ça part en vrille à chaque fois !

— Tom, implora-t-elle en relevant vers lui son visage et ses grands yeux mouillés, fais-moi l'amour s'il te plaît, ça me calmerait... Le sexe apaise les tensions que l'amour provoque...

Pour l'instant, Connie avait eu droit à des entretiens, des tête-à-tête, des dîners, des bisous dans les cheveux, des smacks, une pelle, un flirt poussé, notamment après son dîner fiasco où Tom (après s'être un peu attardé) était parti finalement, prétextant que Vincent l'attendait, mais ce fut ce jour-là, sans crier gare, que Connie Pinson obtint enfin ce qu'elle voulait. En plein milieu de journée, elle passa à l'acte ! Certes, dans son esprit, elle était avec Tom depuis la seconde où ils s'étaient rencontrés, mais ce fut ce jour-là, à midi, qu'elle coucha avec lui dans son grand lit, avec la baie vitrée encore ouverte et... sous le sommier, un Bouddha allongé dans un carton défoncé...

Elle prit un plaisir inouï...

Réponse à la question en tête de chapitre : Nicole Kidman, à la sortie du tribunal où venait d'être prononcé son divorce d'avec Tom Cruise.

23

Qui a dit ?

L'amour est l'histoire de la vie des femmes, c'est un épisode dans la vie des hommes.

Aurélie prenait ses marques peu à peu dans la modeste maison de la vieille Mathilde. Elle séjournait maintenant dans le Sud depuis cinq jours. Fred l'avait laissée et avait rendu la voiture de location pour sauter dans l'avion, direction Paris. Il devait redescendre dans dix jours pour voir comment sa sœur allait, car il était parti un peu inquiet. Aurélie, qui sortait tout juste d'un profond spleen, semblait y avoir replongé la tête la première en découvrant la photo de Tom et de Connie.

Quand la garce lui avait raconté au téléphone ce qu'elle vivait avec Tom, Aurélie avait ressenti une émotion effroyable, quelque chose entre la terreur, l'injustice, le mot FIN qu'on plaque sur son bonheur et avait senti son estomac tenter le salto arrière. Elle en avait suffoqué et pensait même s'être évanouie. Marc l'avait réveillée, non pas avec un baiser de prince charmant, mais avec ses deux doigts collés contre sa veine dans le cou. Il vérifiait juste qu'elle n'était pas décédée. Par la suite, Aurélie avait réfléchi, s'était dit que la garce l'avait peut-être fait exprès pour se venger, encore. Elle délirait, inventait, au pire exagérait beaucoup. Aurélie s'était calmée, décidée à ne pas se rendre malade tant qu'elle n'aurait pas de preuve, mais maintenant ? Que penser après avoir vu cette photo ? Était-ce possible qu'il soit passé de la fausse à la vraie Connie sans se poser plus de questions que ça ? Tranquille ? Pourquoi ne parvenait-elle pas à y croire ?

Aurélie s'étira, sortit sur le tout petit balcon de sa chambre et inspira une bouffée d'oxygène avant d'allumer une cigarette. En bas des collines, la Méditerranée s'étendait à perte de vue. Le paysage était splendide et lui procurait un véritable bien-être. Au final, elle était faite pour cette région, les champs de lavande, l'huile d'olive et les cigales. Elle avait eu un peu d'appréhension, le soir de son arrivée quand, plantée dans le salon, elle avait entendu le tic-tac de l'horloge résonner dans toute la pièce et vu la vieille Mathilde qui marchait difficilement avec ses patins. Elle s'était attendue à voir la mort avec sa capuche et sa faux dans un des vieux fauteuils élimés. Et puis non, la vieille Mathilde s'était avérée vivable, en fait. Son petit-fils, qui avait mis l'annonce sur Internet, avait aidé Aurélie à s'installer. La vieille Mathilde était sourde comme un pot, ne désirait guère trop parler et lui préparait de superbes petits déjeuners, le matin, dans le minuscule jardin à l'arrière de la maison, avec un grand bol de café au lait, du vrai sucre, d'énormes tranches de pain moelleuses, encore chaudes, et du beurre salé. Aurélie aidait ensuite Mathilde à faire la vaisselle puis partait pour quarante minutes de jogging, histoire de repérer un peu son nouvel environnement et de brûler ses calories. Quand Mathilde la voyait quitter la maison dans son short moulant, ses baskets roses, sa casquette et ses petits écouteurs dans les oreilles, elle l'applaudissait. Aurélie ne savait pas trop pourquoi, son niveau en course était loin d'être celui de Marie-Jo Pérec, mais c'était devenu un rituel entre les deux femmes. Du petit portail, Aurélie lui faisait au revoir de la main et la vieille Mathilde applaudissait, probablement contente d'avoir une locataire sportive.

Chez lui, Thomas ouvrit la porte du frigo et attrapa un yaourt à la vanille. Il ouvrit un tiroir et se saisit d'une petite cuillère. Il avait passé une sacrée bonne journée. Deux cents abdos, ce matin, suivis d'une séance de rameur. Il était en forme, pas blessé, son corps était parfait pour le prochain tournoi. Tom laissa son esprit dérouler le fil de la journée. D'accord, il ne l'avait pas prévu mais il avait couché avec une Connie, déchaînée… Tempête sous la couette ! Sa mère qui était dans la pièce voisine avait fait comme à son habitude. À chaque fois que Martine entendait des bruits *girly* en provenance de la chambre de son fils adoré, elle mettait le *Boléro* de Ravel à fond. Là, ils l'avaient entendu assez vite et avaient eu droit à la version longue…

Par la suite, Jacques était arrivé, pour un entraînement de quatre heures. D'un regard, il avait fait comprendre à Connie Pinson qui cherchait ses bottines qu'elle n'était plus indispensable dans le paysage. Connie s'était jetée au cou de Tom en guignant sur Jacques, pour l'énerver un peu. Puis, elle avait quitté la maison en haussant les épaules, mais n'avait pas claqué la porte pour une fois, c'était miraculeux. L'entraînement de cet après-midi avait été un bonheur pour Tom. Il ne s'était jamais senti aussi fort, il décollait littéralement de terre en frappant la balle. Jacques s'était montré super enthousiaste, le poussant, l'encourageant, l'invectivant, hurlant des : « C'est beau, ça ! »

Tom s'adossa à la machine à laver la vaisselle et savoura son yaourt en silence dans la cuisine. Il ne put s'empêcher de repenser au corps de Connie. À cet embrasement inopiné au milieu de la journée. Son « Fais-moi l'amour, s'il te plaît » l'avait rendu fou, peut-être parce que c'était la première fois qu'il l'entendait dans sa jeune vie. Comment s'y prenait-elle pour l'exciter autant ? Pour l'horripiler autant la minute d'après ? À vrai dire, Thomas tentait aussi de ne pas (trop) culpabiliser. Premièrement, parce que Connie lui faisait vivre tous les inconvénients du couple : disputes, cris, larmes, tornades et réconciliations comme s'ils vivaient ensemble depuis des lustres ! Au final, Tom s'était dit que ça ne serait pas mal qu'il ait quelques avantages à cette vie conjugale imposée subrepticement par le ciel et le culot de cette fille, donc pas de regret...

Les seuls regrets qu'il pouvait avoir concernaient Aurélie. Mais, comme le répétait sa « fiancée caractérielle », Aurélie l'avait trahi, et elle s'était enfuie sous la honte et les opprobres, Dieu merci ! Tom laissa ce doux visage s'éloigner de son imaginaire, il était peut-être temps de le laisser partir, à présent. Ne plus penser à cette histoire. Il avait la vraie dorénavant, dans son lit et à ses pieds. Il était inutile de s'encombrer de cette tristesse et de cette amertume qui le prenaient à la gorge quand il ouvrait un œil, chaque matin. Il se réveillait en pensant à elle, s'endormait en pensant à elle. Il entendait sa voix si douce, son rire, la façon dont elle avait embrassé son poney, dont elle finissait ses phrases, son écoute, sa gentillesse à l'épreuve du monde... Un leurre tout ça, probablement. Coucher avec Connie allait l'aider à oublier petit à petit. Il le fallait bien, de toute façon. Tom se redressa, appuya sur la pédale de la poubelle et balança son pot de yaourt à l'intérieur. Il jeta la petite cuillère dans l'évier et éteignit la lumière de la cuisine.

À peine eut-il fait trois pas dans la pénombre du salon qu'il se heurta à Max.

— Qu'est-ce que tu fais là ? sursauta Tom.

— Je cherche des piles pour la lampe torche de la voiture.

— C'est dans le placard de l'entrée, répondit Tom. Il y a plein d'ampoules, de piles et tout un tas de trucs...

Tom ralluma les lumières et accompagna son vieil ami. Max se mit en quête de son bonheur dans le placard et le trouva rapidement. Il se retourna et surprit le regard baissé de Tom, en pleine réflexion, sur le sol.

— Ça va ?

— Oui, oui, je suis un peu fatigué.

— Tu as l'air si triste.

— Non, enfin, oui, ça dépend… Je ne suis pas triste, Maxou. Je suis, comme on dit, un peu perplexe. Je me pose des questions, c'est tout…

Max était bien entendu au courant de toute l'histoire. Sébastien, le père de Tom, la lui racontait en boucle tous les matins.

— Tu te poses des questions à cause du cadeau, c'est ça ?

— Quel cadeau ?

— Je m'attendais à te voir plus heureux !

— Pourquoi ?

— À cause du cadeau !

— Quel cadeau ?

— Tu as bien reçu ton cadeau ?

— Mais quel cadeau ?

— Je l'ai déposé dans ta chambre contre le mur.

— Mais de quoi tu parles, Max ?

Les deux hommes se regardèrent dans les yeux puis se précipitèrent ensemble dans la chambre de Tom.

Ils entrèrent tous deux et s'arrêtèrent près la porte. Le lit de Tom était toujours défait depuis l'opération tempête sous la couette de midi quinze.

— Je l'avais mis là ! s'écria Max en fixant le mur face au lit.

Thomas commença à fureter partout.

— C'était quoi ?

— Un beau carton…

— Grand comment ? demanda Tom en ouvrant les portes de son dressing.

— Assez grand. Tom ?

— Quoi ?

— Ça venait de Mlle Aurélie !

— Quoi ?

Tom s'arrêta net de chercher.

— Tu as vu ce que c'était ?

— Oui. Mais je voulais te faire la surprise. Que tu le découvres par toi-même ! Il y avait une belle lettre avec.

— Ce n'est pas vrai !

Ce coup-ci, Tom commença à s'impatienter et à tourner en rond dans sa chambre en soulevant tout ! À le voir mettre sa chambre sens dessus dessous, Max songea que l'histoire n'était pas aussi terminée qu'on voulait bien le raconter.

— C'est pas vrai bordel ! Mais c'est où ?

Max l'aida à chercher. Tom se prit les cheveux, subitement.

— Connie est venue ici. Elle a dû le voir. J'ose pas imaginer ce qu'elle en a fait !

— Ce qu'il y avait dans le carton ne peut pas disparaître comme ça !

— Mais c'était quoi, bordel ?

Tom redressa un pan de la couette qui tombait à terre et s'assit sur le lit en se massant le front.

— Alors comme ça, elle m'a envoyé quelque chose et je ne sais même pas quoi ! Je vais devenir dingue. C'est l'autre qui me rend dingue, aussi. Connie, cette salope !

Max s'assit à ses côtés et lui passa un bras autour des épaules.

— Ça va aller...

— C'était quoi Max ? Il est probable que si Connie l'a vu, elle l'ait embarqué...

— C'était un... commença Max.

Subitement, dans le miroir de l'armoire en face d'eux, Max aperçut un bout de chatterton répandu au sol, sous le lit. Il tendit le doigt vers le miroir :

— Tom ?

— Quoi ?

— Regarde sous le lit !

Tom bondit et se mit à genoux à terre pour regarder. Il tira le carton qu'il dénicha par le bout de chatterton et le ramena devant lui. Dans le carton cabossé, il découvrit avec stupeur un beau petit Bouddha.

— Oh non, lâcha Tom bouleversé.

Il prit le Bouddha dans ses bras et ferma les yeux.

— Il y avait une lettre avec ! se releva Max, décidé à continuer les fouilles.

Max se mit à chercher tout en réfléchissant. Que fait une fille amoureuse quand elle tombe sur la lettre d'une autre amoureuse ? Il y a de grandes chances qu'elle la balance à la poubelle ! C'est en provenance de la salle de bains que Tom entendit :

— Je crois que je l'ai !

Tom se précipita avec son Bouddha dans les bras. Max récupérait les morceaux des feuilles déchirées dans la petite poubelle.

— La mauvaise nouvelle, c'est qu'elle a déchiré la lettre…

— Tu crois qu'on peut les recoller ?

— Peut-être. Ce doit être faisable. Heureusement, elle n'en a pas fait des confettis

— Max, on va essayer de recoller les morceaux. Dans le bureau de mon père, il y a du scotch, des ciseaux, de la colle, tout ce qu'on veut. Il faut absolument que je lise cette lettre !

— D'accord.

En silence, Max, Tom et le petit Bouddha montèrent à l'étage dans le bureau de Sébastien. Une fois arrivés, Max alluma la petite lumière du bureau et s'installa dans le fauteuil. Il étala les lambeaux de papier face à lui et, à l'aide d'une loupe, se mit en quête de reconstituer le puzzle.

— Je crois que j'ai la première page, annonça Max.

Tom se pencha pour observer, le petit Bouddha toujours dans ses bras qu'il câlinait comme un bébé.

— OK, il faut la recoller.

Max posa un coupe-papier et un pot à crayons sur les hauts et bas des morceaux pour les tenir bien droit. Il s'empara du scotch transparent qu'il coupa avec les dents et entreprit de rafistoler les bouts de pages déchiquetées.

— Elle les a déchirées en quatre, ça devrait aller, commenta Max, concentré sur son travail.

— Quelle salope !

Autour de lui, Tom faisait les cent pas avec son bébé dans les bras. Une grande croix de scotch plus tard et la lettre était réparée. Max la tendit à Tom et s'occupa de la suivante.

Tom s'arrêta de gigoter pour lire. Il apprit ainsi que son absence pour Aurélie, « était une douleur pire qu'un poignard dans le cœur, quand renouerait-elle avec le bonheur ? Dormirait-elle un jour de nouveau dans ses bras... », etc. Puis, elle lui racontait le déroulement des événements avec simplicité et quelques touches d'humour. Sensible aux déclarations bien tournées, Tom sentit sa gorge se serrer. Max lui tendit la seconde lettre rafistolée. Une seconde page où Aurélie expliquait qu'elle n'arrivait pas à la tourner. Tom la hantait : « T'aimer est devenu une torture, la mort me serait moins dure. Je n'ose rêver d'une seconde chance, je ne vois pas pourquoi la vie me l'accorderait, etc. » La respiration de Tom s'accéléra. Max lui tendit la troisième page retapée. La dernière, où Aurélie racontait que cette « sensation soudaine d'affection, d'amour pur et sans conditions » pour lui, Tom, son héros, était bel et bien réelle... Tout dans son histoire était VRAI, en dehors du CV qui appartenait à l'autre, mais sinon... Après l'avoir quitté, une telle douleur l'avait possédée qu'elle ne pouvait plus rester chez elle. Son frère était venu la chercher pour l'emmener près de Nice où il lui avait trouvé un petit logement pour « revenir à la vie ». Elle avait quitté Marc. Pour toujours. Dans le Sud, elle espérait se reconstruire, respirer et vivre tout simplement...

« Tom, tu es chaque seconde avec moi dans mon esprit et je suis si bien avec toi, tes bras m'attirent et mes lèvres n'ont de sens que pour embrasser les tiennes. S'il faut des mots doux pour l'amour, je les poserai sur un nuage et où que tu sois, mon amour, le vent te les soufflera, chaque jour... »

Tom lâcha la lettre et étouffa un sanglot. La jeunesse n'échappe pas au romantisme. Il s'agrippa au bureau et renversa la lampe, qu'il redressa prestement. Max respecta son émotion en silence. Tom essuya son œil rapidement et plia la dernière feuille avec les autres en reniflant, puis les glissa dans la poche arrière de son jean. Il déposa une bise sur la joue de son petit Bouddha, toujours assis en tailleur dans ses bras quand subitement la porte du bureau s'ouvrit et Sébastien, le *padre*, fit irruption en nouant la ceinture de sa robe de chambre à la Sacha Guitry.

— Qu'est-ce que vous faites là ? demanda-t-il.

— Rien, on avait besoin du scotch pour recoller une lettre, expliqua Tom.

Max se leva précipitamment et remit le bureau en ordre. Sébastien s'avança vers son fils et le regarda de haut en bas :

— Qu'est-ce que c'est que ce machin ? dit-il en chaussant les lunettes sorties de sa poche.

— C'est mon Bouddha !

— Ça vient d'où ?

— C'est Aurélie qui me l'a offert !

— Encore elle ! Il ne lui suffit pas le dîner que je lui ai organisé ? Elle en veut d'autres ?

— Non, arrête Papa ! C'est une fille adorable et tu ne la connais pas.

— Il paraît que tu passes ta vie avec l'autre, la vraie journaliste, en ce moment ? C'est elle qui a bouffé mon caviar ?

— Oui. Mais elle est caractérielle, un peu folle, et méchante par moments. Elle a déchiré la lettre d'Aurélie et caché le Bouddha sous le lit pour pas que je l'aie !

— Oui, oh elle n'était pas si méchante que ça, ce midi ? Hein, mon garçon ? Tu crois que ta mère ne me raconte pas tes exploits ?

Il lui envoya une petite tape en haut du front et une mèche de Tom partit sur le côté comme par un coup de vent. Tom se sentit rougir.

— Allez, file dans ta chambre ! Max aussi, allez-y.

— Oui, monsieur.

Les deux filèrent dans les escaliers comme des collégiens, sortant du bureau du proviseur. Quand est-ce que son père allait comprendre qu'il n'avait plus quatorze ans ? Une fois en bas, Tom se retourna vers Max et lui prit le bras.

— Max, dans sa lettre, Aurélie me dit qu'elle part à Nice pour tout le mois !

Tom laissa passer un silence avant de reprendre :

— Tu penses à ce que je pense ?

Max l'observa et subitement, son œil s'éclaira :

— Le tournoi de Nice dans dix jours ?

Réponse à la question en tête de chapitre : Mme de Staël.

24

Qui a dit ?

Le sport est bien une affaire de frissons.

Une affaire de frissons, oui, et une évasion complète de la vie.

Ce matin, Aurélie partit faire le marché avec la vieille Mathilde qui avait promis de faire la meilleure ratatouille du Sud si elle l'aidait à porter les légumes. Aurélie avait accepté, enthousiaste. Certes, depuis sa lettre, elle se sentait mieux, moins paria. Elle s'était expliquée, avait mis les choses à plat, maintenant advienne...

Elle ne s'attendait pas à une réponse, pas forcément. Une lettre d'amour c'est toujours une bouteille à la mer. Elle peut bouleverser ou faire ricaner, elle peut finir dans un cadre ou sous des épluchures de pommes de terre. Elle peut aussi rendre perplexe ou un peu triste si elle s'avère inutile, si l'amour est bel et bien passé du côté du destinataire. Quoi qu'il en soit, elle ne nécessite pas une réponse obligatoire, un appel de votre part dans les plus brefs délais, contrairement aux lettres de votre conseiller financier.

Ainsi, c'est au marché provençal et bio, devant l'étal de beaux poivrons qu'Aurélie soupesait et commentait avec sa logeuse, qu'elle entendit subitement les deux petites notes annonçant un texto. Elle s'empara de son portable dans le panier en osier, et tomba en arrêt, évitant de peu les pommes, en découvrant ce qu'il y avait écrit sur son écran : *La famille Vassy souhaiterait vous faire parvenir des places pour l'OPEN NICE CÔTE D'AZUR. Merci de nous envoyer votre adresse à Nice.*

Point barre. Rien d'autre. Inouï. Ce tournoi, il est vrai, commençait à être annoncé partout dans la ville. Aurélie souffla et respira un grand coup. Ce n'était pas le numéro de Tom. Probablement quelqu'un de son équipe. Pas Vincent, l'agent, oh celui-là il n'avait pas moufté lors du dîner de l'humiliation. Michel, le préparateur physique ? Peut-être, c'était une possibilité. L'idée de retomber nez à nez avec Sébastien, le *padre*, lui procura comme un vertige, une petite suée. Oui, mais se rendre à l'Open de Nice, c'était voir Thomas. Le voir jouer ! Le revoir, lui. Finalement, la lettre et le Bouddha avaient porté leurs fruits. La famille voulait l'inviter, elle ? Elle n'en revenait pas !

Mathilde n'avait pas assez de monnaie pour les poivrons, Aurélie lâcha le portable pour partir à la recherche de son porte-monnaie. Elle se jeta au cou de la vieille Mathilde pour l'embrasser. La vieille Mathilde annonça au maraîcher qu'elle ne voulait pas d'autre locataire qu'Aurélie. Elle avait trouvé la perle !

Dans les Yvelines :

— Comment ça, tu pars à Nice ? s'écria Connie Pinson au téléphone.

— Oui, c'est un tournoi qu'on fait chaque année, répondit Tom.

— Merci, je suis au courant de tes tournois ! le coupa Connie.

— J'en fais aux quatre coins de la France à longueur de temps…

— Je sais ! rugit Connie.

Écrivant sur un tennisman français, elle avait eu en main la liste de tous les tournois hexagonaux. Elle préférait les internationaux, les grands chelems, les tournois où les Français avaient une chance d'affronter les quatre premiers mondiaux, le carré magique, et de se retrouver dans le même état moral qu'un habitant de Floride après le cyclone de septembre.

— Je viens avec toi ! cria Connie au téléphone.

— Oh, Connie...

— J'ai envie d'aller à Nice !

— Ah bon, répondit Tom, éteint.

Il faillit lui raconter pour la lettre et le cadeau, mais il préféra taire cette histoire. Il se la gardait comme ultime cartouche.

— Oui, chéri, laisse-moi venir avec toi ! reprit-elle. On ne s'est pas vus de la semaine.

— Entraînement intensif.

— Tu parles ! J'ai eu Michel au téléphone hier, vous avez joué à des jeux vidéo sur la Xbox toute la journée !

— Il pleuvait ! rétorqua Tom, agacé.

— Mon amour, je veux te voir en tournoi. Je dois te voir en *live* pour...

— Écoute Connie, c'est non. J'ai besoin de rester concentré...

— Quoi ? mugit-elle, tu te rends compte de ce que...

— Je dois y aller. À plus...

Thomas raccrocha sèchement et soupira. Oh, il allait le payer mais hors de question qu'elle le colle jusqu'à Nice. Il sortit par les baies vitrées de la maison pour se diriger vers son court. Jacques était en train de palper les balles jaunes sur la terre battue et lui fit signe de se dépêcher.

« Non, Connie, pensa Tom, tu me rends dingue, t'es en train de me refiler tes névroses comme des bactéries. »

Thomas s'empara de son bandeau pour le remettre correctement sur son front. Il était en tenue et se dirigea vers son court au petit trot en songeant au paradoxe des deux Connie.

Il était drôle de constater que la fausse Connie paraissait sincère sur bien des plans et que la vraie Connie paraissait totalement fausse dans ses envolées lyriques, ses cris, larmes et réconciliations. Pourquoi les femmes sont-elles si complexes ?

En arrivant sur son court et en sautant sur place, Tom mima les gestes de coups droits et revers. Quoi qu'il en soit, il avait couché avec les deux. La testostérone revenait au galop. Il se mit à respirer plus fort puis, subitement, il poussa un hurlement de bête sur le court. Derrière le filet, Jacques s'arrêta net. Oh, il aimait son poulain quand il évacuait sa rage. Il le préférait ainsi, à l'instar de certains matins où il traînait les pieds. Tom avait fait quart de finaliste, l'année dernière à Nice, mais, cette année, il pouvait aller plus haut, pensa Jacques, les matchs allaient être formidables.

Thomas écarta les bras en croix, serra les deux poings et continua son hurlement de bête, la tête penchée en arrière, le cri montant vers le ciel. En le regardant sur le banc, Michel, qui lui déposait ses petites bouteilles d'eau, se demanda s'il n'était pas le temps de prévenir les bookmakers ! Il était au taquet cette année ! *LA BESTIA* était de sortie.

NICE. TOURNOI ATP 250. SIMPLE MESSIEURS.

Dans l'hôtel très moderne où le clan Vassy séjournait, Jacques terminait son débriefing post-match pendant que Michel, au-dessus de la table de massage, était en plein pétrissage d'adducteurs. Leur poulain venait juste de gagner son premier match. 6/4, 6/3. Il avait fait sa séance d'autographes et avait même échangé quelques balles avec des jeunes des cours de tennis de la région.

— Mais attention, fais gaffe ! cria Jacques, c'est au moment où tu te crois tiré d'affaire que la catastrophe arrive ! Tout peut arriver au tennis tant que le set n'est pas terminé.

— Si tu ne m'as pas dit ça cent fois, tu ne me l'as pas dit une fois, grimaça Tom tandis que Michel appuyait fortement au niveau des ischio-jambiers à l'arrière des cuisses.

Dans la pièce d'à côté, Lila l'attachée de presse, descendue elle aussi comme à chaque tournoi, mettait en place l'agenda d'interviews de Tom et parlait au téléphone avec un journaliste de Sport Plus. Max et Thomas avaient mis Lila dans la confidence en ce qui concernait Aurélie. Tom tenait absolument à l'inviter, à la revoir, et Lila avait trouvé l'idée excellente. Elle détestait la vraie Connie, la façon dont elle s'était imposée, et n'arrivait pas vraiment à envisager Aurélie comme un imposteur puisqu'elle avait débarqué afin de l'interviewer pour *Stars et Actus* et qu'au final, l'interview s'y trouvait réellement, donc... En outre, elle s'était très bien entendue avec cette petite, contrairement à l'autre, la vraie, qui la considérait comme une employée de maison.

Quand Thomas ouvrit la porte de sa chambre en peignoir, Lila raccrocha et balança son portable sur le dessus-de-lit.

— C'était beau cet après-midi ! s'exclama-t-elle.

Lila n'avait pas eu le temps de le féliciter depuis qu'ils étaient rentrés à l'hôtel.

— Merci, répondit Thomas en s'asseyant dans un des deux fauteuils.

— Je suis fière de toi. *Nice Matin* demain, dix heures, mon chaton !

— D'accord. Dis-moi, tu as bien l'adresse d'Aurélie ?

— Oui. Elle l'a renvoyée par texto sur le portable de Max, j'ai tout noté. Elle n'est vraiment pas loin, tu sais ? Elle est dans un petit village un peu médiéval dans les hauteurs. Je m'occupe des places, Tom, tu veux l'inviter quand ?

— En fait, le temps de prendre mes marques, de m'habituer, je voulais pas non plus la faire venir tout de suite, mais quand ça va commencer à être intéressant, tu vois ? Quand il y aura un bon enjeu...

— Oui, enfin ne tarde pas trop longtemps. Si tu te fais dégager, t'auras pu qu'à plier bagage et à rentrer...

— Merci !

— Non, mais je suis sûre que tu vas aller haut, mais ne tarde pas trop...

— Merci !

— Non, ce n'est pas ce que je voulais dire, mais comme tu sais, ce tournoi ne dure pas très longtemps. T'attends quoi ? Le quart, la demi-finale ?

— Voilà ouais... minimum...

— Dis-moi et j'envoie quelqu'un déposer les places chez elle... Tu ne l'as pas appelée ?

— Non, pas encore. J'en rêve, Lila.

— Fais-le.

— Non, je reste concentré, pour l'instant. J'attends de la voir dans les gradins et après on verra...

Subitement, Lila et Tom interrompirent leur conversation en entendant que l'on tambourinait à la porte. Ils se regardèrent étonnés :

— Ce n'est pas moi, chuchota Lila. Je n'ai pas fait venir de journalistes à cette heure-là, je te jure !

Tom se leva, traversa le salon et alla ouvrir la porte de sa suite.

Il tomba nez à nez avec...

— Mon amooooouuur ! Je suis venue finalement ! Je sais que tu m'avais dit non, mais prenant un peu d'initiative comme j'en suis capable, je me suis dit qu'en tant que petite amie, il était indispensable que je vienne te soutenir dans cette épreuve...

— Ce n'est pas une épreuve, Connie ! C'est un de mes tournois préférés ! Effectivement, je t'avais dit NON ! Et quand je dis non, c'est...

— Tu ne le pensais pas, chéri !

— Mais si !

— Mais non, *darling* ! Où est notre chambre ? Tu ne vas pas me laisser dans le couloir avec ma valise ?

— Putain, je rêve !

— Oui, chéri, tu rêves ! Et oups dans tes rêves ta fiancée arrive ! Et oups me voilà !

— Putain, j'hallucine !

— Oui, mon cœur, tu hallucines, et dans tes hallucinations ta fiancée arrive ! Et oups me voilà !

— Ce n'est pas vrai !

Connie l'écarta pour entrer dans la suite.

— C'est bien mignon ici, dit-elle en étudiant la suite, du plafond à la moquette.

— Connie, je n'en peux plus…

— De quoi ?

— De toi !

— Mais non !

— Mais si, tes envolées, tes cris, tes larmes et nos réconciliations, je ne peux plus ! Tu as une passion pour le conflit, tu es obsédée par la tragédie ! proféra Tom.

— Mais non, pas du tout ! s'offusqua Connie.

— Comment s'appellent tes chattes déjà ?

— Antigone et Iphigénie.

— Oh, Connie…

— Bon et alors ? Quand bien même ? Je ne vois pas où est le problème ?

— Connie. J'ai besoin d'être zen, j'ai besoin de mon bouddhisme, j'ai besoin de bonté et d'intelligence autour de moi, rien de plus. Tu comprends ça ? Pour vivre autour de moi, il me faut de la bonté, de l'intelligence et de l'humour !

— C'est parfait ! J'ai les trois ! Que dis-je ? Je suis l'incarnation des trois.

Tom resta muet avant de reprendre.

— Et surtout, Connie, il me faut du silence et de la solitude quand je le demande, quand j'ai besoin de me concentrer !

— Tu l'auras, bien sûr...
— Avec toi ?

Dans la chambre voisine, Lila, l'oreille collée contre la porte, songea qu'il était peut-être temps de mettre un terme à cette purge. Elle ouvrit la porte, sûre d'elle, et se dirigea vers le bar du salon. Connie parut stupéfaite en la découvrant traverser l'espace :

— Tiens, vous êtes là, vous ? lui dit-elle.

— Oui, ma chère, renseignez-vous sur les tennismen ! En général, leur attachée de presse est souvent là sur les tournois !

— Merci, pauvre truffe, je le sais !

— Personne ne vous a invitée ? Que nous vaut cet honneur ? demanda Lila.

— Chéri, dis à cette insolente de me parler sur un autre ton ! ordonna Athénaïs de Montespan à Louis XIV.

Silence. Plus personne ne dirige quoi que ce soit à Versailles.

— Je vais me faire un petit Bloody Mary, reprit Lila-rebelle en passant derrière le bar du salon. Ça ne t'ennuie pas, Tom ?

— Fais comme chez toi, répondit le champion.

En entendant le nom de son cocktail préféré, Connie sentit ses papilles se dessécher. Elle aurait bien aimé un petit Bloody, elle aussi, mais elle avait autre chose à demander :

— Thomas, notre chambre, s'il te plaît ? s'enquit Connie, droite comme un piquet, les bras croisés.

Tom lui ouvrit la porte de sa chambre. Connie ne put s'empêcher d'adresser un regard triomphant vers Lila avant de s'éclipser. Tom revint vers Lila qui vidait une bouteille de jus de tomate dans son verre.

— Quel culot, c'est invraisemblable ! Tu ne vas pas dormir avec elle ! s'écria l'attachée de presse.

— Lilou, murmura Tom, ça ne change rien du tout. Rien à ce qu'on s'est dit tout à l'heure...

— Mais arrête, Tom ! Comment tu supportes cette fille ?

— Je ne la supporte pas... C'est compliqué.

— Fous-moi la paix avec tes : « C'est compliqué ! » On croirait entendre mon ex-mari !

— Ça l'est !

— Mais non, ça ne l'est pas, Thomas. Si c'est l'autre que tu aimes, alors dis-le. Point barre ! En plus, la dernière fois, tu m'as dit qu'il ne s'était rien passé entre vous...

— Oui, heu. Il s'est passé depuis...

— Oh, Thomas...

— Oui. Je sais.

— *Fuck !* s'exclama Lila.

— Tu peux le dire, avoua Tom.

Dans le petit village des hauteurs de Nice, les jours passaient tranquillement certes, mais Aurélie n'avait guère de nouvelles de la famille de Tom ni du tournoi de Nice, bien entamé maintenant. Son cœur avait failli exploser dans sa poitrine quand elle avait reçu le texto et depuis plus rien. Ce n'était pas possible, ces gens-là n'étaient pas assez méchants pour lui faire croire qu'ils allaient renouer avec elle et la laisser sans nouvelles. Si c'était une nouvelle tactique pour la faire souffrir, c'était vraiment très cruel.

Dans la ville, le tournoi se déroulait on ne peut mieux pour la *team* de Thomas. Il avait remporté son quart de finale en sachant faire des points aux moments critiques et avait bataillé sévère pour garder son service. Au deuxième set, il n'avait cessé de pilonner le revers de son adversaire, shooté à l'adrénaline, à la tension et à l'énervement que lui inspirait la présence de Connie. Quand son regard tombait sur elle dans les gradins, elle bavardait avec sa voisine. Connie avait un don pour se trouver une nouvelle copine avec qui papoter pendant deux heures dix-sept. Il y avait de quoi rester humble avec une petite amie comme celle-là. Tom gardait à la fois l'humilité et la rage. Après les matchs, c'était l'explosion de joie, tout le monde lui sautait au cou pour le féliciter, il tenait le bon bout, il pouvait gagner tout le monde le disait. Sauf...

— Encore heureux, commentait Connie, qu'il n'y a pas les Espagnols cette année ! Eux ne se fatiguent pas avec ce genre de tournoi juste avant Roland Garros...

— C'est justement le meilleur entraînement qui soit avant Roland Garros ! avait bondi Jacques, juste derrière elle. Dis-moi, Connie, c'est le diminutif de connasse ?

— De Corinne.

— Étonnant !

Lila harcelait Tom :

— Qu'est-ce qu'on fait pour Aurélie ? On ne peut pas lui dire qu'on va l'inviter pour, au final, la laisser tomber...

— Je n'ai aucune envie qu'elle croise Connie. Cette fille est une reine de la tragédie absurde. Il va y avoir double drame. Je n'ai pas besoin de ça en plus, pas en ce moment...

Dans les vestiaires, les joueurs français commençaient à glousser un peu sur la différence d'âge entre Thomas et sa cougar journaliste. On lui demandait où était passée Tatiana, Tom mimait une sorte de fumée avec sa main. Il ne s'attardait pas. La plupart des sportifs avaient des vies stables, des fiancées officielles ou des épouses, il n'empêche que Tom savait qu'Untel sortait avec une mineure, ou qu'Untel faisait monter des fans dans sa chambre d'hôtel, voire des fans tarifées, ils avaient tous fait quelques bêtises en raison du succès ou de tout ce qui leur était monté à la tête. Pas autant que chez les footballeurs, mais quand même. Quoi qu'il en soit, les pires rumeurs, les pires réputations tournaient toujours autour des soupçons de dopage. Pas autant que chez les cyclistes, mais quand même...

Oui, au départ, Tom ne voulait pas d'une seconde amoureuse dans les gradins, mais... s'il remporta la demi-finale, il remarqua néanmoins, pendant le match, Connie en train de :

– bronzer, la tête renversée en arrière (pendant les quatre premiers jeux du premier set) ;

– s'éventer avec le programme d'un air las tout en bâillant, alors que tous les Niçois encourageaient Tom debout et vociféraient le poing serré (pendant le deuxième set qu'il a perdu) ;

– étudier ses ongles de pieds à travers ses sandales (s'ensuivit une double faute au troisième set) ;

– partir aux toilettes (en plein suspense : un set partout, deux jeux partout dans le troisième) ;

– sortir sa trousse de maquillage et comparer son Rimmel avec celui de sa voisine (alors qu'il était en train de réussir à faire le break).

À la toute fin du match, il agrippa Lila, en sueur, et lui déclara :

— Va chercher Aurélie. Je veux qu'elle soit là pour ma finale !

— Ah, tout de même ! cria Lila, en serrant le poing.

Réponse à la question en tête de chapitre : Jean Dion (chroniqueur sportif).

25

Qui a dit ?

Ne cherche pas le chemin du bonheur
car le bonheur c'est le chemin.

Enfin un signe. Un trésor. Une place pour la finale dans la boîte aux lettres de Mathilde (qui représentait un petit moulin en bois). Après avoir traîné dans Nice à vélo sur la place Massena où certaines stars faisaient ce qu'on appelait du *street tennis* devant les foules, après avoir tourné autour du stade, du club de tennis LTC, ou de l'avenue Suzanne-Lenglen dans l'espoir de l'apercevoir, elle avait enfin une place officielle. Ouf, ils avaient attendu le dernier moment, certes, mais ils avaient tenu parole. Toute la semaine, Aurélie s'était fait violence pour ne pas appeler le numéro qui l'avait textotée et surtout ne pas répondre à son tour en SMS : *Merci cher ami pour l'OPEN DE NICE, mais pourriez-vous me préciser l'année ?*

Le fameux jour de la finale, elle prit place dans les fauteuils bleus pour la finale de l'Open de Nice. Son cœur battait comme si elle était en train de la jouer. Elle n'était pas placée à côté de la famille. Géographiquement, elle était située en face de l'arbitre, dans les gradins, qui commençaient à se remplir sérieusement. Jamais place ne lui parut plus belle. Aurélie était en train d'éteindre son portable quand elle reconnut Lila qui s'avançait vers elle :

— Ouf, tu es là ! s'écria-t-elle en prenant place dans le siège voisin.

— Oh ! Je suis désolée, Lila. J'espère que tu ne m'en veux pas. Je voulais tout t'expliquer, tu sais...

— Oui, je sais. En tout cas, ce n'était pas mal fait. Impossible à déceler. On n'y a vu que du feu. Je me rappelle le soir où t'es venue dîner, ton monologue sur Napoléon, pour nous expliquer qu'il avait un traître autour de la table, en plus !

— Et c'était moi...

— Immense ! Mais c'était impossible à imaginer. Tu étais là, toute mignonne avec ton petit côté érudit, genre petit rat de bibliothèque. Tu fais quoi, en vrai ?

— Ben, je bossais dans une bibliothèque.

— Ce n'est pas vrai ?

— Je te jure !

Lila éclata de rire. Aurélie fut contaminée aussitôt et se mit à rire avec elle.

— Je l'ai perdu, mon boulot. C'est à cause de ça que tout a commencé. Il fallait absolument que je m'en retrouve un, quitte à m'en inventer un. Le problème c'est qu'il était déjà pris. Tu peux me le dire, Lila : ils sont vraiment ensemble ? Tom et la vraie Connie ?

— Heu... C'est compliqué. Disons qu'elle a réussi à choper Tom quand il était en état de faiblesse, au moment où il avait été trahi par une fille qu'il aimait...

— Arrête ! cria Aurélie.

— D'accord ! Bon, pour rien te cacher, Connie est là...

— Quoi, ici ?

— Oui, juste en face. On ne t'a pas prévenue plus tôt parce qu'elle s'est pointée sans être invitée au début du tournoi, et Tom ne voulait pas que l'« on maltraite son ascendant mental », mais maintenant... En revanche elle, elle ne sait pas que tu es là. Aurélie, il faut que je retourne à ma place, je te laisse, ça va commencer, on se voit après ?

Lila se releva pour retourner vers sa place, dans le coin famille-entraîneurs.

Quelques minutes plus tard, Aurélie vit son héros arriver dans l'arène, sac de raquettes à l'épaule, tee-shirt vert et long short blanc sous les acclamations du public. Aurélie se leva, elle aussi, pour applaudir. Son regard balaya la foule et elle aperçut Connie dans les gradins d'en face. Bandeau noir retenant ses cheveux noirs, lunettes noires, on aurait dit un corbeau. Aurélie avait du mal à détacher son regard de ce point noir dans la foule, de ce point noir dans sa vie.

L'adversaire de Tom était tchèque, moins bien classé que lui et le premier set fut remporté par le Français grâce à un enchaînement de retours coupés d'une précision mortelle (6/2), mais, dans la deuxième manche, son adversaire sut trouver les ressources nécessaires pour se ressaisir et le second set se prolongea jusqu'au tie-break, il fut remporté par le Tchèque grâce à un amorti sublime que Thomas tenta d'aller chercher mais ne trouva que le sol, suite à une glissade impressionnante. Si « mordre la poussière » est une expression pas très propre au sens figuré, elle est encore plus sale au sens propre. Thomas se releva en s'essuyant la bouche, il avait de la terre battue jusque dans les cheveux. Le short blanc était maintenant rouge orangé. Il adressa un signe à Jacques pour lui dire de ne pas s'inquiéter, il s'était tordu la cheville mais il pouvait continuer, ce n'était pas une entorse. Connie, qui s'était fait recadrer par Jacques pour son comportement, ainsi qu'Aurélie s'étaient levées brusquement au moment où Tom était tombé ; comme deux épouses inquiètes, une de chaque côté du court. (7/6) Un set partout à présent.

Les deux joueurs allèrent s'asseoir quelques minutes. Thomas s'essuya avec une serviette, s'empara de sa bouteille d'eau et Aurélie vit qu'il la cherchait enfin. Son regard tomba sur elle, impassible, il but une gorgée d'eau en continuant de la fixer. À vrai dire, on ne savait pas trop s'il fixait quelqu'un ou quelque chose ou s'il réfléchissait, le regard perdu à l'horizon...

Non, il l'avait vue, elle en était sûre. Reprise. Les jeux défilèrent, un partout puis deux jeux partout puis trois, Tom n'arrivait pas à faire le break en raison de fautes directes. Puis, grâce à une bonne montée au filet suivi d'un coup droit digne d'un coup de fusil, il y parvint. (4/3) Tom se mit à attaquer toutes les balles. Jeu blanc à 5/3. Son adversaire n'était pas décidé à le laisser s'échapper si facilement. À égalité dans le jeu suivant, il ressortit son fameux amorti, et Tom n'essaya même pas de le relever. Le Tchèque revint à quatre jeux à cinq. L'échange suivant dura longtemps. Aurélie sentait ses mains moites, la balle finit par sortir au détriment de Tom. Dans la tribune, Jacques debout, serra le poing pour encourager son poulain car c'était dans ces moments-là qu'il se déconcentrait facilement. Par moments, il se demandait si Tom n'avait pas plus peur de gagner que de perdre. Le champion reçut son message et revint à quinze partout. Il gagna encore les deux points suivants avec une éminente reprise de volée et un smash. Entre chaque point, le public criait : « Vas-y, Vassy ! »

L'arbitre demanda le silence, Tom servait pour sa balle de match. Derrière sa ligne de fond de court, il semblait décidé à en finir. Thomas adressa un regard vers son équipe, puis tourna les yeux de l'autre côté, vers Aurélie, il la vit croiser les mains comme en prière. Il essuya la sueur de son front avec son poignet blanc Lacoste, fit rebondir sa balle plusieurs fois avant de la lancer en l'air. À ce moment précis, Aurélie sut exactement ce qu'il allait faire. Son fameux ace assassin. Un service impossible à rattraper pour son adversaire. 194 km/h. Celui-là laissa le Tchèque sur place. Tom tomba à genoux, le stade exulta debout !

6/2, 7/6, 6/4.

Tom se releva pour courir serrer la main de son adversaire et de l'arbitre, lança sa raquette sur le banc et revint sur le court les bras en l'air. C'est à ce moment-là qu'il tenta quelque chose qu'il n'avait jamais encore fait, il courut jusqu'aux gradins, escalada le mur recouvert de pubs et sponsors, monta les marches, passa au travers des gens qui applaudissaient et lui tapaient dans le dos, arriva près d'Aurélie, tétanisée, la saisit par la taille et l'embrassa au milieu d'une foule en délire. Il fit durer ce baiser, pour le plus grand bonheur du public qui semblait beaucoup s'amuser en criant et applaudissant de plus belle. Aurélie, qui n'avait jamais vécu un événement aussi intense, crut s'évanouir de bonheur.

Dans les tribunes d'en face, Connie, qui n'avait jamais vécu un événement aussi humiliant, aurait adoré s'évanouir d'horreur. Elle resta figée, blême, nouée, paralysée d'effroi. Évidemment, elle avait reconnu l'élue. Encore elle. Voilà qu'elle se vengeait du dîner de la honte par le stade entier de la honte. Aussi déshonorée et pâle que la marquise de Merteuil à la fin des *Liaisons dangereuses*, Connie ramassa son sac et sortit du stade, la tête haute. De l'autre côté, au milieu d'une foule excitée, Smartphone à la main, le baiser victorieux de Tom à sa dulcinée n'était pas terminé qu'il était déjà tweeté, posté sur FB et recommandé par YouTube dans les nouveautés.

Le soir même, Tom, qui ne voulait en aucun cas croiser Connie et revivre à l'infini une tragédie, partit se réfugier dans la modeste location de son « coup de cœur et coup de poignard » comme il l'appelait. Aurélie, les larmes aux yeux, le présenta toute fière à Mathilde, comme : « le vainqueur du tournoi de

Nice », mais dut le répéter plusieurs fois car Mathilde crut qu'elle lui ramenait « l'éventreur au tournevis ».

Ils passèrent néanmoins une soirée inoubliable. Tom était attendu partout dans les plus beaux endroits de Nice pour fêter la victoire avec le maire, son staff, les organisateurs, les sponsors, les journalistes et le meilleur champagne qui soit, mais ce fut dans la petite maison d'une retraitée, dans les hauteurs de Nice, qu'il passa sa soirée de retrouvailles « émotionnellement » intense. Qu'importe pour les soirées de gala où Tom était attendu, son adversaire tchèque se pointa aux cocktails et fut ravi, lui, de s'avaler des petits fours sous les applaudissements, accompagné des vainqueurs du double messieurs.

Connie Pinson était repassée à l'hôtel faire son sac. Le staff de Tom s'était arrangé pour ne pas la croiser. Comme Thomas, aucun d'entre eux n'avait envie de se lancer dans une explication de texte. Du texte, elle en trouva une petite explication succincte sur sa table de nuit. Sur le papier de l'hôtel, Tom avait écrit :

« J'ai recollé MA lettre déchirée, j'ai retrouvé MON bouddha planqué, tu n'es vraiment qu'une... », et puis rien. À elle de remplir l'espace en pointillé, comme dans les cahiers de CE1. Connie s'en doutait, elle n'aurait su dire pourquoi. Thomas s'était gardé cette anecdote sous le coude pour pouvoir rompre sans culpabilité. Elle quitta l'hôtel, se forçant à garder le menton en l'air, prit un taxi, direction l'aéroport pour attendre la navette Nice-Paris qui la ramènerait chez elle. Loin. Loin de ses soucis, péripéties et autres galères amoureuses. L'aéroport devenait synonyme de rupture, décidément, ou de nouvel essor. Dans l'avion, elle fut persuadée que tous les passagers venaient d'assister à la finale. En pleine crise de parano, elle était certaine que l'on chuchotait derrière son dos :

« Vous avez vu ? C'est la fille qui était avec Thomas Vassy. Une journaliste qui l'accompagnait et l'enlaçait partout. Pendant tout le tournoi, elle était à ses côtés et, au moment où il a gagné, le champion s'est précipité dans les gradins pour en embrasser une autre à pleine bouche devant toutes les caméras et photographes présents. Poilant, non ? On n'imaginerait pas Federer qui, au lieu de se précipiter vers sa femme, irait en galocher une autre dans les gradins juste en face… Cette histoire me fait tordre de rire, c'est le meilleur tournoi de ma vie, le plus funky en tout cas, etc. »

Oui, elle restait persuadée que tout le monde la regardait étrangement et médisait derrière son dos pour se moquer outrageusement. Après tout, c'est ce qu'elle aurait fait, elle.

Assise au fond de l'avion, Connie prit son manteau, qu'elle installa sur elle comme une couverture, et disparut derrière.

Réponse à la question en tête de chapitre : La citation est anonyme.

Huit mois plus tard…

Aurélie se frotta les mains. Elle venait de mettre le mot *Fin* à son histoire. Elle n'avait pas fait de biographie de sportif finalement. Non, elle avait transformé son aventure avec Thomas en comédie. Tous les ingrédients étaient là, présents. La rencontre, le quiproquo, les méchants (la caractérielle amoureuse, le père qui voulait l'écarter, Thierry et sa clique au journal qui avaient l'impression de s'être fait piéger, etc.) Et puis ses petites fées qui l'avaient aidée à poursuivre son histoire jusqu'au bout (Fred, Lila, Max, etc.) Au milieu, les sans-opinions (les suiveurs, ni collabos, ni résistants dans l'histoire, ceux qui ne savaient guère quoi penser de ce foutoir. Entre autres : Michel, le préparateur physique, et Vincent, l'agent.)

Et puis, une *happy end* heureuse dans le sud de la France qui s'était présentée, contre toute attente… Tout était réuni pour un « beau roman, une belle histoire ». C'est ce que vivait Aurélie.

Derrière son ordinateur, sur la table du jardin, elle aperçut son champion qui sortait de son court pour se précipiter vers elle. Elle tourna un peu sa chaise pour l'accueillir. Thomas se jeta à genoux dans ses bras. Elle embrassa son front et ses cheveux en sueur. Tom se laissa caresser et embrasser.

— Amour, j'ai terminé ! s'écria Aurélie.

— C'est vrai ? demanda-t-il en relevant son visage vers elle.

— Oui, ça y est ! J'envoie tout, cet après-midi...

Elle avait réussi à entrer en contact avec l'éditeur de Connie. Si une bio de sportif ne l'amusait qu'à moitié, en revanche il s'était montré plus enthousiaste en ce qui concernait une comédie romantique.

— C'est l'histoire de notre vie, chéri, celle qu'on racontera à nos enfants ! dit Aurélie.

Toujours à genoux, Tom l'enlaça de plus belle et appuya sa tête contre son ventre...

10735

Composition
NORD COMPO

Achevé d'imprimer en Slovaquie
par NOVOPRINT SLK
le 7 avril 2014.

Dépôt légal avril 2014.
EAN 9782290092699
L21EPLN001545N001

ÉDITIONS J'AI LU
87, quai Panhard-et-Levassor, 75013 Paris

Diffusion France et étranger : Flammarion